L'Ombre de Claudia

Gilbert Gallerne

City

ISBN : 978-2-35288-517-7
Code Hachette: 50 8486 8

Couverture : Studio City / Shutterstock

Collection dirigée par Christian English et Frédéric Thibaud
Catalogues et manuscrits : www.city-editions.com

Dépôt légal : premier semestre 2011
Imprimé en France par France Quercy, 46090 Mercuès - n° 10072/

Prologue

Gisèle Moinot se tordait les mains à s'en faire mal. Son petit visage de musaraigne avait pris un teint de cendre depuis que le docteur Baron lui avait annoncé son intention.

— Vous ne pouvez pas faire ça !

— C'est trop grave, Gisèle. Je ne peux pas fermer les yeux.

Elle tenta de s'immiscer entre lui et la porte qu'il refermait, comme pour le retenir à l'intérieur, mais il la repoussa et sortit sa clef. Ils se retrouvèrent sur le palier et elle baissa la voix de crainte d'alerter le seul autre occupant de l'immeuble.

— Docteur, je vous en supplie !

Gisèle jeta autour d'elle un regard affolé. L'escalier de bois sombre semblait devenu un puits obscur et elle ne voyait même plus la lueur du jour qui filtrait par les petites lucarnes à chaque étage.

Il n'y avait personne pour intervenir et entamer la résolution du médecin. De très loin, à l'extérieur, lui parvint le son de la cloche de la collégiale Notre-Dame, mais elle l'entendit à peine.

Le vieil homme bougonnait, peinait à faire entrer sa clef dans la serrure tant ses mains tremblaient. Depuis qu'il s'était aperçu du vol, il n'avait cessé de tourner dans son cabinet jusqu'à ce que sa décision fût prise. Et à présent cela paraissait inéluctable : il allait porter plainte, avec toutes les conséquences que cela entraînerait.

Gisèle ne savait plus que faire. Elle avait l'impression de se retrouver comme une souris prise dans un labyrinthe. Comment convaincre cet homme d'oublier ce qu'il avait découvert ? Comment le persuader que ce n'était pas si grave, que tout pouvait s'arranger ? Elle avait tout tenté, mais il ne voulait rien entendre.

Et il partait pour le commissariat !

Gisèle leva la tête en direction du haut de l'escalier. Des étages supérieurs lui parvenait la sensation d'une présence, bien qu'aucun son n'ait filtré jusqu'à eux.

Le médecin parut également percevoir le changement dans l'atmosphère, car il se tourna vers elle, l'œil interrogatif.

— Eh bien ? Qu'y a-t-il ?

— Chut ! C'est elle.

Il tourna enfin la clef et la dégagea avec nervosité.

— Elle ? Qui ça, elle ? Il n'y a personne ! Vous divaguez ! Allons, laissez-moi passer !

Mais il était trop tard. Le docteur Baron réalisa soudain qu'ils n'étaient plus seuls et Gisèle lut la peur dans son regard. Il la bouscula pour s'engager dans l'escalier aux marches impeccablement cirées, pressé tout à coup de quitter cet immeuble où il ne s'était pourtant jamais senti menacé, réalisant peut-être que sa vie venait de basculer en une fraction de seconde.

Gisèle s'était placée en retrait. La situation lui échappait et, comme toujours dans ces cas-là, elle ne savait adopter d'autre comportement que se mettre sur le côté et laisser agir.

— Allons, écartez-vous, je suis pressé !

— Vous auriez dû écouter Gisèle, dit Claudia.

Le docteur se retourna et la vit. La stupeur se peignit sur son visage. Il avait cru pouvoir malmener Gisèle, lui imposer sa volonté, et voilà qu'il avait affaire... Il ne comprit pas ce qui se passait. Il voulut dire quelque chose, mais Claudia ne lui en laissa pas le temps. D'une bourrade, elle le poussa brutalement.

Il partit en arrière dans l'escalier, atterrit au milieu des marches, il y eut un claquement sec quand sa cheville céda sous le choc et il roula sur lui-même deux ou trois fois en criant.

Gisèle se plaqua les mains sur les oreilles, mais perçut malgré tout le craquement sinistre que produisit sa nuque en se brisant contre le mur au rez-de-chaussée.

Elle hurla.

Une voisine attirée par les cris arriva très vite et trouva le docteur mort, et Gisèle qui hurlait toujours dans l'escalier.

Claudia avait disparu.

PREMIÈRE PARTIE

1

Nathalie Duclessis déposa un carton dans le coin de la pièce et se redressa en soupirant. Elle repoussa une mèche qui lui tombait devant les yeux et promena son regard sur ce qui l'entourait. C'était donc là qu'elle allait travailler désormais. Elle venait d'emménager et n'avait pas encore eu de temps à consacrer à la découverte de ses nouveaux locaux. L'appartement jouxtant le cabinet était toujours encombré de ses cartons et elle avait commencé par faire le tri entre ses affaires personnelles et celles destinées à son cabinet. Les unes comme les autres n'étaient pas nombreuses et ce fut vite fait.

Elle examina la pièce où avait exercé le docteur Baron. La moquette aurait eu besoin d'être remplacée et le mobilier imitation Empire ne lui plaisait guère, mais, dans un premier temps, il faudrait faire avec.

D'abord parce que la clientèle du docteur Baron serait moins dépaysée si Nathalie ne modifiait pas tout dès son arrivée, ensuite parce qu'elle n'avait pas les moyens de se lancer dans de grands investissements.

Son départ précipité de la clinique des Tilleuls, à Rouen, ne lui avait guère laissé le temps de se préparer sur le plan financier, et elle avait eu beaucoup de chance de trouver ce cabinet soudain disponible à Vernon, la ville même où elle était née quelque trente-deux ans plus tôt.

L'évocation de son passé récent lui avait mis une boule dans la gorge et elle tenta de chasser ces idées noires, mais c'était plus fort qu'elle : elle ne pouvait s'empêcher de ressasser ces événements et la façon dont elle avait dû s'enfuir.

S'enfuir.

Elle ne parvenait pas à s'habituer à ce mot qui, pourtant, résumait parfaitement sa situation.

Elle traversa le cabinet et jeta un coup d'œil par la fenêtre. Une haute façade à colombages se dressait de l'autre côté de la rue, typique de la Normandie. Quant à elle, elle logeait à l'entresol d'une maison rurale. Une porte cochère donnait sur une petite cour fermée par deux murs aveugles et couverts de lierre.

Les autres côtés étaient occupés par deux corps de bâtiments en angle. Autrefois, ces deux immeubles n'en formaient qu'un, mais la demeure, revendue et démembrée à plusieurs reprises, avait finalement été séparée en deux bâtiments distincts ayant chacun sa propre entrée dans cette cour, et chacun divisé en appartements indépendants.

À l'angle où les deux bâtiments se joignaient, deux portes vitrées donnaient sur deux petits halls au sol dallé de blanc d'où un escalier de bois montait vers les étages. Celui desservant l'immeuble de Nathalie était un ouvrage magnifique, mais dont elle se méfiait : ses marches cirées avaient causé la mort de son prédécesseur et elle s'était juré de se montrer prudente en les empruntant. À ce détail près, la maison en elle-même ne manquait pas de charme : construite au début du vingtième siècle par une famille aisée, elle bénéficiait d'un grand confort pour l'époque et avait même été pourvue d'un étonnant système de chauffage central. Il n'en subsistait plus, aujourd'hui, que des bouches grillagées de cuivre dans le sol des principales pièces, par où l'air chaud avait autrefois soufflé.

En un siècle, d'énormes progrès avaient bien sûr été accomplis, et cette antique modernité avait été remplacée par des radiateurs en fonte.

Son appartement était petit et assez mal distribué : l'ancienne entrée avait été transformée en une minuscule salle d'attente, où deux portes ouvraient l'une sur le cabinet, et l'autre sur la partie privative.

La cuisine et la salle de bain donnaient sur la rue, le salon, sur la cour, et la chambre, sur une ruelle transversale qui ne voyait jamais le soleil. Le docteur Baron avait été célibataire et c'était également le cas de Nathalie, sans quoi l'appartement se serait vite révélé exigu.

Plus tard, si sa situation évoluait comme elle l'espérait, elle chercherait à se reloger dans un immeuble plus moderne, mais pour l'instant elle s'en satisferait.

Elle effleura du bout des doigts le vieux classeur en bois qui contenait les dossiers du docteur Baron. Elle avait reconnu quelques patronymes en les parcourant, sans qu'aucun n'évoque le moindre visage.

Sur le bureau recouvert de cuir vert, *Eure Infos* contenait l'annonce de son arrivée. Elle comptait sur un effet de curiosité pour que les anciens patients viennent découvrir sa tête, et sur le voyeurisme de certains, avides d'en apprendre un peu plus sur la mort du docteur Baron.

Sur ce point, ils seraient déçus : elle n'avait jamais rencontré le médecin ni ses héritiers, et avait traité directement avec le notaire chargé de la succession.

La sonnerie du téléphone la fit sursauter. C'était un appareil ancien, en bakélite noire, comme on n'en faisait plus depuis des années. Elle décrocha, prête à entendre la voix d'un patient demandant un rendez-vous.

— Nathalie ?

Elle ferma les yeux. Un bon mois s'était écoulé depuis la dernière fois qu'elle avait parlé avec Alex. Elle faillit raccrocher, mais à quoi bon ?

— Alex ! Tu ne perds pas de temps. Je viens à peine d'emménager.

Elle espérait que son ton était assez ferme, inspira pour calmer le tremblement qui l'avait saisie.

— Tu ne m'avais pas laissé ton numéro. Et tu as changé de portable. Heureusement que le minitel existe. Quand j'ai appris que tu t'installais à Vernon...

— Qu'est-ce que tu veux ? demanda-t-elle d'une voix plus assurée.

— Écoute, c'est stupide. Nous n'avons pas vraiment eu le temps de nous expliquer...

— Je croyais pourtant que les positions étaient claires. Tu as choisi ton camp...

— Tu sais bien que je n'avais pas le choix !

— Et moi ? Je l'ai eu, le choix ?

— Bon, on ne va pas reparler de ça au téléphone... Je voudrais te voir, en discuter calmement, étudier ce qu'on peut faire...

— C'est un peu tard, tu ne crois pas ?

— Nathalie ! J'ai besoin de toi.

— Moins que de ton poste de chirurgien aux Tilleuls, me semble-t-il.

— Mais qu'est-ce que tu voulais que je fasse ?

Elle soupira. Il oubliait un peu vite que les problèmes, elle les avait affrontés pour lui. C'étaient lui et Blanchard qui étaient la cause de tout. Elle avait découvert que le docteur Blanchard pratiquait des opérations injustifiées, afin d'encaisser les honoraires. Elle en avait parlé à Agatha Tremblay, la directrice et propriétaire de la clinique. Puis elle avait voulu alerter les autorités devant le peu d'empressement que celle-ci mettait à agir, mais

Alex l'avait convaincue de n'en rien faire. Il lui avait dit qu'ils allaient s'en occuper, mais que dénoncer Blanchard, c'était mettre en péril toute la clinique. Lorsqu'elle avait réalisé qu'Alex lui-même était compromis, son silence avait fait d'elle leur complice involontaire.

Et lorsque le couperet était tombé, c'était sa tête à elle qui se trouvait sur le billot. Blanchard avait démissionné, Alex était passé à travers l'orage sans se mouiller. Quant à elle, on lui avait conseillé de quitter gentiment la clinique si elle tenait à éviter le scandale.

Alex avait la mémoire courte.

— Écoute, je ne peux pas te parler pour le moment. J'attends des ouvriers d'une minute à l'autre pour poser ma plaque dans l'entrée de l'immeuble et j'ai une foule de choses à ranger ici...

— Attends, il faut qu'on se voie.

— Pas maintenant. Un autre jour, peut-être. À plus tard.

Elle raccrocha et se reprocha aussitôt de n'avoir pas été assez ferme. Elle aurait dû lui dire qu'elle ne voulait plus jamais entendre parler de lui, ni de la clinique des Tilleuls, ni d'Agatha Tremblay...

Mais n'avait-elle vraiment plus envie de le revoir ? Le seul fait de lui avoir parlé l'avait émue plus qu'elle ne l'aurait cru possible. Était-ce seulement la force de l'habitude, ne s'agissait-il que de nostalgie, ou bien aimait-elle toujours le beau chirurgien qui faisait chavirer le cœur de toutes les infirmières de la clinique ? La réponse n'était pas évidente. Sa raison la poussait à l'oublier.

Elle n'avait rien à gagner à reprendre une liaison qui ne lui avait laissé que des blessures, mais ils avaient partagé trop de choses pour qu'elle puisse le chasser si vite de ses pensées. Il avait su la rendre heureuse et lui faire oublier ses soucis.

Au début de leur liaison, elle s'était souvent projetée dans l'avenir qu'elle envisageait pour eux, croyant qu'elle pourrait s'appuyer éternellement sur lui, de même qu'il pourrait toujours compter sur elle.

Elle s'était trompée. Depuis leur séparation, elle avait souvent songé à lui. Certes, elle s'habituait peu à peu à vivre seule, mais l'image d'Alex demeurait présente dans son esprit et surgissait aux moments où elle s'y attendait le moins. Quand elle déjeunait, seule, dans un petit restaurant.

Quand elle achetait des vêtements et se demandait ce qu'il en aurait pensé. Ou bien le soir, lorsqu'elle se couchait, solitaire dans son grand lit froid.

Elle se laissa tomber dans le fauteuil derrière le bureau. L'immeuble d'en face lui faisait de l'ombre. Elle n'aurait pas de soleil de toute la journée.

En fait, elle n'aurait jamais de soleil. Pas plus que dans son appartement. Elle refusa de voir là un mauvais présage et résolut de chasser ces idées noires.

Une nouvelle vie s'offrait à elle. Elle allait tirer un trait définitif sur l'ancienne et oublier tout ce qui la composait. À commencer par Alex.

Plus facile à dire qu'à faire.

2

La plaque de cuivre luisait faiblement dans la pénombre de l'entrée. Elle s'approcha et lut le nom du médecin qui venait de s'installer chez le docteur Baron.

Nathalie Duclessis.

Ce fut comme si un tremblement de terre venait d'ébranler l'édifice.

Claudia tendit la main et effleura la plaque du bout des doigts. Pouvait-il s'agir de la même Nathalie Duclessis ?

Bien sûr. Ce nom n'était pas si courant et la coïncidence aurait été par trop énorme.

Nathalie Duclessis était revenue.

Qu'est-ce que cela pouvait signifier ?

Des PROBLÈMES.

Claudia leva les yeux vers la porte sombre, en haut des marches, qui ouvrait sur l'appartement où Nathalie venait d'emménager. Il fallait passer devant cette porte pour gagner les étages ou en descendre.

Non. Cela ne pourrait pas aller. Nathalie était revenue faire intrusion sur son territoire.

L'une des deux allait devoir partir.

Et Claudia ne cédait jamais devant personne.

3

Nathalie s'arrêta sur le palier du premier étage et vérifia que sa tenue était irréprochable. Elle sonna, sans déclencher aucune réaction. Elle renouvela son essai un peu plus longtemps, sans plus de résultat.

Apparemment, les occupants n'étaient pas chez eux. Elle s'en doutait un peu, car, depuis son arrivée, elle n'avait pas entendu le moindre bruit en provenance de cet appartement. Elle reprit donc son ascension et parvint au second. Sur l'imposante porte de chêne était vissée une plaque en cuivre très sobre, reprenant les informations qui se trouvaient sur celle placée dans le hall de l'immeuble. Docteur Alain Mercadier. Psychiatre.

La sonnette était cette fois un carillon léger, plus doux qu'à l'étage inférieur, une musique suggérant déjà la relaxation. L'homme qui ouvrit était âgé de cinquante-cinq ans environ, grand, mince, les cheveux courts ramenés en arrière et le visage en lame de couteau. Il portait un nœud papillon et un costume gris à fines rayures blanches sur une chemise impeccablement repassée.

Il sourit et la salua d'un hochement de tête.

— Docteur Duclessis.

— Vous me connaissez ?

— Je vous ai vue emménager et votre nom figure sur la plaque que vous avez fait apposer dans l'entrée...

— Bravo.

Il s'effaça et elle entra dans une salle d'attente copiée sur la sienne. Leurs deux logements étaient bâtis sur le même modèle, mais celui-ci devait bénéficier d'une pièce ou deux supplémentaires, car celui de Nathalie était amputé par l'ouverture de la porte cochère qui montait jusqu'à son niveau. Pour le reste, il était du même style : hauts plafonds, boiseries, antiques bouches de chauffage dans le sol et gros radiateurs en fonte dissimulés sous de fins treillages métalliques...

Le docteur Mercadier la précéda dans son cabinet où ils s'installèrent dans les deux fauteuils destinés à sa clientèle.

— Puis-je vous offrir un café ?

— Je ne compte pas rester très longtemps et je ne voudrais pas vous déranger...

Il consulta sa montre.

— Mon prochain patient n'arrivera pas avant quarante-cinq minutes ; nous avons le temps.

— Si vous êtes sûr que cela ne vous dérange pas, ce sera avec plaisir.

Il se leva pour préparer le café et elle en profita pour détailler l'endroit. La moquette était suffisamment épaisse pour que l'on ait le sentiment de s'y enfoncer en marchant. D'un gris souris très classique, elle mettait en valeur le mobilier moderne.

Le bureau était une grande surface vierge et noire qui reflétait la lumière comme un miroir. Nathalie supposa que le téléphone se trouvait dans un tiroir, au même titre que les crayons et blocs dont le docteur Mercadier devait se servir durant les consultations avec ses patients.

Contre le mur à sa gauche se dressait une grande bibliothèque toute de métal et de verre, garnie de livres aux reliures austères. Des ouvrages consacrés à la psychiatrie pour la plupart. Au mur, un cadre discret abritant un diplôme qu'elle ne parvenait pas à lire surplombait un divan de cuir. Elle hésitait à se lever, craignant le retour du docteur. Mais le meuble le plus intéressant et le plus curieux était sans conteste la vitrine qui se trouvait contre le mur opposé. À l'intérieur était exposée toute une collection de poupées mannequins. Des Barbie pour la plupart, mais il y avait d'autres modèles, clones plus ou moins réussis de la plus vieille jeune fille du monde. Il y en avait une bonne cinquantaine, peut-être plus, de tous les styles et de toutes les époques.

On distinguait les altérations du visage de la poupée à travers les années, comme si elle avait vieilli sans prendre véritablement d'âge, restant elle-même tout en devenant une autre. Et les vêtements, qui suivaient la mode sur plusieurs décennies, trahissaient également cette évolution. Sportive, femme d'affaires, mariée, ménagère, fille des îles, pilote de ligne, en robe de soirée ou en tenue décontractée... C'était un véritable catalogue que Mercadier affichait ainsi dans son cabinet.

— Ah ! Vous regardez ma collection, dit-il en revenant dans la pièce.

Nathalie, qui s'était levée sans en avoir conscience pour examiner de plus près les poupées, sursauta comme si elle avait été prise en faute.

— Vous en avez une quantité incroyable...

— Elles me viennent de ma mère. Je n'ai pas pu m'en séparer, et je me suis dit que ma clientèle étant à quatre-vingts pour cent féminine, elles pourraient être un accessoire précieux dans mes thérapies. Lorsqu'elles arrivent ici et qu'elles retrouvent ces poupées qu'elles ont connues dans leur enfance, mes patientes se sentent soudain plus en confiance. Un peu comme si chacune avait pu apporter sa peluche préférée.

— Je vois. Et qu'en disent vos patients ?

— Oh ! au début ils sont un peu surpris. Puis je leur explique et ils oublient cette vitrine. Ah ! Excusez-moi, il me semble que le café est prêt. Je reviens.

Il disparut à nouveau et Nathalie se rassit.

Curieux personnage. Elle ne parvenait pas à se faire une opinion sur lui. Grand, mince, il se déplaçait avec une grâce presque féminine. Il avait un sourire charmeur, séduisant. Sans doute célibataire, si l'on en croyait son annulaire libre de toute alliance... Et pourtant, son regard distant démentait la chaleur de son sourire et la rondeur de ses manières. Comme si tout cela n'avait été qu'un rôle qu'il était forcé de jouer pour respecter les convenances.

Il revint très vite, avec un petit plateau qu'il posa sur le bureau, et Nathalie choisit une des tasses dans laquelle elle fit glisser un sucre.

— La journée était calme, j'ai pensé que je pourrais en profiter pour venir me présenter, dit-elle.

— Et vous avez bien fait ! Lorsque le docteur Baron a eu son accident, je me suis demandé ce qu'il adviendrait du cabinet. Je suis heureux de voir qu'une charmante jeune femme l'occupe à présent !

Nathalie le remercia d'un sourire.

— Je suis passée à l'étage en dessous, mais personne ne m'a répondu quand j'ai sonné...

— Les Lemonnier ne sont jamais là durant l'été. Ils partent dans leur maison sur la côte, ne remontent que pour l'hiver. Vous les verrez revenir en octobre. Un couple de petits retraités charmants. On ne les entend pas, ils sont très discrets.

— Nous sommes donc les seuls occupants de l'immeuble ?

— Absolument !

— Et au dernier étage ? L'escalier se poursuit...

— Il n'y a rien. Une chambre de bonne, inoccupée, et le grenier. Vous pouvez y stocker des affaires si vous voulez, mais il est ouvert à tout venant. Mieux vaudrait utiliser la cave où vous avez un box réservé.

— Merci du conseil.

Elle n'avait pas l'intention d'utiliser la cave. Elle l'avait visitée rapidement en compagnie du clerc de notaire et n'avait pas aimé l'ambiance presque gothique de ce sous-sol aux murs composés de gros moellons noircis par le temps. L'endroit était très propre, la femme de ménage de l'immeuble y passait régulièrement, mais Nathalie l'avait tout de suite trouvé sinistre, et le souvenir de vieux films d'horreur britanniques la décourageait d'avance d'y descendre seule. L'employé lui avait expliqué que là se trouvaient la chaufferie de l'immeuble et une cave individuelle pour chaque appartement.

Mais elle n'en aurait pas besoin : elle n'avait pas suffisamment d'affaires personnelles pour justifier l'utilisation d'une cave. Elle n'était pas femme à conserver par plaisir. Elle jetait ce qui ne lui servait plus, plutôt que de garder des antiquités sans valeur pendant des années dans des cartons oubliés, jusqu'à ce qu'un déménagement ou l'effondrement d'une étagère amène à s'en débarrasser.

Elle discuta de choses et d'autres avec le docteur Mercadier pendant une petite demi-heure. Elle lui apprit qu'elle avait vécu jadis à Vernon et revenait s'installer en terrain connu, et il la mit au fait des quelques aménagements apportés au cours de la décennie qui venait de s'écouler. Elle ne serait pas vraiment dépaysée.

Vernon était une ville de province et les changements y intervenaient à un rythme tranquille, ce qui lui convenait parfaitement. Elle l'avait aimée étant adolescente et se réjouissait de l'avoir retrouvée à peu près inchangée à son retour.

Puis ils parlèrent de la clientèle de Mercadier, et celui-ci lui donna quelques conseils sur la manière d'aborder ses patients et ses confrères.

Tant et si bien que les quarante-cinq minutes dont il disposait s'écoulèrent sans qu'elle ait vu le temps passer, et c'est avec regret qu'elle prit congé, en réalisant que le patient suivant allait arriver.

Son hôte paraissait avoir également apprécié sa visite. Il la raccompagna jusqu'à la porte du cabinet et lui serra la main sur le palier, en lui affirmant que si elle avait besoin de quoi que ce soit, elle pourrait compter sur lui... Nathalie hésita un instant après que la porte se fut refermée derrière elle, puis elle monta au dernier étage.

Le palier était étroit et les deux portes qui s'y trouvaient n'avaient plus rien de luxueux : ce n'étaient que deux panneaux de bois peints, sans la moindre décoration.

Elle ouvrit celle de gauche, découvrit un grand grenier encombré de caisses et de vieux meubles oubliés là par des générations de locataires.

Deux lucarnes jetaient une lumière parcimonieuse sur cet univers, royaume des araignées et des souris.

L'autre porte donnait donc sur la chambre de bonne inoccupée dont lui avait parlé Mercadier. Elle refusa de s'ouvrir lorsque Nathalie manœuvra la poignée.

Elle haussa les épaules et redescendit, satisfaite de son tour d'inspection.

4

Nathalie fit entrer la personne suivante. Ce n'était que la troisième de la journée. Elle était demeurée dans son cabinet à attendre les patients, mais ils ne s'étaient guère bousculés. Une petite vieille, à l'ouverture, qui avait fait semblant de tousser en jetant des regards inquisiteurs partout et qui était repartie très vite, sans doute pour raconter à ses amies qu'elle avait vu le nouveau médecin et que c'était une femme. Puis était venu un employé d'une boucherie proche, avec une méchante estafilade dans la paume. La blessure était profonde et, malgré sa science, Nathalie n'était pas parvenue à la colmater totalement. Elle avait dû diriger le blessé vers l'hôpital pour qu'on lui pose quelques points de suture.

Le troisième personnage était différent des deux autres. Jovial, rondelet, une petite moustache en forme de balai-brosse sous le nez, il s'assit dans le fauteuil en face de son bureau avec un grand sourire.

Elle sortit son bloc et son stylo et lui demanda :

— Bien, que puis-je pour vous ?

— Vous pouvez beaucoup ! Je me présente : Julien Ronais, pharmacien ! Je tiens la pharmacie sur la place du Vieux-René, juste à côté du Monoprix. Je me suis dit que, puisque vous veniez de reprendre la pratique du docteur Baron, une visite de courtoisie s'imposait. Après tout, nous allons travailler ensemble et nous avons les mêmes clients, pas vrai ? Je suis installé ici depuis près de quinze ans, et j'ai pas mal exploré les alentours ! Si vous avez besoin de renseignements sur la ville et ses environs...

Nathalie sourit.

— Je vous remercie, mais j'ai grandi ici. En fait, je n'ai quitté la ville que pour aller en fac de médecine.

— Ah ! Vous êtes du pays ! Bien, cela devrait faciliter votre insertion !

Nathalie y comptait bien. Et ce brave homme allait se charger d'en informer sa clientèle.

— Vous devez donc connaître tout le monde !

— Pas vraiment. Je suis restée éloignée assez longtemps. Mes parents sont partis dans le Midi dès qu'ils ont été en retraite et je n'ai pas eu l'occasion de revenir par ici.

— Je vois, je vois. Et qu'est-ce qui vous ramène soudain ?

Nathalie hésita. Pouvait-il être au courant des problèmes qu'elle avait éprouvés ? La médecine est un petit milieu et les nouvelles circulent vite, mais peut-être les échos n'en étaient-ils pas parvenus jusqu'ici ? L'affaire avait été vite étouffée, grâce aux relations d'Agatha Tremblay, et la presse n'en avait pas fait mention. Inutile de lui dire quoi que ce soit, s'il n'était au courant de rien. Et s'il savait quelque chose, il comprendrait qu'elle ne désire pas en parler.

— Vous savez, après avoir exercé en milieu hospitalier pendant quelques années, on aspire à un peu de liberté. Et à trente ans passés, il est temps de se poser quelque part, d'autant qu'un médecin ne peut pas changer de ville très facilement : la clientèle ne suit pas !

— C'est vrai, c'est vrai... Bon. Eh bien, même si vous n'êtes pas totalement nouvelle dans notre bonne ville, le motif de ma visite ne s'en trouve nullement changé ! J'étais venu vous inviter à dîner samedi soir. Ma femme et moi nous organisons de temps à autre des dîners auxquels nous convions quelques amis et relations du voisinage. Il y aurait notamment votre voisin, le docteur Mercadier. Cela vous dirait-il de vous joindre à nous ?

Nathalie connaissait déjà Mercadier, mais ce serait sans doute l'occasion de rencontrer quelques notables et de nouer d'utiles relations.

— J'accepte de grand cœur, dit-elle.

— Vous serez seule, ou accompagnée ? C'est pour ma femme, pour le plan de table, vous comprenez...

Le visage d'Alex passa dans sa mémoire, fugitif.

— Je serai seule, dit-elle.

— Une célibataire ! Comme votre prédécesseur. Vous avez entendu parler de ce qui lui est arrivé ? Horrible, n'est-ce pas ? Un escalier qu'il avait descendu des milliers de fois. Et tomber bêtement comme ça... Enfin. Au moins est-il mort sur le coup. Il n'aura pas souffert. Mais tout de même.

Il la regarda en coin.

— Cela ne vous inquiète pas de reprendre la place d'un mort ?

— Dans notre métier, la mort est malheureusement une compagne trop familière.

— C'est vrai, c'est vrai... Mais là, c'est un peu différent. Il est carrément mort devant votre porte. Vous n'avez pas peur que son fantôme vienne sonner la nuit ?

— D'une part, je ne crois pas aux fantômes. D'autre part, s'agissant d'un fantôme de médecin, je pense qu'il serait amical et aurait surtout pour souci de veiller sur ma santé.

— Croyez-vous donc que les médecins sont tous bienveillants ?

La question était-elle innocente ou bien était-ce une allusion aux problèmes qu'elle avait dû affronter à Rouen ? L'œil malicieux qui la surveillait ne trahissait rien d'une éventuelle arrière-pensée. Impossible de déterminer s'il fallait y voir quelque mauvaise intention ou s'il ne s'agissait que d'une plaisanterie sans méchanceté. Nathalie regretta soudain d'avoir accepté cette invitation. Elle risquait de passer la soirée de samedi à être soumise à un feu roulant de questions de la part des autres convives. Tout dépendrait de ce que savait ce pharmacien. Et de ce que sauraient les autres.

Elle se redressa. Elle n'avait rien à se reprocher. Et si on cherchait à l'amener sur ce terrain, ce pourrait être l'occasion pour elle de faire une mise au point définitive.

— Non, dit-elle en regardant son interlocuteur dans les yeux. Je ne pense pas qu'ils soient tous bienveillants. En fait, c'est comme dans toute profession. Comme chez les pharmaciens, je suppose.

Ronais sourit devant la pique qui venait de le toucher.

— C'est vrai, c'est vrai... Vous avez raison. Bon, je ne vais pas vous déranger plus longtemps. Je vais vous laisser vous installer. Nous aurons le temps de discuter samedi soir. Vingt heures ? Notre appartement est juste au-dessus de la pharmacie.

Il posa une carte de visite sur le bureau et se dressa comme un diable jaillissant de sa boîte, apparemment pressé de prendre congé. Nathalie se leva à son tour et le raccompagna en souriant.

5

La porte du cabinet sitôt refermée derrière lui, Julien Ronais s'engagea dans l'escalier. Il n'y avait que deux étages à monter, mais il transpirait lorsqu'il parvint sur le palier du second et il se dit pour la millionième fois qu'il lui faudrait faire du sport. Il sonna et entra sans plus de cérémonie.

La salle d'attente était déserte, mais Alain Mercadier surgit aussitôt et l'accueillit avec un sourire froid.

— Ah ! Monsieur Ronais ! Qu'est-ce qui me vaut le plaisir de votre visite ? Une petite thérapie vous feraitelle du bien ?

Ronais passa dans le cabinet du psychiatre en frissonnant. Il n'avait jamais aimé la profession de son interlocuteur, soupçonnant les psychiatres d'être plus fous que leurs patients, mais elle pourvoyait à une part importante de son fonds de commerce et il se devait de garder ses sentiments pour lui.

— Non, non. Je vais bien, rassurez-vous. Je venais vous confirmer mon invitation à dîner samedi soir.

Il attendit la réponse du psychiatre en laissant son regard se promener sur la vitrine contenant l'impressionnante collection de poupées. Leur présence ici l'avait toujours intrigué. Il supposait que le médecin les utilisait peut-être pour calmer ses patientes qui retrouvaient là une trace de leur enfance et un environnement rassurant... À moins que Mercadier ne joue à la poupée tout seul le soir ? L'idée l'aurait fait sourire, si elle ne l'avait pas mis mal à l'aise. En fait, il n'en savait rien et s'en moquait, au fond. Pour lui, toutes ces histoires de psychiatrie n'étaient que de la foutaise et le seul intérêt de cette discipline était de lui permettre de débiter à tout va antidépresseurs et somnifères.

Alain Mercadier s'était glissé dans le fauteuil de cuir de l'autre côté de son immense bureau noir, sur lequel ne se trouvait absolument rien, comme toujours. Cette grande surface brillante accentuait le caractère froid de la pièce, et le pharmacien eut l'impression qu'il faisait quelques degrés de moins ici que chez Nathalie Duclessis. Ce qui était impossible : on était à la fin de l'été et les chaudières étaient encore coupées.

De plus, l'appartement de Mercadier était situé en hauteur et profitait du soleil presque toute la journée ; c'était même la raison pour laquelle il avait déménagé, lui avait-il dit. Non, ce devait être une illusion, liée à cette décoration qui n'offrait pas la chaleur d'un bon mobilier d'époque et à l'attitude de Mercadier qui le regardait comme un animal curieux venant de réaliser un tour inédit. Julien Ronais sentit son malaise s'accentuer et déglutit. Il s'éclaircit la gorge et reprit, plus pour meubler le silence que pour dire quelque chose :

— J'ai rendu visite à votre nouvelle voisine, le docteur Duclessis. Vous l'avez rencontrée ?

Mercadier hocha la tête.

— Elle a accepté de venir à notre petit dîner ! Saviez-vous que c'était une fille du pays ? Et une jolie fille, si je peux me permettre.

Mercadier ne parut pas remarquer le clin d'œil grivois du pharmacien. Ronais insista donc :

— En tant que voisin, et comme vous êtes célibataire, vous aussi... Parce qu'elle est célibataire. Je ne vous l'avais pas dit ? J'ai appris ça en discutant avec elle. Une jolie fille célibataire qui vient s'installer juste en dessous de chez vous... Que voulez-vous de plus ?

— Je me demande en effet ce que je pourrais vouloir de plus.

— C'est vrai qu'un bel homme comme vous, les occasions ne doivent pas vous manquer, hein ?

Mercadier se contenta de conserver son petit sourire sans répondre. Le pharmacien sentit qu'il ne pourrait pas l'amener sur le terrain des confidences et promena à nouveau son regard autour de lui, mais cette fois il ressemblait à une bête traquée en quête d'une issue.

— Bon, dit-il finalement. Pour cette invitation...

— J'accepte avec grand plaisir ! dit Mercadier en se levant d'une détente toute de souplesse.

Ronais comprit qu'on lui donnait congé et se leva à son tour.

— C'est vrai ? Ma femme en sera ravie ! Vous savez qu'elle a un petit faible pour vous ? J'ignore ce que vous faites pour les mettre toutes dans votre poche comme ça ! Il faudra que vous me dévoiliez votre secret.

— Vous n'y pensez pas ? Avec un concurrent tel que vous, je n'aurais plus aucune chance !

Ronais rit, soudain gonflé d'importance à l'idée qu'il pourrait se transformer en don juan. Il ne put s'empêcher de lancer une remarque en passant devant la vitrine aux poupées :

— Et ça, c'est pour les petites filles à la sortie des écoles ?

Mercadier lui adressa un regard froid.

— Non, pour ça, j'utilise les bonbons, comme tout le monde.

— C'est vrai, c'est vrai...

Ronais quitta le cabinet, un sourire forcé aux lèvres, et se retrouva seul sur le palier. Il sortit son mouchoir et s'essuya le front. Il saisit la rampe.

Au moment de s'engager sur la première marche, il leva la tête vers le dernier étage où il avait cru entendre un bruit. Mais non, il avait dû rêver. Il n'y avait rien là-haut. Rien qu'un grenier et une chambre de bonne inoccupée depuis une éternité.

Tenant fermement la rampe, pour ne pas suivre l'exemple du docteur Baron, il entreprit sa descente sans vraiment voir où il mettait les pieds.

6

À quatorze heures, alors que Nathalie commençait à se demander si elle n'avait pas commis une grosse erreur en reprenant ce cabinet, le léger carillon de la salle d'attente la tira de la torpeur dans laquelle elle s'enfonçait. Elle sentit son cœur manquer un battement. Un patient ? La journée de mardi s'était étirée sans que personne ne succédât à Julien Ronais et elle avait vu avec angoisse la matinée du mercredi s'écouler dans la solitude.

Elle se leva d'un bond, impatiente de voir qui pouvait avoir besoin de ses services.

Le sourire aux lèvres, elle ouvrit et se trouva face à la souris grise. Elle s'en voulut aussitôt de cette pensée, mais l'image s'était imposée à elle, comme autrefois dans la cour du lycée lorsqu'elle l'avait vue pour la première fois.

Douze ans après, Gisèle n'avait pas changé. Petite, d'une minceur qui confinait à la maigreur, elle avait toujours ce visage de rongeur et les cheveux tirés en arrière sur un chignon sans grâce. Seuls ses vêtements étaient différents. Au lycée, elle n'avait certes jamais été vêtue à la dernière mode, ni même en fonction de la précédente, mais du moins avait-elle des vêtements en rapport avec son âge. Aujourd'hui, elle portait une de ces robes noires à petites fleurs blanches que Nathalie avait toujours associées à l'image de sa grand-mère.

Par-dessus cette robe, qui avait peut-être appartenu à sa mère, Gisèle avait enfilé un gilet gris sans forme, dont les manches trop longues étaient relevées aux poignets.

— Gisèle ?

Gisèle Moinot leva vers elle un regard chargé de gratitude.

— Tu m'as reconnue ?

Nathalie s'écarta pour la laisser entrer et referma la porte. Gisèle demeura debout au milieu de la pièce, se frottant les mains comme pour les laver et jetant autour d'elle des petits coups d'œil craintifs.

— Assieds-toi, dit Nathalie en contournant le bureau. Qu'est-ce qui t'amène ?

Gisèle se posa au bord du fauteuil garni de velours, comme si elle craignait de le salir.

— Cela fait si longtemps, dit-elle.

Longtemps, en effet. Et durant toutes ces années, Nathalie n'avait guère pensé à cette femme. Car c'était une femme à présent, même si elle avait conservé de l'adolescence cet air de perpétuelle indécision et une timidité maladive. Venir ici sans y être invitée avait dû lui coûter des efforts démesurés.

— Une éternité. Alors ? Qu'es-tu devenue pendant ce temps ? Tu es mariée ?

Gisèle cacha sa main gauche dans la droite en un geste inconscient pour dissimuler l'absence d'alliance.

— Non, non, je ne suis pas mariée. J'ai ma mère à charge, tu comprends...

Sa mère. Déjà au lycée, tout le monde plaignait la pauvre Gisèle, victime d'une mère tyrannique. L'adolescente n'avait jamais le droit de faire quoi que ce soit. Elle ne participait pas aux sorties, elle n'allait pas à la piscine, elle ne fréquentait pas le cinéma. Quant aux garçons... Nathalie n'avait vu sa mère qu'une seule fois. Guère plus grande que sa fille, elle se tenait voûtée telle une femme de quatre-vingt-dix ans, et ses vêtements gris anthracite lui donnaient l'air d'une sorcière. Ce jour-là, Nathalie s'était demandé avec terreur ce qu'elle serait devenue si elle avait dû être élevée par une telle personne. Puis la mère de Gisèle les avait chassées, elle et Béatrice, en criant que sa fille ne sortait pas.

Plus de douze années s'étaient écoulées, mais Gisèle était demeurée sous sa coupe. Nathalie la regarda. Non, elle n'avait pas changé.

— Elle n'a que moi, s'excusa-t-elle. Et elle est devenue presque impotente. Elle ne sort plus...

Comme si elle avait jamais eu l'habitude de sortir !

— Et toi, quand tu ne t'occupes pas d'elle, que fais-tu de ta vie ?

— Oh ! moi...

Gisèle eut un geste fataliste de la main avant de la reposer sur ses genoux serrés, indiquant que sa vie personnelle ne comptait pas. Nathalie eut pitié d'elle. Mais en même temps elle éprouva un sentiment dont elle ne fut pas très fière : du soulagement à l'idée qu'elle, au moins, s'en était sortie, qu'elle avait aujourd'hui un métier qui lui plaisait et lui assurait l'indépendance. Pour noyer sa culpabilité, elle demanda :

— Tu ne passes tout de même pas tout ton temps à t'occuper d'elle ! Qu'as-tu fait de ces années ? Tu travailles ?

— Oh !... J'ai raté mon bac, comme tu sais.

Nathalie s'en souvenait. La nouvelle ne l'avait pas vraiment surprise à l'époque, mais tout à sa joie d'avoir son diplôme et de pouvoir entamer les études dont elle rêvait, elle ne s'était guère attardée sur le sort de sa camarade. Gisèle passait un bac différent du sien, leurs cursus divergeaient déjà de toute façon.

— Tu ne l'as pas repassé l'année suivante ?

— À quoi bon ? Qu'est-ce que ça m'aurait donné ? Même si je l'avais eu... J'ai été embauchée comme caissière au supermarché, mais je me trompais trop souvent dans la monnaie. Les clients n'étaient pas contents. Et le patron non plus. J'ai été renvoyée.

Dix ans après, le souvenir lui faisait encore mal et elle grimaça en prononçant ces mots. Elle redressa la tête.

— Mais j'ai retrouvé du travail presque tout de suite ! À l'usine Moremer.

Nathalie connaissait l'usine en question, spécialisée dans la production de chaussures de basse qualité, qui alimentait en produits bon marché différentes marques et les supermarchés.

Elle n'avait jamais pénétré dans cet endroit dont les bâtiments, gris et tristes, étaient visibles depuis l'autoroute. Imaginer Gisèle là-dedans lui fit froid dans le dos. La pauvre fille avait dû s'enfoncer dans la dépression !

— Ça n'a pas duré. Après quoi, un boulot par-ci, un boulot par-là... Et du chômage entre deux.

Nathalie hocha la tête avec commisération. La vie de Gisèle n'avait pas été facile et elle devait s'attendre à suivre le même chemin jusqu'à la fin de ses jours. Si encore elle avait été jolie ! Mais elle avait un visage quelconque, un corps informe, que l'on aurait pu prendre pour celui d'un garçon... et surtout cet air accablé, à croire que toute la misère du monde reposait sur ses épaules. Que lui dire ? Les mots manquaient à Nathalie pour la réconforter. Et d'ailleurs, était-ce du réconfort qu'elle était venue chercher ? Elle portait un air de résignation tranquille, comme si elle savait bien que, quoi qu'elle fasse, la prochaine catastrophe serait pour elle.

— Tu n'as jamais pensé à quitter Vernon, pour travailler à Rouen ou même à Paris ?

— Avec ma mère...

Bien sûr, il y avait la mère. Un carcan durant toute son enfance, qui s'était transformé en fardeau pour sa vie d'adulte.

— Et ton père ?

Nathalie se mordit les lèvres, mais il était trop tard. Elle se souvenait à présent que le père avait abandonné le domicile conjugal avant la naissance de Gisèle. Gisèle ne répondit pas et se contenta de hausser les épaules.

— Bah, c'est pas si catastrophique, dit-elle en ébauchant un sourire. Et toi ? Tu as réussi à ce que je vois ?

— Réussi... Tu sais, tout est relatif. Je suis médecin, j'ai travaillé pendant trois ans dans une clinique et, quand ce cabinet est devenu libre, j'ai pensé que je pourrais revenir là où j'ai grandi. Mais si tu es restée ici, tu as dû connaître le docteur Baron ?

Gisèle opina.

— Oui. C'est horrible, ce qui est arrivé. J'étais là.

— Tu étais là ?

— Oui. C'est pour ça que je suis venue te voir. J'étais sa femme de ménage. Et j'étais avec lui quand il est tombé dans l'escalier.

Nathalie retint son souffle. Le choc avait dû être terrible pour Gisèle.

— C'est affreux.

— Oui. Ça m'a fait un choc. Et depuis, je le revois souvent, qui tombe, qui roule, qui roule... Et ce bruit que fait sa tête !

Un lourd silence s'installa dans la pièce, que Gisèle mit un temps infini à rompre :

— C'est pour ça que je suis venue te voir. Pour la même chose.

— La même chose ?

— Oui, je te propose la même chose qu'au docteur.

J'étais sa femme de ménage. Je faisais le cabinet et son appartement à côté. Je fais l'immeuble aussi. Si tu veux, je peux travailler pour toi.

Nathalie n'avait pas prévu ça. Elle n'aurait jamais imaginé que son ancienne condisciple venait pour lui proposer ses services. Services qu'elle allait devoir refuser. D'abord parce qu'elle n'avait pas les moyens, ensuite parce que cela la gênait d'employer une ancienne amie pour faire son ménage. Elle aurait eu l'impression, ce faisant, d'accroître encore l'écart qui les séparait, d'enfoncer un peu plus Gisèle dans sa misère.

Non, elle ne pouvait pas faire ça.

Elle secoua doucement la tête.

— Tu as eu raison de venir me trouver, dit-elle, et je suis heureuse que tu l'aies fait. Cela me fait plaisir de te revoir. Mais, malheureusement, je ne peux pas t'engager. Tu sais, un médecin ne gagne plus sa vie comme autrefois et, comme tu l'as vu, la salle d'attente est vide. Je n'ai pas les moyens d'employer quelqu'un pour faire le ménage.

Elle eut un petit rire amer.

— Sans compter que j'ai largement le temps de le faire moi-même !

Gisèle avait pris la nouvelle comme un coup de poing. Elle baissa la tête, regarda ses chaussures râpées.

— Ça ne fait rien, dit-elle. J'ai l'habitude.

Cette remarque fit mal à Nathalie et elle faillit revenir sur sa décision pour ne plus voir devant elle cette personnification du malheur, effondrée sous ce nouveau coup du sort. Elle tint bon, se répéta qu'elle ne pouvait pas l'engager et surtout qu'elle ne pourrait pas vivre en la voyant faire son ménage tous les jours.

— Plus tard, peut-être, dit-elle en sachant qu'il n'en serait rien.

Cela ne parut pas atténuer le désespoir de Gisèle qui ne répondit pas. Nathalie estima qu'il valait mieux changer de sujet.

— Et à part ça ? Tu fréquentes encore des anciennes du lycée ?

Gisèle haussa les épaules.

— Je ne fréquentais pas grand monde de toute façon, à part la bande des quatre...

— Et dans la bande des quatre, justement...

— Tu es partie, Amélie est partie, il ne reste plus que Béatrice.

— Béatrice est encore là ?

Gisèle releva la tête, un petit sourire illuminant son visage terne.

— Oui, c'est mon amie. Elle l'est toujours restée. Elle n'est jamais partie, elle !

C'était un reproche, mais Nathalie fit semblant de ne pas l'avoir perçu comme tel.

— Et que devient-elle ?

— Elle a un poste important à la banque.

Nathalie imagina son ancienne amie derrière un guichet. Portait-elle toujours ses robes rouges ? Béatrice avait toujours été enrobée, et les mauvaises langues l'avaient baptisée « Mon Chéri » à cause de cette couleur et de la forme qui n'était pas sans rappeler ces friandises. Ainsi donc, elle était devenue employée de banque. Pourquoi pas ? La filière qu'elle suivait à l'époque était généraliste et, pour autant que Nathalie s'en souvienne, elle n'avait pas d'ambition particulière.

— Je fais son ménage !

Gisèle avait affirmé cela avec fierté, semblant proclamer que, de ce fait, la réussite de Béatrice était en partie la sienne.

Nathalie sourit.

— C'est bien, je suis contente pour elle. Elle est mariée ?

— Non. Comme moi. Et toi ?

— Moi non plus.

— C'est comme avant, alors ?

— Si on veut. Tu la vois souvent ?

— Tout le temps ! Je te dis que je fais ses ménages. Tiens, je vais la voir samedi.

— Écoute, je suis vraiment heureuse de t'avoir retrouvée. Et j'aimerais bien revoir Béatrice aussi. Si nous fêtions mon retour ? Si elle est d'accord, je vous invite toutes les deux au restaurant lundi midi, qu'en dis-tu ?

Gisèle réfléchit, semblant consulter mentalement un agenda si chargé qu'elle n'était pas sûre de trouver le moyen d'y caser cette invitation.

— Je ne sais pas, dit-elle. Ça dépendra surtout de Béatrice. Elle a beaucoup de travail. Des responsabilités... C'est pas facile. Faut que je lui demande.

— Eh bien, demande-le-lui.

— Et il faudra qu'elle veuille bien te revoir.

Cela fit l'effet d'une douche froide à Nathalie.

— Bien sûr. Je ne veux surtout pas vous forcer. Simplement, cela me ferait plaisir.

— Surtout après tout ce temps.

Nathalie préféra ignorer l'hostilité qu'elle percevait dans le ton de Gisèle qui avait dû se faire une joie de venir travailler pour elle. Son refus était difficile à accepter. Elle pouvait le comprendre, mais elle n'avait pas le choix. Elle se leva.

— Bien, dit-elle en l'embrassant. Je compte sur toi pour la convaincre.

7

Gisèle resta un instant sur le palier. La porte venait de se refermer sur le refus de Nathalie. Elle la devinait, de l'autre côté, qui l'observait. Elle fit semblant de ne pas en avoir conscience, regarda l'escalier où était tombé le docteur Baron, puis leva les yeux vers les étages. L'immeuble était silencieux. Elle était seule. Seule, à part Nathalie qui l'espionnait derrière sa porte.

Gisèle soupira. Elle avait l'habitude des échecs. L'échec, c'était un peu l'histoire de sa vie. Bien sûr, avec le temps, elle avait fini par s'habituer. Mais tout de même, chaque nouveau refus était comme la confirmation de sa totale inutilité. Par moments, elle avait le sentiment qu'elle serait mieux morte, que personne ne la regretterait. Dans ses périodes les plus noires, elle songeait que ce n'était pas une impression, mais l'expression de la réalité la plus crue.

Personne ne l'aimait.

Personne ne l'avait jamais aimée.

Elle posa la main sur la rampe pour gagner le cabinet du docteur Mercadier, deux étages plus haut. Lui aussi employait ses services. Elle faisait le ménage dans son cabinet et dans son appartement. Presque tout son appartement. Mais pour lui non plus, elle n'existait pas. Elle n'existait pour personne.

Elle se demanda quelle aurait été la réaction de Nathalie si Claudia était venue insister pour qu'elle l'engage. Nul doute que madame la doctoresse aurait perdu un peu de ses grands airs ! On ne refusait rien à Claudia ! On ne la rejetait pas d'un revers de main en l'oubliant aussitôt. Ceux qui avaient tenté de le faire s'en étaient repentis.

Si Claudia s'en était mêlée...

Elle tremblait à cette évocation. Non, elle ne devait pas penser ça. Il ne fallait pas. Surtout pas ici.

Elle ouvrit la porte du cabinet et entra chez le docteur Mercadier. Sa salle d'attente était déserte, elle aussi, mais lui, c'était parce que ses rendez-vous étaient soigneusement étagés au cours de la journée. Ses clients n'aimaient pas croiser quelqu'un lorsqu'ils venaient le consulter.

— Tous fous, grommela Gisèle entre ses dents serrées en refermant la porte derrière elle.

Puis elle se tut parce qu'elle avait entendu du bruit. Le docteur venait s'assurer que c'était bien elle qui arrivait.

8

Béatrice Champenot ôta le strict tailleur gris qu'elle avait porté toute la journée à la banque et le suspendit dans la penderie sous le regard envieux et admiratif de Gisèle. Elle savait que son amie la considérait comme une espèce de déesse et qu'elle rêvait de lui ressembler. Aucune chance !

Gisèle était assise du bout des fesses sur le vieux divan qui occupait presque toute la longueur du mur. La paroi opposée était cachée par une grande penderie et une coiffeuse qui venait s'intercaler dans l'angle sous le toit. Deux fauteuils complétaient l'ameublement de cette pièce minuscule, dont la seule fenêtre était un vasistas découpé dans la pente du plafond.

Béatrice décrocha une robe de latex écarlate qu'elle jeta sur le divan.

— Tu sors ? demanda Gisèle.

— Non. Moi, tu sais bien que je ne sors pas.

Elle se défit de ses sages sous-vêtements de coton blanc, choisit un string de dentelle noir dans le tiroir de la commode et l'enfila. Le décolleté de la robe ne permettrait pas de porter un soutien-gorge. Puis elle transféra son portefeuille dans une pochette de cuir rouge. Du coin de l'œil, elle vit Gisèle qui redressait la tête.

— On est le trente.

Béatrice fit semblant de ne pas comprendre.

— Oui, et alors ?

— Eh bien... C'est la fin du mois.

— Oui, je le sais. C'est souvent comme ça, vers le trente.

Gisèle se tordait les mains, n'osait préciser sa pensée. Béatrice réprima un sourire. La pauvre fille était complètement perdue. Après toutes ces années, elle n'osait toujours pas formuler clairement ses demandes les plus élémentaires.

Béatrice s'assit devant la coiffeuse, sélectionna un rouge à lèvres en accord avec la robe qu'elle allait enfiler. Quelque chose qui flashe, mais pas vulgaire, surtout. Derrière elle, Gisèle cherchait ses mots. Béatrice se maquilla comme si elle n'avait pas conscience de la présence de son amie. Elle en avait fini avec le rouge à lèvres, était en train de souligner ses yeux d'un large trait noir quand enfin elle entendit :

— C'est pour ma paye...

— Ah ! C'est ça ?

Béatrice était ravie de ses talents de comédienne. Elle lui faisait le même coup chaque mois, et ça marchait chaque fois.

— Pourquoi ? On est déjà à la fin du mois ?

— Oui, on est le trente !

— Ah ! Excuse-moi, je n'avais pas compris pourquoi tu disais ça. Tu veux ta paye, c'est ça ?

— Ben... Cela m'arrangerait. J'ai fait douze heures...

— Bien sûr. Écoute, je n'ai pas d'argent sur moi et je n'ai pas mon chéquier. Ça t'ennuie d'attendre jusqu'à lundi ?

Les épaules de Gisèle s'affaissèrent et Béatrice contint un sourire. La pauvre fille était tellement prévisible.

— Lundi ?

— Eh bien, oui, lundi. Tu m'aurais dit ça tout à l'heure, j'aurais retiré de l'argent, mais tu attends toujours le dernier moment... À croire que tu le fais exprès !

Gisèle opina, comme si effectivement c'était sa faute.

Béatrice se concentra sur ce qu'elle faisait : elle accentuait ses sourcils d'un trait de crayon noir et il ne fallait pas rater son coup. Elle ne voulait pas avoir l'air d'une grue.

— Nathalie est revenue.

Béatrice acheva son tracé, attaqua l'autre sourcil sans comprendre de quoi parlait Gisèle.

— Nathalie est revenue. Nathalie Duclessis.

Du coup, la main de Béatrice faillit déraper. Nathalie Duclessis ? Cela faisait combien de temps ? Douze ans ? Au moins. Cela remontait à l'époque du bac. Elle comprit soudain ce que signifiait l'apparition de cette femme dans le jeu qu'elle avait tiré la veille. Les cartes le lui avaient prédit ! Et elles ne lui avaient pas annoncé ça comme une bonne nouvelle.

— Vraiment ? Qu'est-ce qu'elle fait ici ?

— Elle est médecin. C'est elle qui a repris le cabinet du docteur Baron.

Le crayon resta suspendu en l'air.

— Je l'ai rencontrée.

— Tu l'as rencontrée ?

— Je suis allée lui proposer de travailler pour elle.

— Et alors ?

— Elle n'a pas voulu.

Béatrice secoua la tête. Gisèle avait encore dû s'y prendre comme une imbécile. À croire qu'elle faisait exprès de rater tout ce qu'elle entreprenait et se complaisait dans l'échec.

— Elle nous invite à déjeuner toutes les deux lundi midi.

— Lundi ?

— Comme ça, tu pourras en profiter pour me payer.

— Oui, oui, bien sûr.

Qu'est-ce qu'elle pouvait l'agacer avec ses petits soucis d'argent ! Par contre, l'histoire de l'invitation la gênait plus.

— Je ne sais pas si c'est une bonne idée.

— Quoi donc ?

— Cette invitation. Elle t'a parlé de moi aussi ?

— Bien sûr. Elle m'a demandé qui je voyais encore. Je lui ai dit que tu étais la seule que je fréquente et elle m'a répondu qu'elle serait heureuse de nous inviter toutes les deux, lundi, à déjeuner.

Oui, elle l'avait déjà dit. Béatrice réprima un mouvement d'agacement.

— Je me demande si on doit y aller. Moi, du moins. Toi, tu as déjà renoué. Mais moi, elle ne m'a pas encore vue.

Gisèle resta silencieuse un instant, se balançant sur le coin du divan comme pour se bercer.

— C'est toi qui décides. Mais peut-être qu'on ferait bien d'y aller quand même. Pour voir ce qu'elle veut.

Ce qu'elle voulait. Béatrice grimaça. Son crayon était toujours suspendu au-dessus de son œil. Bien qu'elle ait été heureuse d'apprendre que son ex-amie était de retour après une si longue absence, cette nouvelle la perturbait. Et il avait fallu en plus qu'elle s'installe chez le docteur Baron.

— Elle a repris l'appartement aussi ?

— Je suppose.

C'était le bouquet ! Elle posa le crayon sur la coiffeuse.

— Tu crois qu'on peut lui dire ?

— Elle est partie depuis douze ans, répondit Gisèle avec un haussement d'épaules. Elle a dû tout oublier.

C'est toi qui décides, bien sûr. Mais je ne suis pas certaine qu'elle comprenne.

C'était bien ce que craignait Béatrice. Douze années sans échanger de nouvelles, sans savoir ce que chacune faisait de son côté...

Elle ne pouvait pas s'attendre à retrouver du jour au lendemain la complicité d'autrefois. Parfois, du fond de sa stupidité, Gisèle avait des éclairs d'intelligence qui la surprenaient.

— À ta place, j'irais, continuait Gisèle. On n'est pas forcées de tout lui raconter. Après tout, depuis le temps qu'on ne s'est pas vues, on a des tas de choses à se dire sans plonger dans tous nos petits secrets, non ?

Comme les enfants, Gisèle avait parfois le don de proférer des vérités premières.

— Mais si tu préfères...

— Non, non, tu as raison. Tu crois qu'elle est ici pour longtemps ?

— J'ai l'impression que c'est définitif. Si elle a repris le cabinet...

Béatrice jura, ce qui fit sourciller Gisèle, mais elle n'en avait cure. Tout allait si bien ! Le savant équilibre qui s'était instauré se renforçait de jour en jour. Et voilà que le retour de leur amie d'enfance menaçait de tout compromettre.

Elle reprit son crayon, acheva de se faire un regard de vamp et se leva. Il fallait maintenant entrer dans la robe de latex, et ça, c'était un véritable exercice sportif. Il lui aurait pratiquement fallu un chausse-pied ! Gisèle l'aida et, quelques instants plus tard, elle était méconnaissable. Elle se regarda devant la glace.

Le latex lui faisait comme une seconde peau. Il ne lui restait plus qu'à se coiffer de la perruque et ce serait parfait.

— Bien, dit-elle. Le tout, c'est de ne pas la croiser en sortant.

— Aucun risque, elle dîne chez un pharmacien.

C'était déjà ça. Pour ce soir au moins elle ne risquait rien. Par la suite... Elle jugerait lundi ce que préfigurait ce retour. Et elle interrogerait à nouveau ses cartes dès demain.

À présent que la femme surgissant dans sa vie était identifiée, peut-être pourrait-elle en apprendre plus sur ce qu'elle devait redouter.

9

Le regard de Nathalie erra sur le dessus de cheminée, effleura la pendule, perdue parmi les bibelots de porcelaine. Vingt-deux heures trente-sept. Ce dîner n'en finissait pas. Elle était placée à la droite de Julien Ronais. Après elle venait Alain Mercadier, ensuite madame Ronais « appelez-moi Édith » avec laquelle elle ne pensait pas avoir le moindre point commun, et, de l'autre côté de la table, Émile Fortin, un bon gros quinquagénaire, médecin généraliste lui aussi, et son épouse, Éliane, avec laquelle il était à l'évidence inutile qu'elle cherche à s'entendre.

Heureusement, Alain Mercadier était là pour relancer la conversation par une saillie de temps à autre, sinon elle serait morte d'ennui depuis longtemps.

— Notre nouvelle amie n'a pas l'air de s'amuser. La vie à Rouen était-elle donc si différente ?

Nathalie tressaillit sous l'attaque. Elle venait d'Éliane Fortin, ce qui ne la surprit pas. Dès les présentations, et bien que son mari l'eût accueillie avec un sourire chaleureux, elle avait senti l'hostilité de cette femme qui l'avait saluée sèchement. Et depuis le début du repas, elle la surveillait comme un rapace attendant l'instant favorable pour fondre sur sa proie. Apparemment, elle estimait qu'il y avait suffisamment de médecins à Vernon et qu'il était inutile de remplacer ceux qui disparaissaient. Nathalie se força néanmoins à sourire en répondant :

— Non, la vie à Rouen n'est pas très différente de ce que j'ai trouvé ici. C'est simplement que je suis épuisée. Je suis désolée si je ne suis pas une convive bien gaie ce soir.

Elle se tourna vers leur hôtesse avec un geste d'excuse, et Édith Ronais la rassura d'un sourire.

— J'ai eu une semaine chargée. Un déménagement n'est jamais une chose facile et, là, je crois que la fatigue m'a rattrapée.

— C'est sans doute cela, glissa Éliane Fortin d'un ton condescendant.

Nathalie se raidit, pressentant que ce qui allait suivre ne serait pas agréable. Elle avait oublié son ennui tout à coup. L'adrénaline battait dans ses veines devant l'agression qui se précisait.

— La vie devait être plus facile en clinique, avec tout un personnel pour vous soutenir et vous aider.

— C'était différent...

— Là, vous allez vous retrouver seule face à vos patients...

— Ce ne sera pas la première fois que je verrai un malade. Ce n'est pas comme si je débutais...

— Tout de même, quand on a été habituée à être encadrée, protégée... Cela doit changer de se retrouver en première ligne. Si vous commettez une erreur, par exemple...

Nathalie se sentit pâlir et ses mâchoires se crispèrent.

— Pourquoi ferais-je une erreur ?

— Je suis une amie d'Agatha Tremblay, la directrice de la clinique où vous exerciez... Je crois savoir que son établissement a eu récemment quelques problèmes avec un médecin...

— Une erreur, cela peut arriver à tout le monde, glissa Alain Mercadier à l'instant où Nathalie envisageait de se pencher par-dessus la table pour agripper Éliane Fortin par le col et l'attirer à elle. Un pharmacien comme notre excellent ami peut délivrer la mauvaise potion à un patient qui se retrouvera avec une colique en plus de ses maux de tête, et un médecin comme votre mari ou le docteur Duclessis peut se tromper dans son diagnostic ou ne pas voir certains symptômes parce qu'ils sont dissimulés par d'autres, et en tirer les mauvaises conclusions. Quant aux psychiatres comme moi, si nous étions infaillibles, nous serions au chômage ! Tenez, mon garagiste, l'autre jour...

— Il y a tout de même une différence, persifla Éliane. Quand votre garagiste commet une erreur, cela ne peut pas entraîner une mort d'homme, alors que...

— Détrompez-vous ! L'autre jour, je lui porte ma voiture, et là, juste à côté de moi, se trouvait un client qui protestait parce qu'on lui avait mis du liquide de refroidissement dans son circuit de freinage !

— Et que s'est-il passé ? demanda Julien Ronais qui, depuis le début de l'échange, suivait des yeux Nathalie et Éliane en se demandant apparemment laquelle allait se saisir la première de la louche pour en asséner un coup sur la tête de l'autre.

— J'ai changé de garagiste !

— Vous avez bien fait, intervint Émile Fortin en ignorant le regard noir de sa femme. Moi qui roule beaucoup, je n'aimerais pas me retrouver un jour sans frein !

— C'était un film amusant.

— Quoi donc ?

— *Un jour sans frein* ou peut-être que je me trompe ? Je crois que cet excellent bordeaux commence à me brouiller les esprits, monsieur l'apothicaire.

Ronais se rengorgea sous le compliment et attrapa la bouteille qui trônait au centre de la table pour resservir ses invités. Éliane Fortin se laissa faire, le visage bougon et le regard perdu dans le vide.

Alain Mercadier leva son verre dès qu'il fut rempli :

— Je propose que l'on porte un toast à notre nouvelle voisine, collègue, et j'espère bientôt amie, à laquelle nous souhaitons un bon retour au bercail après son séjour dans cette ville de perdition qu'est Rouen !

Tous levèrent leur verre, y compris Éliane Fortin après un léger temps d'hésitation et peut-être, mais Nathalie n'en fut pas certaine, un coup de pied sous la table asséné par son mari. Le sourire qu'elles échangèrent avait toute la sincérité d'un traité de paix au Proche-Orient, mais pour le moment il suffit à assurer une trêve relative.

Édith Ronais, qui était demeurée silencieuse durant l'échange comme si elle se contentait de compter les coups, se leva soudain pour aller chercher le fromage tandis que son époux décidait d'orienter la conversation vers un terrain moins miné :

— À propos de ville de perdition, vous qui êtes célibataire, docteur, vous devez connaître quelques bonnes adresses ?

Alain Mercadier se laissa aller dans son fauteuil et ferma les yeux quelques instants, laissant un silence planer sur la table.

— Voyons que je réfléchisse. Comme ça, à brûle-pourpoint... Oui, il y a un excellent confiseur sur la place... Voyons, comment s'appelle-t-elle déjà ?

— Allons ! protesta Ronais. Je ne parle pas de ce genre d'adresses !

— Et en quoi ces adresses pourraient-elles t'intéresser ? demanda son épouse qui revenait de la cuisine avec le plateau de fromages.

Nathalie n'écoutait plus. L'escarmouche était terminée pour le moment, mais Éliane Fortin ne lui pardonnerait pas. Au début, Nathalie avait supposé que l'arrivée d'une concurrente pour son époux la gênait. Puis le fait que l'époux en question avait bien accueilli cette nouvelle venue semblait avoir agacé Éliane, et Nathalie avait cru à une pointe de jalousie. Mais Éliane Fortin venait d'affirmer qu'elle connaissait Agatha Tremblay. Qu'avait donc pu lui raconter la directrice de la clinique des Tilleuls ?

« Nul n'est assez riche pour racheter son passé. » Cette phrase lui revint soudain en mémoire et elle se demanda si elle pourrait faire oublier le sien. Non pas qu'elle ait eu quelque chose à se reprocher, mais ce n'était pas l'idée que s'en faisaient certains. Et son départ précipité de Rouen n'avait fait que renforcer les rumeurs.

Nathalie demeura silencieuse, ignorant les coups d'œil en biais que lui lançait Éliane Fortin. Elle se demandait si elle n'avait pas commis une erreur en venant chercher refuge ici. Retrouver la ville où elle avait grandi lui avait semblé une bonne idée.

Elle l'avait aimée étant enfant, puis dans son adolescence. L'idée de s'y installer lorsqu'elle avait dû quitter Rouen lui avait paru toute naturelle, mais peut-être avait-elle eu tort et était-elle encore trop proche de Rouen pour que son passé ne la suive pas.

Aurait-elle dû s'éloigner davantage et rejoindre ses parents sur la côte, pour recommencer dans un endroit où nul ne la connaissait, où l'on n'avait jamais entendu parler d'elle ? Se réfugier dans les jupons de maman... En était-elle réduite à cela ?

10

Claudia se déhanchait sur la piste. La sueur coulait dans son cou, ruisselait entre ses seins. Devant elle, l'homme qui l'avait invitée à danser ne la quittait pas du regard et il semblait apprécier ce qu'il voyait. Toute son attention était focalisée sur les deux globes qui tendaient sa robe, et elle en rajoutait, les agitant sous son nez comme une muleta sous le mufle d'un taureau.

Puis la musique s'interrompit sur un dernier solo de batterie et ils restèrent un instant pantelants, à se regarder comme s'ils venaient de tomber d'une autre planète. Le DJ enchaîna sur un slow et elle se retrouva enlacée par cet inconnu avant d'avoir compris ce qui se passait.

Ses mains glissèrent sur elle comme des anguilles et elle se laissa faire sans protester, collant son corps contre le sien en une attitude qui, trente ans plus tôt, leur aurait valu à tous deux une condamnation pour outrage aux bonnes mœurs. Il n'y avait pas à se tromper sur l'effet qu'elle lui faisait. Elle sentit l'excitation la gagner et se demanda où ça se passerait. Sur le parking ? Dans les toilettes ? Ou bien ce type méritait-il qu'ils se trouvent une chambre d'hôtel ?

Du coin de l'œil, elle repéra un visage connu en bordure de piste. Choppard. Le notaire. Intéressant. Elle détourna la tête pour qu'il ne la reconnaisse pas. Encore qu'avec la perruque et le maquillage, il y avait peu de chance qu'il fasse le rapprochement, mais on ne savait jamais.

Choppard se dessalait dans une boîte de troisième zone pendant que son épouse devait le croire en séminaire quelque part dans un hôtel quatre étoiles. Et il y venait en compagnie d'une blonde qui ne devait pas être sa petite-fille, bien qu'elle en ait eu l'âge.

Claudia remisa cette information dans un coin de son esprit. Choppard avait les moyens de payer. Il paierait.

Pour le moment, elle avait une préoccupation plus urgente. Elle glissa la main entre leurs deux corps enlacés, referma les doigts sur l'objet qui l'intéressait. L'homme gémit et chercha sa bouche. Leurs lèvres se joignirent en un baiser chargé de salive.

11

Le lundi, Nathalie arriva un peu en retard au restaurant. Un patient s'était présenté à son cabinet à onze heures quarante-cinq et elle n'avait pas osé lui demander de revenir. C'était le premier de la journée ; elle n'avait pas voulu démarrer la semaine sur un demi-échec.

Lorsqu'elle entra, Gisèle était attablée près d'une fenêtre et lui faisait face. Elle s'avança, écarquilla les yeux lorsqu'elle découvrit Béatrice. Heureusement que Gisèle l'accompagnait, sinon elle aurait pu déjeuner à côté d'elle sans la reconnaître.

Les deux filles se levèrent et vinrent l'embrasser avec des petits cris de joie, comme lorsqu'elles avaient seize ans. Nathalie prit Béatrice par les épaules pour la détailler.

— Attends, laisse-moi te regarder. C'est extraordinaire ! Qu'est-ce que tu as fait ?

Béatrice rougit de plaisir, tourna sur elle-même pour mieux se laisser admirer.

— Un régime, dit-elle en regagnant sa chaise près de Gisèle.

Nathalie prit place en face d'elles sans cesser d'examiner Béatrice. La jeune fille qu'elle avait laissée avec trente kilos de trop était aujourd'hui devenue une jolie femme sans un gramme excédentaire, et le strict petit tailleur gris qu'elle portait renfermait un corps qui ne devait pas être loin des mensurations idéales pour sa taille.

— Cela te va bien. Tu es formidable ! Je n'en reviens pas !

— Oui, je suis assez contente, se rengorgea Béatrice.

Le mot était faible. Elle rayonnait.

— Mais comment as-tu fait ? Weight Watchers ?

— Non. Alain Mercadier.

— Mercadier ? Le psychiatre ?

— Tu le connais ?

— Nous étions tous deux invités à un dîner, samedi soir. Plutôt bel homme, intelligent, distingué... Célibataire... Un bon parti !

Béatrice parut se renfrogner, et Nathalie se demanda si elle n'avait pas commis un impair en plaisantant sur ce sujet. Autrefois, elles auraient enchaîné sur des plaisanteries graveleuses, mais douze ans s'étaient écoulés. Chacune avait évolué de son côté, à son rythme et en fonction de ses propres expériences. Les deux femmes que Nathalie avait devant elle ce jour-là n'étaient plus les gamines qu'elle avait connues jadis, de même qu'elle n'était plus l'adolescente idéaliste qu'elles avaient fréquentée.

Mais peut-être s'était-elle trompée, car Béatrice afficha aussitôt son plus charmant sourire pour expliquer :

— Il est formidable. Il m'a traitée sous hypnose, m'a glissé dans l'esprit des idées comme « je suis belle », « je suis mince », « je plais aux hommes », ce genre de trucs. Des sentiments que je pensais ne jamais pouvoir éprouver. Et voilà le résultat !

— Fantastique ! Je vais aller le trouver pour qu'il me fasse la même chose !

— Oh ! toi tu n'en as pas besoin !

Gisèle avait dit cela d'une voix timide où perçait une pointe d'envie, et Nathalie eut presque mal de l'entendre s'exprimer ainsi. Une fois de plus, comme jadis, elles l'avaient oubliée. La souris grise assistait à leur discussion, recueillait les bribes et les miettes qu'elles laissaient tomber... Que lui dire ? Qu'elle aussi était belle ? Si encore elle avait fait un effort en ce sens. Mais avec ses cheveux filasse qui n'avaient jamais dû voir le peigne d'un vrai coiffeur et cette robe noire à petites fleurs blanches qui la vieillissait de vingt ans, Gisèle n'avait aucune chance d'attirer le regard des hommes. Elle le savait et se refermait sans doute un peu plus sur elle-même chaque fois qu'elle y songeait, ce qui n'arrangeait pas la situation.

— On peut toujours s'améliorer !

Nathalie eut aussitôt honte de la pauvreté de sa réponse. Faite pour essayer de se mettre au niveau de Gisèle, elle risquait d'être prise par celle-ci comme une rebuffade, et une remarque déplaisante sur le peu de soin qu'elle accordait à sa personne. Nathalie jugea plus diplomate de changer de sujet et revint vers Béatrice.

— Que deviens-tu ? Si ta vie est à l'image de ton physique, je crois que ta situation n'est pas trop mauvaise.

Béatrice joua des épaules pour faire admirer son tailleur.

— Je suis conseillère en gestion de patrimoine !

Impressionnant.

— Félicitations ! Ce doit être intéressant.

— Tu peux pas imaginer ! Je m'éclate en prodiguant des conseils à tous les gens fortunés, et Dieu sait qu'il y en a à Vernon, c'est pas croyable. Je les aide à placer leur argent, à choisir tel ou tel produit en fonction de leur fiscalité, de leurs soucis de succession et de transmission de leur patrimoine à leurs enfants... D'ailleurs, je ne vais pas pouvoir rester très longtemps : j'ai rendez-vous dans moins d'une heure avec une des plus grosses fortunes de la région !

— Un bon parti ?

— Quatre-vingts ans et encore alerte, mais marié et avec une ribambelle d'enfants et de petits-enfants. Rien à espérer.

Elles soupirèrent simultanément et éclatèrent de rire.

Le serveur approcha et leur demanda ce qu'elles désiraient commander. Elles déclinèrent toutes trois l'apéritif qu'il leur proposait et optèrent pour le plat du jour afin d'accélérer le service. Dès qu'il se fut éloigné, Nathalie relança la conversation :

— Alors ? Raconte-moi ! Gisèle m'a parlé d'elle l'autre jour, mais toi ? Tu n'es pas mariée ?

Béatrice agita la main gauche pour montrer qu'elle ne portait pas d'alliance.

— Libre comme l'air ! Maintenant que je suis une bombe sexuelle, tu ne voudrais pas que je confie tous mes trésors à un seul gardien ?

Béatrice souriait en disant cela, mais Nathalie eut l'impression que ce sourire était factice, comme plaqué sur le visage d'un mannequin. Elle crut deviner une blessure secrète derrière la légèreté du ton, mais n'osa pas en demander plus : elle ne voulait pas mettre son amie mal à l'aise. Plus tard, si elles redevenaient aussi intimes qu'elles l'avaient été autrefois, Béatrice lui ferait les confidences qu'elle jugerait bonnes.

— Tu ne fréquentes personne ?

— Si, plein de monde au contraire ! Et toi ? Tu n'as pas d'alliance non plus, mais ça ne veut rien dire. Par contre, tu portes toujours ton nom de jeune fille. Alors ? Pas de liaison avec un grand chirurgien ?

En plein dans le mille. Nathalie se demanda si son histoire était parvenue jusqu'à elle, mais c'était peu probable. Elle n'allait quand même pas devenir paranoïaque et s'imaginer que tout le monde la surveillait et que sa vie était connue de tous. Sans doute fallait-il plutôt voir là un résidu de ces romans-photos dont Béatrice avait été friande et qu'elle consommait peut-être toujours autant.

— Il y a eu une liaison avec un chirurgien.

— Ah ! J'en étais sûre ! Il était grand, brun, le genre beau ténébreux et il s'appelait Edmond !

— Il s'appelait Alex. Pour le reste, tu es à peu près dans le vrai.

— Et tu l'as quitté ? s'étonna Béatrice en secouant la tête. Parce que c'est toi qui l'as quitté, n'est-ce pas ? Tu ne t'es quand même pas fait plaquer par ce salaud ?

Le serveur, qui apportait leurs plats, donna à Nathalie le temps de peser sa réponse.

— Je l'ai quitté, dit-elle lorsqu'elles furent à nouveau tranquilles. Et il pleure encore.

Béatrice n'allait pas se contenter d'un résumé. Tout en saisissant sa fourchette, elle insista :

— Raconte !

— Oh ! il n'y a pas grand-chose à en dire. Je l'ai rencontré à la clinique où je travaillais. Nous nous entendions bien et tout allait pour le mieux. Et puis il y a eu un problème. J'ai découvert qu'un chirurgien avait des pratiques un peu douteuses. J'ai voulu le signaler, Alex m'a convaincue de n'en rien faire. Par la suite, j'ai appris qu'il était déjà au courant. Et puis les choses ont mal tourné. Cette histoire est devenue assez laide, nous nous sommes opposés, et lorsque j'ai eu besoin de lui il n'était pas là.

— Alors, tu l'as plaqué !

— Alors, je l'ai plaqué. Mais toi ? Tu ne vas pas me faire croire que tu as passé ces douze années à te morfondre dans ta chambre. Tu n'as pas une bonne histoire, un roman tragique pour faire pleurer le soir dans les chaumières ?

Une ombre passa dans le regard de Béatrice.

— Rien, vraiment. Des amourettes de-ci de-là. Surtout depuis que j'ai maigri, d'ailleurs. Auparavant, mes seules histoires d'amour, c'était avec des millefeuilles !

— Et Amélie ? Gisèle m'a dit qu'elle était partie. Tu as de ses nouvelles ?

Béatrice consulta Gisèle du regard avant de se tourner à nouveau vers Nathalie. Elles secouèrent la tête à l'unisson.

— Non. Elle a quitté Vernon il y a quatre ou cinq ans. Depuis, plus rien.

— C'est curieux. J'aurais juré qu'elle resterait ici jusqu'à la fin de sa vie ! Elle est mariée ?

— Pas que je sache. Elle était serveuse ou quelque chose comme ça, je crois. Et un beau jour, pfuit ! Disparue. Et toi ? Tu es revenue pour rester ?

Nathalie confirma qu'en effet elle avait l'intention de demeurer ici. Après quoi, elles parlèrent surtout d'elle, de ses études et des rencontres qu'elle avait pu faire, de la vie à Rouen...

Elles avaient terminé leur dessert avec un peu d'avance sur le rendez-vous de Béatrice et prenaient le café agrémenté d'une Marie Brizard. En ce qui concernait Nathalie et Béatrice du moins, car Gisèle ne voulait pas boire d'alcool. Elle conduisait, « une vieille 4L achetée d'occasion », avait-elle précisé comme pour s'excuser, et craignait les gendarmes. L'atmosphère était détendue et même elle avait fini par participer à la conversation. Nathalie était heureuse de les avoir retrouvées tout en regrettant l'absence d'Amélie, dernier membre de « la bande des quatre », comme on les appelait au lycée. Tout à ses réminiscences scolaires, Nathalie sentait une douce euphorie la gagner. Elle avait bien fait de renouer contact. Après le mauvais accueil que lui avait réservé

Éliane Fortin le samedi précédent, ces retrouvailles lui avaient fait du bien et elle commençait à croire qu'elle allait se plaire à Vernon.

— À nous, dit-elle en levant son verre. À nous qui sommes presque devenues des Claudia !

Ce fut comme si un nuage noir venait de survoler la table. Béatrice avala son verre d'un trait, fouilla dans son sac pour sortir quelques billets.

— C'est moi qui vous invite ! rappela Nathalie.

— Bon. À charge de revanche. Faut que je me sauve. Allez ! À bientôt. On reste en contact !

Elle se leva, aussitôt imitée par Gisèle, et elles furent dehors avant que Nathalie ait terminé son digestif.

Perplexe, elle demeura seule. Qu'avait-elle donc dit qui les ait soudain perturbées ? L'instant d'avant, elles étaient calmes, détendues, souriantes, savourant cette fin de repas qui marquait des retrouvailles apparemment heureuses... Et les voilà qui filaient à toutes jambes.

Le serveur apporta l'addition qu'elle régla avant de se lever à son tour. Bienvenue en ville, songea-t-elle.

N'avait-elle pas retrouvé toutes ses amies ?

Non, pas toutes. Il manquait Amélie. Et son absence était curieuse. À présent qu'elle y repensait, l'attitude des deux autres aussi avait été curieuse. Comme si elles avaient soudain vu un fantôme.

Mais peut-être se faisait-elle des idées ? Béatrice n'avait plus que quelques minutes pour reprendre son poste. Ce qui pouvait expliquer sa précipitation. Quant à Gisèle, Nathalie l'intimidait, c'était évident. Elle devait avoir eu peur de demeurer seule avec elle. Allons, inutile de se mettre martel en tête. Elle se leva et regagna son cabinet, dans l'attente d'un hypothétique patient.

12

Alain Mercadier se laissa aller dans son fauteuil qu'il fit pivoter face au mur. Il ferma les yeux.

— Et l'arrivée de cette femme vous dérange ?

Claudia demeurait silencieuse. Plus perturbée qu'elle ne voulait l'admettre. Le psychiatre n'ajouta rien. Il avait posé la question, à elle de répondre. Mais son silence était déjà un aveu.

Une éternité s'écoula. Les yeux fermés, Mercadier faisait le vide dans son esprit, cherchait à parvenir à cet état de sérénité qui lui donnerait la clairvoyance.

Puis, de très loin, la voix de Claudia lui parvint. Faible, timide, elle ne lui ressemblait pas.

Signe que son trouble était réel et profond, qu'il puisait sa source aux racines mêmes de sa personnalité. Et Mercadier eut peur. Peur de ce qui pouvait effrayer Claudia.

— Elle est dangereuse.

Le mot ne l'étonna pas. Il était parvenu à la même conclusion.

— Elle me menace. Pourquoi est-elle revenue ? Tout allait bien sans elle. Pourquoi est-elle là, à nous narguer ?

— Croyez-vous qu'elle le fasse volontairement ?

— Peu importe ! Mais je ne me laisserai pas faire. Je suis forte. Plus forte qu'elle. Elle ne m'aura pas.

Le psychiatre nota l'expression sur son bloc sans même ouvrir les yeux. Oui, Claudia était forte. De plus en plus forte. Pour elle qui revenait de si loin, c'était un miracle. Lorsqu'il rédigerait un article sur son cas, ses collègues ne pourraient qu'en être ébahis. À lui les honneurs !

— Si elle reste, il y aura du sang et des larmes !

Mercadier ne fut pas surpris par le vocabulaire outrancier. Elle était ainsi. Tout en excès. Cela faisait partie du personnage.

— Qu'en disent les autres ?

— Les autres ?

— Oui, les fréquentations de cette femme. Elle a renoué avec ses anciennes amies, non ?

— Oh ! Gisèle est toujours prête à aller du côté où souffle le vent ! Quant à Béatrice, elle admire Nathalie, aujourd'hui comme il y a quinze ans. Vous l'avez fait maigrir, mais ça n'a rien changé, au fond. Quoi qu'elle fasse, elle demeurera toujours une grosse conne dans l'âme !

Mercadier nota ces commentaires. Elle avait toujours été dure avec Béatrice. Quant à ce qu'elle disait de Gisèle, cela n'avait rien de surprenant. La pauvre fille n'avait rien pour elle.

Mais peu importaient ses relations avec Gisèle. Seuls ses rapports avec Béatrice l'intéressaient.

— N'êtes-vous pas un peu sévère envers Béatrice ?

— Bon sang, vous la connaissez ! Il n'y a vraiment rien à en tirer.

— En êtes-vous certaine ? Réfléchissez-y. Vous lui devez beaucoup, ne l'oubliez pas.

Claudia se tut. Comme souvent lorsqu'il abordait ce sujet, elle préférait se murer dans un silence méprisant que d'admettre les points qu'elles pouvaient avoir en commun. Le psychiatre contint un sourire. Claudia le fascinait.

Il ne faudrait pas que l'arrivée de Nathalie Duclessis vienne compromettre tout le travail accompli ces dernières années !

— Je conçois que l'irruption de cette femme dans votre vie vous déstabilise. Mais qu'est-ce que vous redoutez exactement ?

— Ce que je redoute ?

La voix de Claudia marqua une hésitation. Incroyable. L'assurance était un des traits de base de sa personnalité. Mercadier sentit l'angoisse progresser en lui, comme par contagion.

— Qu'elle détruise mon univers.

— Le risque est minime...

— Vraiment ? Vous l'avez rencontrée, pourtant.

Il réfléchit. Devait-il dire la vérité ? Bien sûr, puisqu'elle était déjà au courant.

— Oui.

— Comment l'avez-vous trouvée ?

— Agréable. Intéressante.

— Sexy.

— Je suppose.

— Vous supposez ? Je sais que vous avez flirté avec elle.

— Flirter est un bien grand mot pour quelques paroles échangées à table en présence d'autres convives...

— C'est vrai que vous n'étiez pas seuls. Mais si vous aviez été seuls ?

— Ce n'est pas de moi qu'il est question, mais de vous, Claudia.

— Non. Ni de vous ni de moi. Mais d'elle ! Je ne la laisserai pas réapparaître après douze ans et bousculer notre existence ! Elle a quitté cette ville alors que nous y sommes restées et tout se passait bien avant qu'elle revienne.

— Voyons, elle n'a encore rien fait...

— Sa seule présence est une gêne ! Sa présence dans cet immeuble ! Vous y avez songé ? Là, deux étages plus bas !

— Je sais... Cela ne facilite pas les choses...

— Ça, c'est l'euphémisme de l'année ! Et si je la croise dans l'escalier ?

Mercadier ne dit rien. Il avait déjà envisagé cette possibilité.

— Tout le monde a un secret, lui rappela Claudia. Tout le monde. Tout le monde porte un masque. Même toi, mon petit Alain. Qu'est-ce que tu dirais si on te l'arrachait ? Si tes excursions au Milky Way étaient connues ?

— Restons-en au vouvoiement, voulez-vous ?

Mais Mercadier n'avait pu retenir un frisson.

— Je ne la laisserai pas m'ôter le mien ! Je ferai ce qu'il faut pour l'en empêcher. Je veux vivre, tu comprends ? Vivre !

La pendulette sur l'étagère carillonna à petits coups prudents, signe que l'heure était écoulée. Claudia se leva sans ajouter un mot et quitta la pièce.

Mercadier demeura dans son fauteuil, le regard fixé au plafond sans le voir.

Une coulée de sueur froide lui dévalait les reins. Il avait peur. Pas spécialement pour lui. Peur d'une manière générale.

Claudia était un personnage entier, sans nuances, une créature sans profondeur, égocentrique, qui se considérait comme le centre de l'univers.

Elle n'éprouvait pas la moindre pitié pour qui que ce soit, ne pensait qu'à elle et à satisfaire ses pulsions les plus primitives. Un cas fascinant, tant qu'il demeurait un objet d'étude. Mais, depuis peu, elle empiétait dans son univers, s'immisçait jusque dans sa vie privée. Et le menaçait.

Le fait qu'elle s'en prenne à Nathalie Duclessis pouvait la détourner de lui pendant un certain temps, mais jusqu'où irait-elle ? Il ignorait de quoi elle était capable réellement.

Il craignait de le découvrir.

13

Minuit a sonné depuis longtemps. La lune qui pénètre par les lucarnes sur chaque palier découpe les marches en masses noires et luisantes, suffisamment distinctes pour que l'ombre qui les gravit sans bruit progresse d'une démarche assurée.

Sur le palier de l'entresol, elle s'arrête et colle son oreille contre la porte. Rien. Rien que le silence. Comment en irait-il autrement à une heure aussi avancée ? Nathalie dort, bien entendu. La lumière de sa chambre s'est éteinte à vingt-trois heures trente-quatre.

L'ombre s'éloigne de la porte, reprend l'escalier.

14

Nathalie se réveilla en sursaut.

— Qui est là ? Il y a quelqu'un ?

Sa main tâtonna à la recherche de l'interrupteur de sa lampe de chevet tandis que son regard fouillait la pénombre. Elle le trouva enfin et la petite ampoule éclaira la pièce. Il n'y avait personne. Elle était pourtant certaine d'avoir entendu une voix l'appeler. La menacer. Sa froideur résonnait encore dans ses oreilles. Se pouvait-il qu'un intrus se soit introduit dans son appartement ?

Elle se leva, passa dans le couloir en allumant toutes les lumières au fur et à mesure de sa progression. Personne dans la salle de bain, personne dans les toilettes, et le placard était vide. Elle entra dans le salon, désert lui aussi, sans aucun endroit où se cacher. Puis dans la cuisine dont la porte était demeurée ouverte.

Non, elle était bien seule.

Dans son appartement, tout au moins.

Qu'avait dit cette voix ?

« Nathalie ! Pars ! Quitte cette ville, ou tu mourras. »

Non, c'était impossible. Elle avait dû rêver. D'ailleurs, il n'y avait personne ici. Et même si on l'avait appelée depuis son cabinet, la voix n'aurait pu avoir la clarté qu'elle lui avait prêtée.

C'était forcément un mauvais rêve.

Allons, elle devait se recoucher.

Mais d'abord, il lui fallait compléter sa visite sinon elle savait qu'elle ne pourrait se rendormir. Elle posa la main sur la clef, hésita. Et si quelqu'un se trouvait derrière ? Un cambrioleur. Un drogué à la recherche de quelque substance à absorber...

Peut-être avait-elle entendu un bruit que son subconscient avait interprété sous la forme d'un message menaçant ? Allons, il fallait qu'elle sache.

Elle traversa la cuisine, empoigna un grand couteau à découper. Elle espérait bien ne pas avoir à s'en servir, mais du moins si elle rencontrait quelqu'un de l'autre côté de la porte aurait-elle de quoi répondre au cas où il se montrerait violent.

Elle ouvrit. L'entrée était plongée dans l'obscurité. Elle alluma, ne constata rien d'anormal. La porte donnant sur le palier était toujours fermée à clef. Elle passa dans son cabinet, désert, et jeta un coup d'œil dans la petite salle d'eau attenante, juste pour se rassurer définitivement. Non, il n'y avait personne. Elle revint dans la pièce principale, écarta le rideau. La rue était vide. Tout le monde dormait, et elle ferait mieux d'en faire autant.

Se traitant d'idiote, elle regagna son appartement où elle s'enferma.

Au moment de remiser le couteau, elle hésita, puis décida de le garder. Elle le glissa sous le lit. Après quoi, elle se recoucha et éteignit la lumière. Mais elle resta un long moment les yeux ouverts dans le noir, à se demander pourquoi elle avait fait ce cauchemar étrange.

Le lendemain matin, dans l'entrée de l'immeuble, Nathalie trouva sa plaque jetée sur le sol. Quant à sa boîte aux lettres, elle débordait de détritus.

Elle resta un moment à contempler ce saccage, se demandant qui pouvait en être l'auteur et s'il y avait un rapport avec son cauchemar. Avait-elle perçu le bruit de la plaque qu'on arrachait ? Mais pourquoi aurait-elle aussitôt traduit ce son par une menace envers elle ? Non, il ne pouvait s'agir que d'une coïncidence.

Mais qui pouvait avoir fait une chose pareille ? Quelqu'un qui voulait lui signifier qu'elle n'était pas la bienvenue. Le nom d'Éliane Fortin lui vint à l'esprit. La femme du médecin serait-elle assez mesquine pour se livrer à ce genre de gamineries ? Peut-être. Mais Nathalie avait tout de même du mal à croire qu'elle en soit arrivée là après une simple rencontre. À moins qu'elle n'ait agi pour compte commun avec Agatha Tremblay. Ainsi, elle faisait plaisir à une amie, et en même temps elle incitait une concurrente à quitter la ville. Ou bien ne fallait-il voir là que l'ouvrage de gamins désœuvrés qui avaient trouvé un moyen idiot de se distraire ?

L'absence d'autre victime indiquait peut-être tout simplement qu'ils avaient été dérangés dans leur entreprise de dégradation.

Elle acheva son nettoyage et regagna son cabinet sans être parvenue à une conclusion satisfaisante. Un message l'attendait sur son répondeur : une femme lui demandait de passer la voir pour une mauvaise grippe.

Elle nota l'adresse et, abandonnant sa plaque endommagée sur son bureau, elle ramassa son sac et partit pour sa première visite à domicile.

15

Béatrice portait un autre tailleur gris, tout aussi strict que celui de la semaine précédente, qui la mettait également en valeur. Nathalie put constater que le traitement de Mercadier avait eu de profonds effets sur elle.

Elle faisait aujourd'hui preuve d'une assurance qu'elle avait été loin d'afficher autrefois, lorsque son tour de taille la complexait tant qu'elle hésitait longuement avant d'entreprendre quoi que ce soit.

Cette fois, ce fut son tour d'être en retard et elle s'en excusa en se laissant tomber sur la banquette du restaurant et en précisant :

— Je dois repartir dans une demi-heure ! Une réunion.

Nathalie sourit. Son amie paraissait courir en permanence.

— Gisèle n'est pas là ? s'étonna Béatrice.

— Non, je broie un peu du noir en ce moment et elle n'est pas du genre à me remonter le moral.

— Ça, tu peux le dire ! Comme éteignoir, celle-là, elle se pose un peu, là ! Manque de sexe, si tu veux mon avis. Et toi, question sexe, ça va ?

En perdant du poids, Béatrice avait également perdu une grande partie de ses complexes ! Nathalie jeta un regard inquiet autour d'elles, mais personne ne semblait avoir entendu.

— Ça pourrait aller mieux, glissa-t-elle en baissant la voix. Mais ce n'est pas mon principal souci.

— Tu as des soucis ? Raconte.

Nathalie ne savait trop comment présenter ça. À présent qu'elle devait les exprimer, ses craintes lui paraissaient ridicules. Qu'avait-elle à exposer ? Quelques appels nocturnes comme en reçoivent bien des femmes seules ? Même s'ils étaient devenus tellement gênants qu'elle avait fini par faire couper sa ligne personnelle, se contentant à présent de son portable, y avait-il là de quoi faire un drame ? La dégradation de sa boîte à lettres et de sa plaque ? Les plaisanteries qui l'envoyaient en visite aux quatre coins de la ville et derrière lesquelles elle croyait de plus en plus voir la main d'Éliane Fortin ? Rien de bien méchant en somme. Mais Béatrice ne paraissait pas l'entendre de cette oreille.

— Tu devrais tout de même faire attention, dit-elle en découpant son steak. Ce ne sont peut-être que les prémices à une attaque plus directe. Peut-être que tu n'es pas la bienvenue ici, que tu gênes quelqu'un...

— Moi ? À part les médecins que je concurrence, qui pourrais-je bien gêner ?

— Je ne sais pas, moi. Une fille qui aurait les mêmes visées que toi sur un beau garçon.

— Je ne fréquente personne. Je n'ai même remarqué personne ! Non, c'est impossible.

Béatrice parut peser cette affirmation tout en s'observant dans le miroir qui tapissait le fond de la salle.

— Tu es sûre que tu veux rester ? demanda-t-elle enfin.

— La question n'est pas d'être sûre ou non. Je n'ai pas le choix ! Je me suis installée ici. Je me suis endettée pour racheter ce cabinet. Si je pars, c'est une catastrophe financière pour moi. Tu peux comprendre ça, toi dont c'est le métier ?

Béatrice lui adressa un sourire automatique, qui devait être un réflexe de banquière dès qu'il était question d'argent.

— Bien sûr. Tout de même, tu aurais dû prendre quelques précautions avant de venir. Peut-être que tu ne t'accordes pas à ton environnement ?

— Qu'est-ce que tu me racontes là ?

Béatrice soupira comme si elle tentait de faire comprendre quelque chose à une enfant particulièrement bornée. Elle se pencha vers elle, la fixant d'un regard pénétré par l'importance de ce qu'elle allait lui révéler.

— C'est simple, on est tous faits pour aller quelque part. Tu as entendu parler du feng shui.

— C'est un plat à base de poisson ?

— Tu sais que ton cas est désespéré ? Le feng shui, c'est l'art de placer son mobilier en harmonie afin de vivre sa vie sous de bonnes influences. Tu me suis ?

— Je le crains. Ne me dis pas que tu crois à ce genre d'inepties...

— C'est prouvé ! Les Chinois vivent selon ces préceptes depuis des millénaires et s'en trouvent très bien.

— Je n'ai pas l'impression qu'ils sont plus heureux que nous. En tout cas, je ne sais pas si on pourrait imputer ça à la façon de placer leur lit. Ou leur natte, ou quel que soit le truc sur lequel ils dorment !

Béatrice se redressa, vaguement mortifiée.

— Bon, ne fais pas ta mauvaise tête. Je veux dire qu'un tas de phénomènes entrent en ligne de compte. Tu as pu choisir une mauvaise date pour emménager ! As-tu consulté ton horoscope ?

Nathalie faillit éclater de rire. Elle ne parvenait pas à déterminer si Béatrice se payait sa tête. En tout cas, son amie ne souriait pas.

— Je peux le faire pour toi, proposait-elle. Je vais te sortir ton thème astral et te dire si tu as bien fait de t'installer comme tu l'as fait.

— O.K., O.K. Je vois que tu es sérieuse, mais je ne crois pas à tous ces... trucs. Parlons d'autre chose. Tu as vu Gisèle récemment ?

— Elle est passée faire mon ménage. Elle va bien.

— Tant mieux.

— Mais sérieusement, tu devrais faire très attention. Parfois, mieux vaut abandonner le terrain que s'entêter. C'est ce qu'a fait Amélie.

— Qu'est-ce que tu veux dire ?

Béatrice se mordit les lèvres, et Nathalie eut l'impression qu'elle avait soudain conscience d'en avoir trop dit.

— Rien. Simplement qu'Amélie n'était pas bien à Vernon. Elle avait des problèmes et elle a préféré partir.

— Je croyais que tu ignorais ce qu'elle est devenue.

— Je sais juste qu'elle est partie précipitamment.

Béatrice détournait la tête en souriant, comme si la question était réglée, mais Nathalie n'entendait pas la laisser se dégager aussi facilement. Elle en avait trop dit.

— Partie précipitamment ? Qu'est-ce que cela signifie ? Elle a fui ?

— J'ai l'impression.

— Mais fui quoi ?

Béatrice eut un geste d'impuissance.

— Ça, il faudrait le lui demander, mais comme je ne l'ai pas revue...

— Et tu n'as pas eu de nouvelles ?

— Aucune.

— Et personne ne sait où elle est ? Gisèle ?

— Gisèle est un puits de connaissance ! Elle fouine partout, fait les ménages de toute la ville ou presque... Elle connaît tout le monde ! Elle entend tous les ragots, tous les potins, elle est au courant de tout. Mais ça, même elle, elle l'ignore ! J'en suis certaine parce qu'elle m'a déjà posé la question.

— Bon. De toute façon, ce n'est pas Amélie qui aura la réponse à mes problèmes, si elle n'est plus là depuis plusieurs années.

— Exact.

Béatrice consulta sa montre.

— Je ne vais pas avoir le temps de prendre un dessert. Faut que je me sauve, constata-t-elle en se levant.

— Cela m'a fait plaisir de discuter avec toi. Si on faisait ça plus souvent ?

— Tu veux dire déjeuner ensemble ? Pourquoi pas ? Jeudi prochain, même heure ?

Nathalie eut à peine le temps d'acquiescer que déjà son amie traversait le restaurant en courant presque.

16

Mario arriva trop vite sur le parking de l'auberge et freina brutalement. Les roues se bloquèrent et l'Alfa Romeo chassa de l'arrière, projetant des gravillons sur une Peugeot flambant neuve. Claudia poussa un cri, d'excitation plus que de frayeur, et se cramponna à son siège.

Les trois autres voitures arrivaient juste derrière, et Mario se rangea entre deux Mercedes tandis que leurs compagnons de virée trouvaient des places un peu plus loin.

— Excitée, hein ?

— Tu conduis comme un dingue.

— C'est parce que je suis dingue, dingue de toi !

Il se pencha sur elle et l'embrassa tout en lui glissant la main entre les cuisses. Claudia écarta les jambes pour faciliter son exploration. Les autres descendaient de voiture et ne pouvaient pas se méprendre sur ce qu'ils faisaient. Quelques plaisanteries fusèrent du petit groupe qui se dirigeait déjà vers l'auberge.

Mario se laissait emporter et commençait à tirer sur sa culotte.

— Arrête, dit-elle. Pas maintenant.

Non pas qu'elle ait eu peur qu'on la voie, mais elle tenait à s'assurer une bonne place à table, au centre où elle pourrait parader tout à loisir. S'ils arrivaient les derniers, ils devraient se contenter d'un bout de table et cela lui gâcherait une partie de son plaisir.

— Allez ! dit-elle en repoussant la main qui s'était faite insistante. À table ! Le dessert, c'est pour plus tard !

Mario grogna lorsqu'elle se dégagea pour descendre. Ils s'étaient rencontrés dans un bar, deux heures plus tôt, et il n'avait pas encore eu le temps de goûter à tous les trésors qu'elle lui faisait miroiter.

Il claqua sa portière et les serrures se fermèrent avec un bruit métallique.

— Allons-y, dit-il.

Bras dessus, bras dessous, ils traversèrent le parking. Il l'embrassa dans le cou tout en gravissant les marches menant à l'entrée et elle sentit sa moustache la picoter derrière l'oreille. Elle adorait les moustaches. La nuit allait être fantastique.

— Nous sommes avec des amis. Eux, là-bas ! dit Mario au serveur qui se proposait de les placer.

Effectivement, ils étaient arrivés trop tard et les quatre autres couples étaient déjà installés. Ils allaient avoir droit au bout de table. Claudia vérifia dans un miroir que sa coiffure n'avait pas trop souffert des assauts de son cavalier.

Non, tout allait bien. Elle examina la salle dans la glace et se figea.

Réalisant qu'elle ne le suivait plus, Mario s'immobilisa et se tourna vers elle.

— Qu'est-ce qui t'arrive ? Tu viens ?

Claudia reculait en direction de la porte. Elle secoua la tête.

— Non.

Mario la fixait sans comprendre. L'instant d'avant, elle paraissait partie pour faire une fête d'enfer et la voilà qui renâclait soudain ? Il suivit la direction de son regard, mais il ne vit que des gens anonymes, qui dînaient tranquillement. Rien d'anormal.

— Qu'est-ce qui te prend ? On dirait que tu as vu un fantôme.

— C'est un peu ça. Désolée, je ne peux pas entrer là.

— Tu déconnes ? Les autres nous attendent.

— Viens, on s'en va.

Elle vit Mario hésiter et comprit son dilemme : plaquer sa bande de copains pour cette fille qu'il ne connaissait pas et qui faisait des histoires sans raison apparente, ou bien la laisser tomber et espérer en lever une autre en boîte un peu plus tard. Son choix fut vite fait.

— Allez, viens, insista-t-il. Ou tu vas devoir te débrouiller pour rentrer. Moi, je reste !

— Eh bien, reste avec ta bande de minables ! Connard !

Claudia tourna les talons et sortit du restaurant comme une furie.

Mario ne la suivit pas.

Sur le parking, elle réalisa qu'elle venait de commettre une erreur. Elle aurait dû enjôler cet abruti pour qu'il la conduise ailleurs. Au lieu de quoi elle se retrouvait seule, dans la nuit, à des kilomètres de tout.

Elle jura. Nathalie allait lui payer ça !

17

Pendant ce temps, inconsciente de la rancune qu'elle venait de s'attirer par sa seule présence à l'intérieur de l'auberge, Nathalie poursuivait son dîner en compagnie d'Alex.

Il l'avait appelée un peu plus tôt dans la journée pour lui annoncer qu'il se trouvait à Paris et devrait passer par Vernon pour rentrer à Rouen le soir même.

Si elle était libre, il serait heureux de l'inviter à dîner pour faire la paix. En simples copains, s'était-il empressé de préciser quand elle avait commencé à ériger des barrières devant sa proposition. Nathalie avait fini par se laisser convaincre.

Ces deux derniers jours avaient été épouvantables : une femme qu'elle ne parvenait pas à identifier lui laissait des messages lui demandant de passer aux quatre coins de la ville et, lorsqu'elle arrivait sur place, c'était pour découvrir que personne ne l'avait appelée. Elle était lasse de lutter contre un ennemi invisible, et cette invitation lui avait paru une diversion bienvenue. Mais elle se doutait bien qu'Alex n'avait pas l'intention de rester sur un terrain neutre et de se comporter en vieil ami. Effectivement, depuis le début du dîner, il faisait de grands efforts pour tenter de la reconquérir et, même si elle n'avait pas l'intention de succomber, elle devait admettre qu'elle y était sensible. On ne lui avait pas fait la cour depuis si longtemps qu'elle avait oublié à quel point c'était agréable. Cette soirée avait un côté rafraîchissant qui lui rappelait son adolescence.

Mais il en serait pour ses frais. Malgré son envie de céder à son charme, elle ne tenait pas à renouer avec lui. Pas après ce qui s'était passé. Elle n'était pas près de pardonner.

— Tu as remarqué qu'ils louent des chambres ? Imagine ce que ce doit être que de se réveiller ici au petit matin, d'entendre les oiseaux...

— Charmant, certainement. Mais tu ne m'as encore rien dit de toi. Qu'est-ce que tu deviens ?

— Oh ! le train-train habituel. Rien de neuf...

— Il n'y a pas eu de... suites ?

— Non. C'est une histoire terminée. Tu n'as pas eu d'ennuis, au moins ?

— Non, rien.

— Tant mieux, j'en suis heureux.

— Rien, à part le fait de perdre mon poste et de devoir quitter Rouen comme si j'avais été fautive...

— Mais ça ne portera pas à conséquence, puisque l'enquête est abandonnée.

— C'était la contrepartie de mon départ. Agatha avait été très claire là-dessus.

— Elle a fait ce qu'elle a pu...

— Tu parles !

— Il faut la comprendre. Elle a une lourde responsabilité.

— Sa responsabilité consistait à traîner Blanchard devant les tribunaux !

— Et ça aurait coulé la clinique. Tu le sais. Ce n'est pas le genre de scandale dont on se remet.

— Tandis que là, on a fait pour le mieux. Blanchard a trouvé du boulot ailleurs, où il pourra continuer ses petites magouilles, et c'est moi que l'on a soupçonnée d'avoir profité de ma position pour ordonner des interventions non justifiées.

— Tu t'en es bien tirée, non ?

— Bien sûr. Un chèque et barre-toi. Que l'on reste entre gens propres.

— Ce n'était pas l'intention...

— C'est l'impression que cela donne, vu de l'extérieur.

Elle se pencha sur la table, leurs visages presque assez près pour qu'ils s'embrassent, mais ce n'était pas un baiser qu'elle cherchait.

— Croirais-tu que j'ai dîné en ville la semaine dernière et que la femme d'un médecin local m'a presque accusée de faute professionnelle ?

— Tu exagères.

— Non. C'était une grande amie d'Agatha, paraît-il. C'est elle qui raconte des mensonges sur moi ? Non contente de me mettre dehors, elle salit ma réputation ? Qu'est-ce qu'il lui faut de plus ? Que je me suicide ?

Alex secoua la tête comme s'il ne comprenait pas un mot de ce qu'elle disait.

— Écoute, je ne suis pas venu ici pour discuter de tout cela.

— Et de quoi, alors ?

— C'est de l'histoire ancienne...

— Pour toi ! Moi, je la vis tous les jours. J'ai été contrainte de quitter un poste qui me convenait, dans une ville où j'étais bien...

— Tu n'es pas mal, ici.

— Là n'est pas la question ! J'ai dû plier bagage à un moment que je n'avais pas choisi. Et accepter ce que je trouvais.

— Tu prends ces événements beaucoup trop au tragique. Tu devrais considérer ça comme une nouvelle chance. Tu as touché une bonne indemnité de départ, qui t'a permis de t'installer. Tu es encore jeune...

— Merci pour le « encore ».

— Ce n'est pas ce que je voulais dire... Crois-moi quand je te dis que tu es belle et que tu as de quoi plaire à n'importe qui. À moi, par exemple. Ne te laisse pas anéantir par cette histoire. C'est terminé. C'est ce que tu dois te dire pour repartir d'un bon pied. Rouen n'est pas tellement éloigné de Vernon. Et tu le savais en t'installant ici, non ? Sinon, tu aurais traversé la France.

— Où veux-tu en venir ?

— Oublions tout ce qui nous a opposés, les mots que l'on ne pensait pas forcément... On s'entendait bien... Le fait que nous ne travaillions plus ensemble pourrait simplifier nos relations, tu ne crois pas ?

Nathalie se laissait bercer par ces paroles. L'idée était tentante. En moins d'une heure, ils pourraient se retrouver sans craindre les ragots. Mais elle ne parvenait pas à oublier les événements qui avaient précédé son départ de Rouen, ni la peur ressentie en réalisant qu'on la considérait comme responsable et que, si la justice suivait son cours, elle finirait sur le banc des accusés.

Et surtout le fait qu'à cette époque Alex avait pris ses distances en voyant qu'elle s'enfonçait.

— Nos relations sont déjà simplifiées, dit-elle. Tu vis à Rouen, moi, ici. Tu as ta vie, ta carrière, moi également. Quoi de plus simple ?

Il voulut lui prendre la main, mais elle se dégagea.

— As-tu tout oublié ? demanda-t-il.

— Non, justement. Je n'ai rien oublié. Rien.

Il grimaça.

— Bon sang, on ne va pas ressasser cette histoire éternellement !

— Non. Je n'en ai pas l'intention. C'est bien pour ça

que je suis venue m'établir ici. Et ce n'est pas moi qui ai repris contact, ne l'oublie pas.

Elle se cala dans son siège, et un lourd silence s'installa à leur table. Un peu plus loin, un groupe qui venait d'arriver commandait bruyamment des apéritifs.

Un homme seul en bout de table la regardait fixement. Brun, moustachu, le genre latin macho et sûr de lui, il avait remarqué qu'elle se disputait avec Alex. Il lui adressa un clin d'œil.

« Aucune chance, mon pauvre vieux », songea-t-elle en détournant la tête.

Alex fit signe au serveur qu'ils désiraient la carte des desserts.

— Tu as bien réfléchi ? demanda-t-il.

— C'est tout vu.

— Tu es sûre de ne pas le regretter ?

Et en voyant son regard plonger dans le sien et la caresser, elle sentit sa détermination vaciller. Elle l'avait tant aimé. Mais non, c'était fini tout cela. Elle était en train de s'en détacher et devait tenir bon. La blessure était presque cicatrisée, il ne fallait surtout pas la rouvrir maintenant. Même si elle la démangeait.

— L'endroit est agréable. On pourrait louer une chambre, juste pour une dernière fois, en souvenir du passé.

Il lui prit la main et cette fois elle se laissa faire.

— On discuterait de tout cela demain matin, à tête reposée...

Sa voix était si douce, si tendre, si persuasive... Elle avait terriblement envie de dire oui, de se retrouver dans ses bras, de poser la tête sur son épaule, de le sentir la déshabiller et la porter dans le grand lit qu'elle devinait les attendre là-haut.

Mais non. Elle retira sa main.

Le serveur arrivait avec la carte des desserts. Elle l'ouvrit et prit son temps avant de choisir une île flottante.

Alex avait les lèvres pincées, comme chaque fois que quelque chose ne fonctionnait pas selon ses plans. Il avait dû fonder de grands espoirs sur cette invitation, penser qu'elle lui tomberait dans les bras dès qu'il apparaîtrait.

Nathalie fut d'autant plus heureuse de lui avoir dit non. Elle avait horreur que l'on décide pour elle. Ce n'était pas tant la menace d'un procès, de la prison, ou même d'être rayée de l'ordre des médecins qui l'avait mise hors d'elle dans l'histoire de Rouen. Non, ce qui lui avait fait le plus mal avait été la contrainte de passer sous les fourches caudines dressées par Agatha et de devoir démissionner pour les fautes commises par un autre.

— Il faut que tu comprennes une chose, dit-elle après qu'ils eurent terminé leurs cafés. C'est fini entre nous. Et je n'ai pas l'intention de renouer.

— Tu as tort. Tu le regretteras.

Il se tut, car le serveur apportait la note et il tapa son code avec rage sur le terminal électronique.

L'avait-il menacée ? Elle n'en était pas sûre. Alex était un enfant gâté, elle le savait. Habitué à toujours obtenir tout ce qu'il voulait, il ne comprenait pas qu'on puisse lui refuser quelque chose. Mais de là à la menacer ? Ou bien avait-il simplement voulu dire qu'elle comprendrait bientôt l'erreur qu'elle commettait en le repoussant et qu'il serait alors trop tard pour revenir en arrière ?

Elle se leva, mal à l'aise. Une partie d'elle-même regrettait de l'avoir repoussé. Elle aurait aimé pouvoir passer une nuit à s'oublier dans une débauche de luxure sans penser au lendemain et aux difficultés qui l'attendaient. Mais elle savait qu'elle n'aurait pu avoir cette nuit d'oubli sans la payer chèrement par la suite.

Non, elle avait pris la bonne décision.

Elle récupéra son manteau au vestiaire et ils se retrouvèrent sur le perron sans avoir échangé un mot. L'atmosphère était tendue. Elle tenta de désamorcer la bombe qu'elle sentait prête à exploser :

— Comprends-moi, dit-elle. Je commence une nouvelle vie. Et je repars à zéro dans tous les domaines. Je suis désolée.

Il haussa les épaules, boudeur.

Dieu merci, ils étaient venus chacun de leur côté et elle n'aurait pas à supporter son air renfrogné jusqu'à la ville.

Elle se dirigea vers sa voiture et il l'accompagna, galant malgré tout.

Nathalie sentit soudain les larmes lui monter aux yeux. Qui pouvait lui en vouloir à ce point ? Il semblait bien qu'elle allait devoir supporter Alex jusque chez elle.

On avait crevé les quatre pneus de sa voiture.

18

Alain Mercadier descendit l'escalier en sifflotant. Il allait faire ses courses et s'était vêtu pour l'occasion d'un petit costume gris très sobre. Pas de cravate, ce qui était sa seule concession au négligé.

Il était persuadé qu'il ne pouvait affronter la population extérieure sans être vêtu d'un costume, de crainte de rencontrer l'un de ses patients qui ne comprendrait pas que le psychiatre auquel il confiait sa vie intime puisse se promener en jean ou en survêtement !

Nathalie, qui venait de ramasser son courrier, regagnait son appartement et ils se croisèrent sur son palier.

— Ah ! Docteur Mercadier. J'aimerais vous parler, vous avez deux minutes ?

Il n'avait rien d'urgent à faire : ses courses pouvaient attendre. Il la suivit donc dans son cabinet où elle lui désigna l'un des deux fauteuils qu'elle destinait à ses patients tandis qu'elle s'installait dans l'autre.

Elle lui montra ce qu'elle tenait dans la main.

— Mon courrier, dit-elle.

Trois enveloppes, déchirées par le milieu.

Il la regarda sans comprendre.

— Je les ai trouvées comme ça.

Le psychiatre pensa immédiatement à Claudia, mais le facteur venait de distribuer le courrier : il l'avait aperçu de sa fenêtre quelques minutes plus tôt. Il aurait fallu qu'elle se glisse dans l'immeuble juste après son passage pour avoir le temps de perpétrer son forfait avant que Nathalie ne descende. Impossible.

— Peut-être ont-elles été abîmées à la poste, tenta-t-il.

— Non. Cela ne ressemble pas à un accident, c'est trop net : quelqu'un les a prises dans ma boîte, les a déchirées et les a remises.

Compte tenu de la minceur de la fente, il fallait avoir de très petits doigts. Et encore.

— Vous n'avez jamais eu ce genre de problème ? demanda-t-elle.

— Jamais. Apparemment, cela semble se concentrer sur vous. La semaine dernière, déjà, vous aviez eu des ennuis...

— S'il n'y avait que cela.

Elle hésita et il se demanda ce qu'on avait bien pu lui faire d'autre. Il ne comprenait pas pourquoi elle l'avait fait entrer. Il n'aimait pas se mêler des affaires des autres, et celle-ci ne le concernait en rien. Du moins l'espérait-il. Qu'attendait-elle de lui ? Il n'était pas le gardien de l'immeuble.

— La semaine dernière, j'ai reçu plusieurs appels anonymes en pleine nuit : le téléphone sonnait et personne ne parlait. Au point que j'ai fait supprimer la ligne dans l'appartement. Je n'utilise plus que mon portable. De jour, j'ai reçu des demandes de visites par le téléphone du cabinet et, quand je me suis rendue sur place, on m'a répondu qu'on n'avait pas demandé de médecin. Et samedi soir, je suis sortie dîner avec un ami ; lorsque nous avons quitté le restaurant, quelqu'un avait crevé mes pneus.

Mercadier réfléchit. Claudia pouvait-elle être responsable de tout cela ? Les menaces proférées la semaine précédente dans son cabinet n'étaient-elles que des paroles en l'air, ou bien était-elle passée aux actes ? Et si tel était le cas, jusqu'où irait-elle ? Il frissonna. Avait-il involontairement déclenché quelque chose qui le dépassait ?

Mais non, il dominait la situation. Il était au courant de tout ce qui se passait. Du moins l'espérait-il.

Peut-être la solution résidait-elle ailleurs ?

Qui était cette Nathalie Duclessis, après tout ? Une femme réfugiée de Rouen, à la suite d'un scandale, à ce que lui avait dit Éliane Fortin. Éliane Fortin, en voilà une autre qui pouvait être la cause de tous ces problèmes, si problèmes il y avait.

Cette femme était une véritable vipère et il s'en méfiait depuis le jour où il l'avait rencontrée. Il l'imaginait tout à fait capable de fomenter un complot pour rendre la vie impossible à cette concurrente qui s'installait sur son territoire.

À moins que Nathalie elle-même ne soit à l'origine de tous ces incidents ? Après tout, elle en était le seul témoin, et des choses plus étranges survenaient chaque jour.

Nathalie n'aurait-elle pu déchirer elle-même son courrier en l'entendant arriver, pour donner plus de poids à ses affirmations ? Le facteur temps pesait en ce sens. Et, par sa profession, il savait que les personnes les plus stables en apparence cachaient parfois des abîmes de déséquilibre.

— Que comptez-vous faire ? demanda-t-il, fidèle à la technique qui voulait qu'on n'avance jamais une opinion personnelle, mais que l'on se contente de relancer la discussion par une question.

Nathalie laissa tomber les enveloppes sur son bureau.

— Je ne sais pas. J'ai porté plainte pour les pneus,

mais personne n'a vu quoi que ce soit et la gendarmerie n'a pas l'air d'estimer nécessaire de poursuivre l'enquête.

— Vous avez une idée sur la source de ces problèmes ?

— Aucune. À part nous, qui vit dans l'immeuble ?

— Personne pour le moment. Comme je vous l'ai dit, les locataires du premier sont en vacances...

— Et avant mon arrivée ici, l'endroit était tranquille ?

— Si tranquille qu'il en était presque sinistre. Mais, excusez-moi, pour autant que je puisse en juger de chez moi, c'est toujours tranquille. Vous êtes la seule à avoir des problèmes, si problèmes il y a...

Nathalie tressaillit et il vit qu'elle avait saisi le sens du message.

— Êtes-vous certaine de ne pas accorder trop d'importance à des faits bénins ? Je veux dire... Un déménagement est toujours une épreuve. Même lorsque l'on est heureux de bouger, on se retrouve dans une nouvelle ville, sans connaître personne, on a perdu ses repères... Il y a toujours un certain stress...

— Vous me croyez folle ?

Il écarta les mains devant lui en signe de protestation.

— Voilà un mot que je répugne à employer. Mais sur l'échelle qui mène d'un esprit sain à un esprit perturbé il y a de nombreuses gradations qui vont de la simple dépression à une vie dominée par les hallucinations...

Nathalie se leva avec un sourire forcé.

— Je vais bien, ne vous inquiétez pas. Et je n'ai pas inventé tous ces phénomènes. Je vais en trouver la cause. Et d'ici là je ne compte pas devenir une de vos patientes. Je suis désolée de vous avoir dérangé.

— Mais pas du tout.

Il se dressa à son tour, comprenant qu'elle lui donnait congé et se demandant jusqu'où il pouvait aller.

— Vous pouvez toujours venir me parler si vous avez un problème. Entre voisins, entre collègues. Et même le cas échéant à titre professionnel. Je suis là pour ça.

Nathalie hocha la tête, mais elle ne viendrait jamais le consulter, il en avait la certitude. Trop forte. Trop têtue. Et pourtant, il en avait vu des gens comme elle, qui arrivaient un jour en pleurant parce que leur carapace s'était soudain craquelée.

Et ces gens-là étaient ceux qui souffraient le plus et se révélaient les plus difficiles à remettre d'aplomb, parce qu'ils réalisaient soudain qu'ils n'étaient pas invulnérables, et cette vérité ébranlait leur univers.

Malgré tout, il ne pouvait totalement ignorer la possibilité que les craintes de Nathalie Duclessis soient fondées et qu'elle soit véritablement menacée. S'il lui arrivait quelque chose...

— Faites très attention à vous, dit-il soudain.

Il regretta aussitôt d'avoir proféré ces mots, mais il était trop tard.

— Que voulez-vous dire ?

— Rien que cela. Si les événements que vous décrivez se sont bien produits, et s'ils sont le fait d'une même personne, vous pourriez être en danger.

— Attendez. De quoi parlez-vous ? Que savez-vous que j'ignore ?

— Rien, je vous assure. Ce n'est qu'un peu de bon sens. Si quelqu'un vous en veut et vous menace comme vous semblez le croire, cette personne pourrait être dangereuse.

— Docteur Mercadier, je crois que vous me cachez quelque chose.

Il sourit en reculant vers la porte avec son air le plus innocent.

— Que voulez-vous que je vous cache ? Vous venez

d'arriver, nous nous connaissons à peine. Si vous avez des ennemis ici, comment le saurais-je, et comment les connaîtrais-je ? Mais, cela étant, comment pourriez-vous avoir des ennemis ici, alors même que vous venez juste d'arriver ?

Puis il reflua vers la sortie, conscient qu'il en avait trop dit et ne voulant pas s'enferrer davantage.

— Souvenez-vous ! lança-t-il depuis la salle d'attente. Je suis à votre disposition si vous avez besoin de moi.

Nathalie, demeurée dans le cabinet, le regarda sortir, perplexe.

19

Claudia se balançait d'avant en arrière dans l'obscurité, presque en transe, au rythme de la joie sauvage qui battait dans ses veines. Son visage était tendu en une caricature de sourire. Nathalie avait peur, commençait à paniquer, à se demander d'où venait la menace et quelle était son ampleur.

Bien. Il fallait qu'il en soit ainsi. Qu'elle craigne Claudia et comprenne qu'elle ne devait pas se dresser contre elle.

Mais elle avait discuté avec Mercadier et cela représentait un DANGER. Mercadier était une menace. Claudia l'avait toujours su. Elle devait se méfier de lui. Le surveiller et l'empêcher de parler. Faire très attention. Pour le moment, il était tenu, mais il ne demeurerait pas silencieux éternellement. Claudia avait conscience du combat qui se livrait en lui, de ses interrogations. Tôt ou tard, il parlerait. Elle en était certaine.

Elle devait faire en sorte que cela n'ait pas d'impact. Il ne fallait surtout pas qu'il raconte ce qu'il savait, ce qu'il croyait savoir, à Nathalie. Ces deux-là ne devaient pas communiquer. Claudia comprenait qu'elle n'aurait sans doute pas d'autre possibilité que le faire taire. Ou se débarrasser de Nathalie.

Dommage.

Parce que Nathalie ne voulait pas partir. Tenace. Elle avait toujours été tenace. Têtue. Foutue tête de mule. SALOPE. Et menteuse.

Pneus crevés ?

Il fallait qu'elle reparte à Rouen, retrouver son Alex. Son amant. *Un* de ses amants. Elle avait plein d'amants, sans doute.

Pourquoi était-elle revenue ?

Claudia secouait la tête. Nathalie était comme une douleur enfoncée dans son flanc. Une douleur qu'il fallait extirper avant qu'elle se transforme en gangrène et menace son existence.

Claudia ne laisserait personne menacer son existence.

PERSONNE.

Nathalie ne lâcherait pas. Et tant qu'elle serait là, elle constituerait une gêne et une menace. Sa seule présence était comme l'onde envoyée par la mouche qui vient de se prendre dans une toile d'araignée. L'araignée n'a d'autre choix, pour faire cesser cette désagréable vibration, que de tuer la mouche.

Nathalie était une mouche.

Et Claudia, une araignée.

20

La porte venait de se refermer derrière Mercadier, et Nathalie avait conscience d'avoir commis une erreur. Il la soupçonnait à présent d'avoir inventé toute cette histoire. Le fait qu'elle n'ait pas le moindre motif était sans importance : un psychiatre n'avait que faire d'un motif. Il pouvait se satisfaire d'une cause. Et ce qu'il savait de l'arrivée de Nathalie à Vernon, de la façon dont elle avait dû quitter Rouen à la hâte, lui suffisait à dresser un diagnostic : stress, et donc un esprit qui se mettait à battre la campagne.

Mais il avait raison sur un point : elle venait d'arriver et n'avait pas eu le temps de se faire des ennemis. D'ailleurs, elle ne s'en était jamais fait, jusqu'à présent.

Si ! Ces derniers temps, à Rouen ! C'était la seule période de sa vie où elle s'était vraiment heurtée à quelqu'un, où elle avait menacé... Durant ces quelques mois, elle s'était fait plus d'ennemis que durant toute sa vie. Et elle avait découvert à ses dépens qu'ils étaient puissants et ne reculeraient devant rien pour se protéger.

La menace ne pouvait provenir que de là. Il n'y avait pas d'autre explication. Elle avait cru mettre un point final à cette histoire en acceptant l'arrangement proposé par Agatha, mais manifestement il n'en était rien et l'on continuait de la traquer, estimant sans doute qu'elle ne s'était pas suffisamment éloignée.

Qui ?

Le nom d'Agatha Tremblay s'imposait comme une évidence, mais Nathalie n'arrivait pas à comprendre la raison pour laquelle elle se serait acharnée après son départ. Quelqu'un pourrait peut-être la renseigner.

Elle décrocha son téléphone, dut consulter son agenda pour retrouver le numéro de Michèle, une infirmière au service pédiatrie de la clinique des Tilleuls. Lorsqu'elle avait éprouvé ces problèmes, Michèle était la seule qui aurait pu témoigner pour elle. Mais elle était mère célibataire et avait besoin de son travail pour vivre. Elle avait préféré jouer la prudence et garder profil bas. Nathalie ne pouvait pas lui en vouloir. Elle espérait que, si la situation avait vraiment empiré, Michèle serait venue témoigner au procès. Elle voulait le croire.

— Michèle ? C'est Nathalie.

— Nathalie ? Je suis contente que tu m'appelles ! Qu'est-ce que tu deviens ?

En quelques mots, elle la mit au courant de son installation à Vernon. Puis, après avoir parlé de choses et d'autres pendant quelques minutes, elle en vint au but de son appel :

— Comment ça se passe, aux Tilleuls ?

— À quel point de vue ?

— Je veux dire depuis mon départ. Ils ont dû être soulagés, non ?

— Alors, là, tu peux le dire ! Ils ont sablé le champagne pour le fêter. Les salauds.

Nathalie s'y était attendue, mais tout de même cela lui fit mal de l'entendre confirmer.

— C'est devenu invivable, ici. Ils prétendent que tu n'étais pas très stable, que tu étais perturbée et que tu commettais des erreurs.

— Et personne ne proteste ?

— Tu sais que je ne peux pas faire grand-chose. Dès que je trouve un autre boulot, je me casse !

— Je ne parlais pas pour toi, je ne te reproche rien. Je connais ta situation. Je pensais aux autres médecins...

— Personne. Ils ont tous trop peur de la grande Agatha !

— Agatha leur flanque tant la trouille que ça ? Ils craignent de se faire virer aussi ?

— Tu parles !

— Même Alex ?

— Ah ! lui, c'est différent ! Lui, il file le parfait amour avec Agatha. Depuis que tu n'es plus là, ces deux-là se sont découverts ! Tu as bien fait de rompre, crois-moi ! Il n'a pas mis longtemps à t'oublier. Quel salaud !

Nathalie sentit le plancher se dérober sous elle. Elle avait le souffle coupé et ne parvenait plus à respirer. Deux jours plus tôt, Alex était venu la trouver pour lui proposer de renouer !

Et cela, alors même qu'il l'avait déjà remplacée par Agatha qu'il s'apprêtait à rejoindre ! Elle ne trouvait pas ses mots, avait l'impression de se noyer.

— Tu n'étais pas au courant ?

— Je...

— Ne me dis pas que tu l'ignorais ? Nathalie, je suis désolée... Si j'avais su...

Elle secoua la tête, mais bien sûr Michèle ne pouvait pas la voir. Elle retrouva enfin sa voix, put aspirer une grande bouffée d'oxygène et la menace de l'évanouissement qu'elle avait perçu à la limite de sa conscience s'éloigna.

— Non... Je... Je l'ignorais.

— Nathalie...

Il y avait une telle peine dans la voix de Michèle que Nathalie crut devoir la rassurer.

— Ne t'inquiète pas. Ce n'est rien. C'est de l'histoire ancienne.

— Je suis contente que tu le prennes comme ça... J'ai craint d'avoir fait une sacrée gaffe !

— J'aime autant l'apprendre par toi. Au moins, je sais à quoi m'en tenir.

Mais en disant cela, Nathalie ne pouvait oublier que, deux jours plus tôt, elle avait failli céder aux avances de cet homme. Elle frissonna à l'idée de la situation dans laquelle elle se serait fourvoyée si elle avait accepté...

Un doute affreux lui vint soudain. Était-il venu la trouver de son propre chef, ou bien Agatha l'avait-elle mandaté pour juger de l'effet du harcèlement qu'elle subissait depuis son arrivée ici ?

— Michèle ?

— Oui ?

— Ce que j'ai à te demander est très délicat et je ne voudrais pas que tu penses que je suis en train de perdre la tête...

Comme entrée en matière, c'était plutôt mal parti et cela devait produire le contraire de ce qu'elle espérait suggérer. Tant pis, c'était fait. Elle expliqua :

— Depuis que je suis ici, j'ai quelques problèmes.

— Quel genre de problèmes ?

— Des petits trucs. Des cochonneries jetées dans ma boîte aux lettres, mes pneus crevés...

Les pneus crevés sur le parking du restaurant où Alex lui avait donné rendez-vous ! S'était-il absenté durant le repas ? Non, elle ne le croyait pas.

Mais il était arrivé quelques minutes après elle. Était-il possible...? Ce soupçon lui ouvrait des perspectives vertigineuses et elle eut peur.

Peur d'avoir raison, parce que cela remettrait en cause tout son univers, et peur de se tromper, parce que ce soupçon même lui paraissait mener droit à la paranoïa. Or, la paranoïa était du ressort de Mercadier.

— Crois-tu que cela puisse venir de Rouen ?

Michèle réfléchit un long moment avant de répondre :

— Honnêtement, je ne saurais pas te dire. Je ne suis pas dans le secret des dieux, bien sûr. Mais je ne crois pas. Ils t'ont oubliée. Pour eux, tu n'existes plus. Tu gênais, tu es partie, basta. Peut-être que tu aurais dû t'éloigner davantage, mais, tu sais, vu d'ici Vernon c'est le bout du monde !

— Bien sûr.

— Mais dis-moi, ces problèmes, tu ne penses pas que ça peut aller plus loin, au moins ?

— Non, non, ne t'inquiète pas.

Nathalie détourna la conversation et elles finirent par parler du fils de Michèle qui entrait bientôt en sixième. Elle avait du mal à le convaincre qu'il devait travailler pour son avenir, et en tant que parent unique elle était trop prise pour lui consacrer toute l'attention qu'elle aurait souhaitée, ce qui lui minait le moral.

Elles discutèrent de la difficulté d'élever des enfants, et des différentes options qui s'offraient à elle, dont aucune ne lui semblait très attirante. Après quoi, sur une ultime promesse de se revoir, elles raccrochèrent.

Nathalie se laissa aller dans son fauteuil, ressassant les informations qu'elle venait de collecter. Elle repensa à Alex et sentit les larmes lui monter aux yeux. Elle les combattit, moins que jamais décidée à laisser couler ne serait-ce qu'une seule larme pour l'équipe de cette clinique, à laquelle elle associait désormais Alex.

21

Lorsque Nathalie pénétra dans son cabinet le mercredi matin, l'atmosphère lui parut glaciale.

Elle frissonna et voulut fermer la fenêtre, pensant avoir oublié de le faire la veille au soir, mais non, il n'y avait rien d'ouvert.

Son fauteuil reposait contre le mur. Elle ne se souvenait pas de l'avoir laissé ainsi. En général, elle le poussait contre le bureau sous lequel le siège s'enfonçait.

Curieux.

Elle s'y assit, examina la pièce d'un œil soupçonneux.

Quelque chose clochait.

Les placards étaient bien fermés, la moquette paraissait propre. Sur son bureau se trouvaient ses papiers et instruments habituels... Non ! Il manquait le coupe-papier que ses camarades lui avaient offert lorsqu'elle avait obtenu son concours de première année. Elle regarda sous le meuble, dans les tiroirs, ne le trouva pas.

Il était impossible qu'elle l'ait égaré ; il demeurait en permanence sur son bureau. Se pouvait-il qu'on le lui ait volé ?

Mais qui ? Un des trois patients qu'elle avait vus la veille ? Elle s'en serait aperçue plus tôt. La seule explication était qu'on s'était introduit ici pour le lui voler. Mais cela non plus n'avait pas de sens.

Pourtant, son fauteuil paraissait avoir été déplacé et son coupe-papier avait disparu. Elle frissonna et jeta un regard anxieux autour d'elle.

Une fois déjà elle avait eu l'impression que quelqu'un venait de s'introduire chez elle. La fouille de son appartement lui avait démontré qu'il n'en était rien.

Mais là, elle avait deux éléments tangibles... À moins qu'elle ne se fasse des illusions ? Sombrait-elle dans la paranoïa ? Mercadier avait-il raison et tous ses problèmes étaient-ils d'ordre psychologique ? Elle ne savait pas ce qu'elle craignait le plus : qu'on se soit introduit chez elle durant la nuit ou qu'elle soit en train de se perdre dans un délire de persécution.

Mais elle commençait à avoir peur.

22

Le lendemain étant un jeudi, Nathalie déjeuna donc avec Béatrice qui, fidèle à son habitude, était très pressée. Cela ne l'empêcha pas de s'enquérir, avant même que le garçon ait fini de prendre leur commande :

— Alors ? Ta rencontre avec ton beau ténébreux, qu'est-ce que ça a donné ?

— Je t'en avais parlé ?

— À demi-mots, mais j'avais compris. Tu l'as revu ? C'est reparti ?

— Je l'ai revu. C'est lui qui est reparti.

— Il ne veut plus ?

— Au contraire. Lui, il voudrait bien.

— C'est toi, alors ?

— Oui et non. Sur le moment, j'ai hésité. C'était vraiment limite. Et puis je me suis dit que je préférais couper les ponts. Repartir d'un bon pied.

— Tu as quelqu'un d'autre en vue ?

Elles se turent, le temps que le garçon apporte leurs entrées, mais dès qu'il se fut éloigné, Béatrice revint à la charge :

— Alors ? Tu as quelqu'un en vue ou pas ?

— Personne, qui veux-tu...

— Mercadier, par exemple ?

— Oh ! lui, aucune chance. Et puis, je le sens mal.

— Alors, pourquoi ne pas avoir gardé Alex ? C'est bien Alex, n'est-ce pas ? Juste pour le sexe ?

— C'est une façon de voir les choses. Mais cela ne me suffit pas.

— Tu es bien difficile. À ce rythme-là, tu vas te retrouver seule.

— Toi, tu n'es pas seule ?

— Moi... J'ai quelques amants par-ci par-là. Mais personne de sérieux. Personne d'intéressant, en tout cas. Si j'avais un chirurgien sous la main...

— Je ne sais pas si Alex peut être qualifié de sérieux, ou même d'intéressant ! Il m'a raccompagnée chez moi et, au bas de l'immeuble, il a encore insisté pour monter « prendre un dernier verre ».

— Et tu as refusé ?

— Non sans mal. Mais j'ai bien fait. Sais-tu que ce salaud a filé tout droit rejoindre Agatha ?

— Agatha ? Qui c'est, celle-là ?

— La directrice de la clinique où je travaillais. Et où travaille toujours Alex. Accessoirement, c'est aussi la propriétaire.

— Et ils sont ensemble ? Elle t'a remplacée ?

— C'est ce que je me suis laissé dire.

— La salope !

— Comme tu dis.

— Et il vient te rendre une visite « amicale » en te disant qu'il aimerait reprendre votre grande passion ?

— Je me demande justement à quel point cette visite était amicale. En sortant du restaurant, j'ai découvert qu'on avait crevé les pneus de ma voiture. C'est pour ça qu'il a dû me raccompagner.

— Eh bien ! Tu m'en racontes, là !

Nathalie hésita. Le garçon changea leurs plats et s'éloigna. Quand il fut hors de portée, la décision de

Nathalie était prise : Béatrice était la seule à laquelle elle pouvait se confier et elle avait besoin de formuler ses pensées à voix haute pour les tester et juger de leur solidité.

— Je me demande s'il ne m'a pas attirée dans un piège, dit-elle. Depuis mon arrivée ici, je me heurte à une foule de problèmes et cette histoire de pneus crevés n'est que l'avant-dernier épisode. Et comme je ne suis pas partie de Rouen dans de très bonnes conditions, je me dis qu'on me poursuit peut-être de là-bas.

— Qu'est-ce qui s'est passé ?

— C'est un peu long à raconter, mais en résumé un de mes patients a subi une intervention injustifiée. Cela s'est produit durant mes vacances. Je m'en suis aperçue, évidemment. Le chirurgien responsable, le docteur Blanchard, a protesté qu'il n'avait fait que le nécessaire. J'ai porté l'affaire devant la direction, je voulais alerter le Conseil de l'Ordre... Alex m'a convaincue de n'en rien faire. Pour le bien de la clinique.

— En fait, pour le bien de cette Agatha qu'il devait commencer à fréquenter de près.

Nathalie réfléchit.

— Maintenant que tu le dis, cela me paraît possible. Par la suite, j'ai eu vent de quelques pratiques un peu douteuses et j'ai creusé. J'ai découvert que Blanchard n'en était pas à son coup d'essai. Parmi les opérations réalisées au cours des mois précédents, j'en ai retrouvé plusieurs qui ne paraissaient pas s'imposer.

— Qu'est-ce que tu as fait ?

— J'en ai parlé à Agatha.

— Qui t'a virée.

— Pas vraiment. Blanchard a trouvé un très beau poste ailleurs. Quant à moi, alors que j'envisageais de signaler l'affaire à la justice, on m'a fait remarquer que le dossier de mon patient avait disparu et que rien ne prouvait que ce n'était pas moi qui avais demandé cette intervention.

— Tu aurais pu le faire ?

— Selon les règles de fonctionnement de la clinique, je devais émettre un avis sur la question, avis qui se trouverait dans le dossier médical.

— Et alors ?

— Et alors, il y a eu un commencement d'enquête et je me suis rendu compte que j'étais très mal partie. Je paraissais, sinon coupable, du moins complice ! On m'a proposé de démissionner, moi aussi. Alex n'a rien fait pour me défendre. J'étais écœurée. J'ai accepté.

— Et tu as donc admis ta culpabilité.

— Je l'ai réalisé trop tard. Vu de l'extérieur, cela semblait limpide : il y avait eu des problèmes, deux médecins avaient quitté la clinique. Difficile ensuite de plaider l'innocence.

Béatrice leur servit un verre de vin à chacune et observa le sien comme pour y lire la réponse aux questions que se posait son amie.

— Et qu'a donné l'enquête ?

— Agatha l'a étouffée dans l'œuf grâce à ses relations. Un gros chèque au plaignant, un dîner avec le préfet ou le commissaire... Je ne sais même pas comment elle a fait, mais tout s'est arrêté du jour au lendemain.

— Et tu crois que ton Alex serait venu te relancer ici pour te harceler ?

— Peut-être. Je l'ignore. Quand j'ai refusé de renouer, il m'a dit que je le regretterais. Était-ce une menace ou une parole en l'air... Difficile à dire.

— Il est violent ?

— Je suppose qu'il pourrait l'être.

— Mais tu n'en sais rien. En fait, tout ça n'est peut-être qu'un concours de circonstances. Il a pu se rapprocher de cette femme parce que tu as abandonné le terrain. Si tu avais accepté de revenir, peut-être qu'il l'aurait larguée aussi sec !

Nathalie haussa les épaules.

— C'est possible. Mais, maintenant, je ne le saurai jamais.

— Des regrets ?

— Pas vraiment des regrets, mais bon, tu connais : au début, on croit que tout est possible, on tire des plans sur la comète...

— Te fatigue pas, c'est l'histoire de ma vie !

Béatrice consulta sa montre et soupira.

— Je vais encore rater le dessert ! Vite, avant que je m'en aille ! Tu me parlais de tes problèmes depuis ton arrivée. Tu m'as dit que les pneus, c'était l'avant-dernier épisode... Qu'est-ce qui t'est arrivé ensuite ?

— Pas grand-chose.

Nathalie regrettait d'avoir évoqué cet incident qui lui paraissait soudain tellement trivial.

— Trois fois rien. L'autre matin, j'ai eu l'impression que quelqu'un était entré chez moi. Et je ne retrouve pas le coupe-papier que j'utilisais.

— Un objet de valeur ?

— Il était en argent, mais cela ne peut pas aller chercher loin. Non, c'est plutôt une perte sentimentale : on me l'a offert à la fin de ma première année...

— Tu perds souvent des objets ?

— Jamais.

Béatrice opina, semblant lire dans cette déclaration une vérité cachée.

— Pourquoi me poses-tu cette question ?

— Parce que moi cela m'arrive tout le temps. Des trucs incroyables. Je pose une brosse sur ma coiffeuse, elle n'y est plus quand je me retourne. Je râle, je fais autre chose, et la voilà qui revient ! Mais c'est normal : mon appartement est hanté...

Nathalie la regarda.

— Tu es sérieuse ?

— Je t'assure !

— Oui, eh bien, moi, je ne crois pas aux fantômes.

— Tu as tort.

Nathalie ne fut pas vraiment surprise par cette affirmation. Autrefois, Béatrice avait été une fervente des horoscopes et autres moyens de divination.

La semaine précédente, elle lui avait parlé de feng shui ; aujourd'hui, c'étaient les fantômes ! Mais elle ne voulait pas la suivre sur ce terrain. Ce n'était pas de cette façon qu'elle résoudrait ses problèmes.

— Bon, dit-elle. Tu as le temps pour un dessert, ou pas ?

Béatrice décida qu'elle avait juste le temps. Après quoi, elle se lança dans une longue démonstration de l'existence des elfes et autres créatures appartenant à ce qu'elle appelait « le petit peuple » et dont l'une des activités préférées consistait à cacher des objets pour se moquer des humains qui les cherchaient.

Nathalie écouta tout cela d'une oreille distraite. Le monde que lui décrivait son amie était un univers dans lequel l'individu n'avait aucun pouvoir et se trouvait soumis à des forces trop puissantes pour espérer les combattre. Elle ne voulait pas entrer dans ce jeu.

Son adversaire appartenait à la réalité. Elle refusait d'envisager qu'il puisse en être autrement et c'était sur ce plan qu'elle se battrait.

23

Les paupières closes, Claudia attendait avec une patience d'insecte tandis que la sonnerie du téléphone résonnait. On décrocha enfin. Elle ouvrit les yeux.

— Alex ?

— Qui est à l'appareil ?

— Je suis une amie de Nathalie Duclessis. Ce nom vous dit quelque chose ?

Alex se taisait. Claudia l'imagina, tendu, vêtu d'une blouse blanche ouverte, à demi appuyé sur le bureau.

— Vous êtes venu la voir récemment.

Elle ferma à nouveau les yeux et le vit qui se laissait glisser dans le fauteuil de cuir noir – c'était certainement du cuir noir – derrière son bureau, se demandant qui l'appelait et dans quel but.

— Vous êtes reparti sans obtenir ce que vous vouliez.

— Je ne comprends rien à ce que vous dites. Qui êtes-vous ? Que voulez-vous ?

— Qui je suis ? Une créature de la nuit. Ce que je veux ? Vous aider. Nathalie a besoin de vous.

— J'ignore de quoi vous parlez.

— Inutile d'avoir peur, Alex. Ce n'est pas un piège que je vous tends. Vous avez dîné avec elle samedi soir. Et quand vous êtes sorti, vous avez dû la raccompagner. Ses pneus étaient crevés. Vous souvenez-vous qu'elle s'est absentée quelques minutes durant le repas ? C'est elle qui a crevé ses pneus. Elle voulait que vous la raccompagniez et vous n'avez pas compris.

— Ce n'est pas l'impression qu'elle m'a donnée.

— Elle avait envie que vous montiez chez elle. Allons, je vous le dis. Elle n'attend qu'un geste de vous...

— Écoutez, madame la noctambule. J'ignore qui vous êtes et ce que vous cherchez exactement à faire, mais une chose est claire pour moi : Nathalie ne veut plus de moi.

— Vous vous trompez.

— Je me trompe peut-être, mais si elle a un message à me transmettre, elle connaît mon numéro. Au lieu de le confier à une de ses amies, qu'elle m'appelle elle-même !

Il coupa la communication.

Claudia en fut interloquée. Comment avait-il osé ? Elle fixait le combiné les yeux écarquillés, incapable d'admettre qu'on lui avait raccroché au nez, refusant d'envisager cette possibilité.

Mais l'appareil restait muet.

Elle le cogna sur la table, comme pour rétablir la communication. Deux fois. Trois fois. Rien ne se produisit. Un rictus déformait son visage.

Un son lui parvint soudain et elle le porta à son oreille. Ce n'était que la tonalité, qui résonnait avec des accents moqueurs. Elle écrasa l'interrupteur du pouce, appuya jusqu'à ce que ses phalanges deviennent blanches.

SE CALMER. Elle devait se calmer.

Elle se contraignit à ne pas le jeter de l'autre côté de la pièce ainsi qu'elle en éprouvait l'envie, mais au contraire à le raccrocher sans heurt.

Elle étala ses mains sur le bureau. Elles tremblaient. Les veines saillaient, comme sur le point d'exploser.

— CLAUDIA DOMINE. Claudia domine. Claudia assure.

Lentement, le tremblement convulsif qui la secouait s'estompa et elle reprit le contrôle de son corps. Elle attendit plusieurs minutes que sa respiration se soit apaisée et que le sang ait cessé de marteler ses tempes. Puis elle reprit le téléphone et composa une nouvelle fois le numéro de la clinique.

— Passez-moi Agatha ! demanda-t-elle à la standardiste sans se présenter.

Le ton de commandement était tel que l'employée obéit sans même s'enquérir de son nom. Alex allait comprendre ce qu'il en coûtait de se dresser contre elle.

24

Nathalie s'habituait à sa nouvelle vie. Peu à peu, les souvenirs de son séjour à Rouen s'estompaient. Elle avait tiré un trait sur son passé et se créait de nouveaux repères, au jour le jour, essayant de vivre dans le présent sans plus s'appesantir sur ce qu'elle avait pu laisser derrière elle. Sa surprise n'en fut que plus grande lorsqu'elle ouvrit la porte de sa salle d'attente et découvrit la personne qui l'y attendait ce matin-là.

— Agatha ?

Les genoux serrés, les mains posées dessus comme pour les empêcher de se décoller, Agatha gardait les lèvres pincées. Tout en elle exprimait le rejet. Elle tourna la tête vers Nathalie sans bouger le reste du corps, comme le ferait un oiseau de proie.

Les deux femmes se dévisagèrent sans parler et Nathalie se demanda si elle ne ferait pas mieux de la jeter dehors tout de suite. Mais elle était curieuse de savoir ce qu'elle lui voulait.

— Entre, dit-elle finalement. Ne reste pas là.

Agatha se leva et, d'un pas raide, pénétra dans le cabinet. Elle parcourut la pièce d'un regard méprisant, à tel point que Nathalie crut devoir préciser :

— J'ai tout laissé en l'état. Je n'ai pas encore eu le temps d'aménager à ma façon.

Elle se le reprocha aussitôt : elle n'avait pas à se justifier devant cette femme à qui elle ne devait rien et qui n'avait pas levé le petit doigt pour l'aider, bien au contraire.

Agatha s'assit dans le fauteuil le plus proche tandis que Nathalie contournait le bureau pour regagner sa place. Cette position lui donnait l'impression de dominer la situation et, lorsqu'elle en prit conscience, elle s'en voulut de se rabattre sur de petits artifices comme celui-ci pour lutter contre le désagrément de cette visite.

— Qu'est-ce qui t'amène ? demanda-t-elle en se forçant à sourire.

— Tu as le culot de me le demander ?

Nathalie écarta les mains en un geste d'incompréhension.

— Nous n'étions pas amies au point que tu me rendes une visite de politesse et je ne vois pas d'autre raison. À moins que tu ne sois venue te repaître de ma déchéance ? Désolée de te décevoir, mais je vais bien. Je suis heureuse de ma nouvelle situation et elle m'ouvre des perspectives que je n'aurais pas osé imaginer voici un mois. J'aurais fini par quitter la clinique tôt ou tard. Que les événements m'aient forcé la main est finalement un bienfait.

Agatha se pencha par-dessus le bureau.

— Je me contrefiche de ta petite vie minable. Tu as revu Alex.

Nathalie en resta sans voix. C'était donc là l'objet de sa visite ? Elle avait parcouru tous ces kilomètres pour cela ? Pour lui disputer un homme ?

Mais comment l'avait-elle su ? Ils avaient pris soin de se rendre dans une auberge à l'écart de la ville, pour éviter d'être vus et couper court aux ragots. Comment l'avait-elle appris ? Quelqu'un devait avoir vu Alex la raccompagner chez elle. Il fallait donc qu'Agatha ait des espions tout proches.

D'un seul coup, l'hypothèse selon laquelle Agatha était à l'origine du harcèlement revenait en force.

— Ose dire que ce n'est pas vrai.

Nathalie posa ses mains à plat sur le bureau pour les empêcher de trembler et se pencha en avant. Surtout ne pas s'énerver, ne pas donner prise à cette femme venue l'affronter chez elle.

— Et quand bien même ? Alex est majeur, non ? En quoi cela te regarde-t-il ? Tu t'es mise sur les rangs, maintenant que je ne suis plus là ?

— Alex t'a oubliée. Laisse-le tranquille.

— En si peu de temps ? Il a la mémoire courte. À moins que tu ne lui aies fait un traitement à ta façon ? C'est ça ?

Agatha haussa les épaules et s'enfonça dans son fauteuil.

— Tu n'es plus là.

Nathalie la regarda comme si elle la découvrait, un horrible soupçon se faisant jour dans son esprit.

— Je me demande...

Agatha détourna la tête.

— Non, ce serait trop gros... Tu n'aurais quand même pas monté toute cette histoire pour m'éloigner ?

— Tu divagues !

— Peut-être. Mais il est tout de même curieux que Blanchard ait choisi un de mes patients en mon absence. Et lorsque tu l'as contraint à démissionner, je me suis retrouvée comme par hasard dans la même charrette !

Le silence d'Agatha était un aveu. Nathalie ne voulait pas croire que toute cette affaire ait été un coup monté, mais, même si Agatha n'avait pas comploté contre elle dès le début, même si elle n'était pas au courant des malversations de Blanchard, l'occasion avait été trop belle de se débarrasser d'une rivale en l'assimilant aux indélicatesses du chirurgien et elle avait sauté dessus.

— Tu me dégoûtes, dit Nathalie. Et Alex aussi me dégoûte. Tiens, je te le laisse. Vous formez un couple trop bien assorti ! Je m'en voudrais de nuire à votre misérable petit bonheur.

Agatha se redressa pour protester.

— Non ! Ça suffit. Rentre chez toi. Je ne veux plus entendre parler de toi. Ni de lui.

Agatha n'entendait pas partir sans avoir craché tout son venin. Elle se leva, mais au lieu de prendre la direction de la porte, elle se pencha par-dessus le bureau pour se mettre presque à la hauteur de Nathalie :

— Alex ne t'a jamais aimée ! Tu le gênais. Votre histoire n'avait aucun avenir et il le savait. Lui aussi était bien content de te voir partir !

Nathalie ne répondit rien, consternée par la manière dont cette femme se dévoilait soudain et blessée malgré tout à l'idée qu'elle disait peut-être vrai. Mais argumenter serait inutile.

Une polémique sur ce sujet, où sa parole s'opposerait à celle d'Agatha, sa conviction ébranlée aux mensonges de sa rivale, ne pourrait que lui faire du mal sans apporter aucune réponse définitive.

— Pars, dit-elle en faisant un effort pour contrôler la rage qui bouillait en elle.

Elle hésita, mais après tout pourquoi se priver de porter des coups elle aussi ?

— Il faut que tu aies bien peur de moi, et bien peu confiance dans l'amour d'Alex pour être venue me trouver.

Dans le regard d'Agatha, Nathalie lut qu'elle venait de toucher un point sensible. Elle fut attristée de constater qu'elle n'en tirait nulle satisfaction. Cette histoire était un tel gâchis...

— Pourquoi n'es-tu pas partie plus loin ? demanda Agatha, un ton plus bas. Pourquoi t'être installée ici, comme pour me narguer ?

Nathalie se leva et lui ouvrit la porte.

— Dehors.

Agatha passa devant elle, traversa la salle d'attente, toujours déserte.

— Je ne te laisserai pas le reprendre.

Nathalie se contenta de secouer la tête avec pitié.

25

Claudia s'écarta et entendit un drôle de bruit. Elle réalisa que c'étaient ses dents qui crissaient les unes contre les autres et elle s'efforça de se décrisper. L'entretien ne s'était pas du tout déroulé selon ses plans et cela la mettait en rage. Elle avait pourtant tout tenté pour se débarrasser de Nathalie en douceur. Alex ayant refusé de l'écouter, Agatha avait été sa dernière chance. Mais Nathalie ne voulait pas comprendre. Il allait falloir utiliser des moyens plus radicaux.

Elle fixa le conduit obscur qui la reliait à Nathalie.

La noirceur de cette bouche insondable l'aspirait. Le noir était son univers depuis toujours. Aussi loin que remontent ses souvenirs, ses souvenirs d'avant Claudia, il y avait une part d'ombre à proximité. Une nuit absolue dotée d'une puissante force d'attraction.

Une obscurité où elle aurait sombré sans la volonté farouche de Claudia. Claudia savait qu'elle était un rempart, un refuge, le seul point d'ancrage vraiment solide et constant dans cette réalité qui lui échappait comme l'eau coule entre les doigts. Et on la menaçait. On voulait la faire taire, la faire DISPARAÎTRE.

Balançant devant l'obscurité qui semblait prête à l'avaler, elle cherchait un autre moyen de résoudre son problème.

Son PROBLÈME.
Son problème.
NATHALIE.
Il fallait résoudre Nathalie.
Comme une équation, que l'on ramène à zéro.
Il fallait ramener Nathalie à zéro.
À ZÉRO.
Elle se secoua soudain.

Là-bas, Nathalie se promenait, inconsciente du danger qui se précisait. Claudia s'approcha de l'obscurité, un sourire aux lèvres, pour lui adresser un avertissement et une menace tout à la fois...

Elle se ravisa à l'instant où les mots allaient franchir ses lèvres et ferma la porte dorée.

À quoi bon ? L'ère des menaces était révolue. Elle avait suffisamment averti Nathalie qui n'avait tenu aucun compte de ses coups de semonce. Il était temps d'agir.

Il fallait ramener Nathalie à ZÉRO.

26

Béatrice était devant la coiffeuse, occupée à se donner un regard profond.

Les cachets commençaient à produire leur effet et elle se sentait légèrement brumeuse. Le rouge de la tapisserie se mêlait à l'ocre de la penderie, créant des zones de flou où les couleurs se fondaient. Les bruits de l'extérieur lui parvenaient à travers un voile, atténués et méconnaissables. Mais cela passerait. Le temps qu'elle achève de se préparer, elle serait en pleine forme pour affronter la nuit.

Et puis il y aurait la force de Claudia, pour la soutenir, la mener où elle devait aller. Elle aurait, comme chaque fois, l'impression de se trouver passagère dans une voiture de sport aux mains d'un conducteur émérite. Aucun danger, faire confiance.

Et se laisser emporter à deux cents à l'heure en sachant que le pilote ferait le nécessaire pour la tirer des mauvais pas où il pourrait l'avoir mise.

Quelle différence avec la paumée qu'elle avait été autrefois. Quand elle repensait à cette quasi-obèse qui se déplaçait dans la vie avec une couche de graisse aussi épaisse autour de son âme que l'était celle entourant son corps, elle avait l'impression qu'il ne pouvait pas s'être agi d'elle. Il lui semblait que toute une partie de sa vie était un souvenir fabriqué, une vidéo intitulée *Voici ton passé*, qu'elle n'aurait jamais vraiment assimilé parce qu'il lui suffisait de se regarder dans la glace pour savoir qu'elle n'avait aucun point commun avec cette fille-là.

Mercadier avait vraiment fait un excellent travail. Il avait su lui faire oublier la première Béatrice, à la personnalité étouffée dans une gangue, pour qu'elle devienne la jeune femme dynamique et sans peur qu'elle était aujourd'hui. Oui, elle pouvait dire un grand merci à Mercadier. C'était à lui qu'elle devait d'être ce qu'elle était devenue.

À lui, et à Claudia.

— Béatrice !

Elle sursauta et le mascara fit un trait noir sur son front. Elle regarda en l'air, paniquée. Elle s'était égarée dans ses rêveries et l'appel la ramenait brutalement sur terre. La voix semblait tomber du ciel, provenir de partout à la fois. Ce qui n'avait rien de surprenant, compte tenu de l'identité de celle qui l'appelait.

C'était une voix étrange, métallique, qu'elle connaissait bien. Une voix qui évoquait des crissements désagréables, une voix sans chaleur, dénuée de vie et pourtant si puissante et si menaçante. Une voix semblable à celle d'un insecte, si un insecte avait pu parler.

— Claudia ?

— Bien sûr. Qui d'autre ?

Elle tenta de se secouer, mais son esprit était amorphe. Le mélange de l'alcool et des médicaments n'y était pas pour rien. Elle n'aurait pas dû accepter ce verre. Un frisson la secoua, et elle ne sut si elle devait l'attribuer à ce qu'elle avait absorbé ou à la présence de Claudia.

Elle avait la chair de poule et réalisa que la température dans la pièce avait soudain chuté de plusieurs degrés, comme chaque fois que Claudia s'était manifestée à elle. Cela ne la surprenait pas.

Elle avait lu que les apparitions surnaturelles s'accompagnaient fréquemment de baisses de température. Du coin de l'œil, elle crut voir du givre sur la vitre, mais elle n'osa tourner la tête. Elle devait rester concentrée sur ce que lui disait Claudia.

— Nathalie devient gênante.

Béatrice acquiesça sans répondre. C'était d'une telle évidence. Mais qu'y faire ?

— Elle résiste encore. Il faut frapper un grand coup, lui faire une telle peur qu'elle quittera la ville pour ne jamais revenir.

Béatrice approuva. La situation ne pouvait plus durer. Il fallait que Nathalie reparte d'où elle était venue. Elle avait bien pensé à ce problème au cours des derniers jours, mais sans trouver de solution. Finalement, Claudia s'en occupait. Elle en fut soulagée.

— Voici ce qu'il faut faire.

27

Quarante-huit heures s'étaient écoulées depuis la visite d'Agatha et, le dimanche, Nathalie constata qu'elle était presque parvenue à l'oublier.

La double trahison d'Alex avait été plus difficile à admettre, mais là aussi elle avait fini par se persuader que tout était pour le mieux. Avec le recul, ce qu'elle avait dit à Agatha, autant par défi que faute d'arguments, lui apparaissait comme de plus en plus justifié.

Elle avait véritablement le sentiment d'entamer une nouvelle vie et le fait d'avoir dû quitter la clinique, même dans ces circonstances désagréables, était sans doute une bonne chose.

La veille, elle avait eu trois patients dans la matinée. Pas encore de quoi redouter le surmenage, mais du moins le spectre de l'échec total, qui l'avait un temps inquiétée, s'éloignait-il peu à peu. Elle allait parvenir à prendre un nouveau départ ici, se faire admettre par les habitants – n'en déplaise à Éliane Fortin – et elle y ferait une carrière honorable au service des autres.

Elle s'était couchée de bonne heure, avait passé une excellente nuit qu'aucun rêve n'avait perturbée. En fait, elle serait demeurée chez elle toute la journée sans un mystérieux appel de Gisèle qui lui demandait de la rejoindre au pied du pont Clemenceau afin de lui faire des révélations importantes. Il y avait là un espace aménagé pour la promenade ; Gisèle l'y attendrait sur un banc.

Nathalie avait bien tenté d'en savoir plus, mais son amie s'était murée dans un silence obstiné, disant qu'elle ne voulait pas en parler au téléphone.

Elle affirmait ne pas pouvoir approcher de chez Nathalie parce que sa maison était surveillée et qu'elle ne voulait pas se faire repérer.

Vaguement inquiète, Nathalie avait donc fini par accepter cet étrange rendez-vous. Elle n'attachait pas trop d'importance à ce que Gisèle pouvait dire ou penser, mais, venant après les événements récents, elle ne pouvait ignorer la possibilité que son amie ait raison et que son domicile fasse effectivement l'objet d'une surveillance.

Tout en ayant conscience que la paranoïa la guettait si elle s'engageait dans cette voie, elle avait examiné d'un œil circonspect les alentours en sortant de chez elle, sans rien remarquer d'anormal.

La matinée était agréable et il était difficile de croire que des ennemis la guettaient sous ce beau soleil. Elle se retourna deux ou trois fois en chemin, avant de décider qu'elle n'était pas suivie et que Gisèle avait une fois de plus exagéré ses terreurs.

Regrettant d'avoir cédé à l'angoisse, elle décida de profiter un peu de cette promenade forcée. Elle coupa derrière la collégiale, s'enfonçant dans les petites rues étroites dont les pavés avaient connu les sabots des gens du Moyen-Âge.

Elle déambulait sans hâte, admirant le spectacle de ces vieilles maisons appuyées les unes contre les autres comme pour mieux résister aux assauts du temps.

Nathalie aimait ces bâtisses qui avaient abrité tant de générations qu'elles en avaient perdu le souvenir, ces vieilles ruelles au sol inégal et ces murs chargés d'histoire. Elle était heureuse d'être revenue s'implanter ici, heureuse d'avoir choisi cette ville où elle avait vécu au temps de l'insouciance.

À présent qu'elle avait chassé Alex de son existence et qu'elle avait eu une explication avec Agatha, la vie lui apparaissait sous un jour beaucoup plus agréable. Si le harcèlement dont elle avait été victime trouvait bien son origine à Rouen, il devrait cesser, maintenant que les choses avaient été mises au point avec ces deux-là.

Mais si tel n'était pas le cas...

C'était une hypothèse qu'elle aurait aimé ne pas envisager. Comment imaginer, par cette belle journée, que quelqu'un pouvait lui en vouloir dans cette ville, alors même qu'elle n'y avait pas remis les pieds depuis des années ? Mais Gisèle venait de lui dire que sa maison était surveillée...

Elle était perdue dans ses pensées lorsque le rugissement d'un moteur l'arracha à ses rêveries. L'angoisse suscitée par l'appel de Gisèle ne l'avait pas totalement quittée, et dès le premier bruit, sans même savoir si elle était menacée, elle eut une réaction démesurée. Ses réflexes jouèrent et elle bondit sur le côté, bousculant une vieille dame qui sortait de chez elle.

Elle sentit le souffle d'une grosse voiture qui la frôlait et vit une masse sombre la frôler.

Si elle n'avait pas été préparée par l'avertissement de son amie, si l'adrénaline n'avait pas commencé à couler dans ses veines avant même qu'elle ait mis un pied dehors, la voiture l'aurait renversée.

La vieille femme cria en basculant en arrière. Nathalie agrippa son bras pour l'empêcher de tomber, mais, croyant à une agression, la vieille se mit à hurler de plus belle. Nathalie, qui subissait le contrecoup de l'accident auquel elle venait d'échapper par miracle, tentait de reprendre son souffle. Son cœur cognait dans sa poitrine et elle se sentait prise de vertige. Elle la relâcha et s'appuya contre le mur.

— Ne craignez rien ! N'ayez pas peur ! parvint-elle finalement à articuler.

La vieille dame réalisa qu'elle n'avait pas encore été frappée, que son agresseur l'avait libérée et s'écartait d'elle, et qu'en fait d'agresseur, il s'agissait d'une femme au bord de l'évanouissement. Cela la rassura à demi et elle se calma un peu.

— Qui êtes-vous ? demanda-t-elle en agitant son cabas. Que faites-vous chez moi ? Pourquoi être entrée ainsi ! Qu'est-ce que c'est que ces façons ?

La pauvre vieille semblait hésiter entre la colère et la peur, celle-ci attisant celle-là. Nathalie aurait souri si elle en avait eu la force.

— Ce n'est rien. Attendez. Ça va ? Vous n'avez rien ?

La vieille se tâta aussitôt les bras pour vérifier que rien n'était cassé.

— C'est bien un miracle si je n'ai rien ! Vous m'avez bousculée comme si j'étais un vieux sac de fripes ! Vous n'êtes pas bien ?

— J'ai failli être renversée par une voiture.

Nathalie frissonna à cette évocation. Raconter ce qui venait de lui arriver le lui faisait soudain revivre avec une acuité qu'elle n'avait pas ressentie sur le moment, et la terreur rétrospective de ce qui avait failli se produire s'abattit sur elle.

— Si vous n'aviez pas ouvert votre porte, je serais par terre au milieu de la rue en ce moment.

La vieille dame jeta un coup d'œil à l'extérieur comme pour vérifier que le corps de Nathalie ne s'y trouvait pas.

— Bon, bon, grommela-t-elle. Mais c'est pas des manières.

— Je sais. Je suis désolée. Excusez-moi... Il faut que je m'asseye.

Le tremblement qui l'avait saisie était incoercible. Nathalie avait déjà vu des patients en état de choc, mais c'était la première fois que cela lui arrivait et la sensation était désagréable.

Incapable de demeurer debout, elle se laissa glisser le long du mur et s'assit par terre sous le regard affolé de son hôtesse.

— Eh ! Vous n'allez pas vous trouver mal, au moins ?

Nathalie lui adressa un sourire qu'elle espérait rassurant, mais qui devait être bien pâle.

— Cela va passer.

Elle claquait des dents, avait du mal à parler, ce qui n'avait rien pour apaiser la vieille dame.

— C'est le choc. Ne vous inquiétez pas.

La vieille abandonna son cabas dans l'entrée et fila à l'intérieur de son appartement. Elle revint quelques instants plus tard avec un petit verre de liqueur.

— Tenez ! Buvez ! Ça va vous remonter.

Nathalie aurait voulu protester, recourir à des techniques plus modernes, mais sa trousse était restée chez elle. L'alcool lui brûla la gorge, mais lui fit du bien, et elle se détendit. Les remèdes de grand-mère avaient du bon malgré tout !

Charmée par l'efficacité de son intervention, la vieille dame ne semblait plus vouloir la laisser repartir et, quand Nathalie tenta de se redresser, elle insista pour qu'elle demeure assise encore un peu. Elle avait refermé la porte et dans la pénombre du couloir Nathalie avait l'impression de se trouver hors du temps.

— Cette rue est dangereuse ! Je l'ai toujours dit. Ils devraient l'interdire à la circulation ! Mais on n'écoute pas les vieilles comme moi ! On attend que quelqu'un se fasse écraser. Depuis le temps que je le dis ! Chaque fois que je sors de chez moi, je fais bien attention.

Nathalie acquiesçait sans bien écouter. À mesure que son état s'améliorait, une question revenait, lancinante : était-ce un accident ? Elle n'avait pas eu le temps de distinguer le conducteur. Ou la conductrice. Elle ignorait même de quel type de voiture il pouvait s'agir. Mais la ruelle où cela s'était produit était étroite et seul un inconscient aurait pu y rouler à une telle vitesse. Était-ce le cas ou bien s'agissait-il d'une tentative d'assassinat ?

Jusqu'à présent le harcèlement dont elle avait été victime semblait destiné à la chasser de la ville. C'était désagréable, mais supportable. Par contre, l'idée que quelqu'un la haïssait suffisamment pour vouloir la tuer la terrifiait. À tel point qu'elle n'avait nulle envie de quitter l'ombre de ce couloir pour retrouver la lumière de l'extérieur, où elle ferait une cible trop facile.

Car si on avait tenté de la tuer, s'arrêterait-on après cet échec ?

La vieille dame était penchée sur elle et se mordait la lèvre inférieure. Si elle insistait encore un peu, le sang allait finir par couler. Nathalie eut pitié d'elle et ce sentiment l'aida à oublier ses propres problèmes.

Elle ne pouvait pas infliger sa présence plus longtemps à cette pauvre femme. Elle se releva au prix d'un gros effort de volonté.

— Voilà. Ça va mieux. Je vous remercie. Je ne vais pas vous déranger plus longtemps...

— Vous êtes sûre ?

Nathalie acquiesça et ce seul mouvement suffit à lui donner le vertige.

— Je vous assure, dit-elle en s'appuyant contre le mur.

— Vous voulez que j'appelle quelqu'un pour vous ramener chez vous ?

— Non. C'est inutile, merci. On m'attend.

Elle réalisa en disant cela que c'était vrai. Gisèle lui avait fixé rendez-vous un peu plus loin. Avec des choses importantes à lui révéler. À la lueur des derniers événements, les sous-entendus de son amie prenaient soudain une allure sinistre, presque prémonitoire.

Avec un sourire forcé à destination de la vieille dame, elle ouvrit la porte. Un regard prudent à l'extérieur lui confirma qu'aucune voiture ne guettait sa sortie et elle mit le pied dehors. Rien ne se produisit.

Elle se tourna pour remercier une dernière fois avant de s'éloigner d'une démarche mal assurée.

Jetant de fréquents coups d'œil par-dessus son épaule, elle descendit la rue et gagna le bord de Seine, où Gisèle l'attendait en se tordant les mains.

Elle était assise sur un banc au bord de l'eau, à demi dissimulée à l'ombre d'un arbre.

— J'ai cru que tu ne viendrais pas ! lui dit-elle sur un ton de reproche.

— J'ai bien failli ne pas pouvoir.

En quelques mots, Nathalie la mit au courant. Gisèle la regarda tout d'abord avec incrédulité, puis avec effroi en poussant de petits cris de surprise et de frayeur au fil de son récit. Lorsque Nathalie eut terminé, Gisèle avait la bouche ouverte, comme si elle était demeurée pétrifiée par cette histoire. Nathalie eut envie de sourire et fut reconnaissante à son amie de lui avoir permis d'évacuer un peu de l'émotion accumulée.

— Eh bien ! Ça va, je te dis. Je m'en suis sortie sans une égratignure. Je vais bien.

— C'est elle !

Nathalie regarda Gisèle qui la fixait intensément.

— C'est elle, répéta-t-elle en agitant la tête, ce qui secoua son chignon.

En temps normal, Nathalie aurait trouvé cette vision comique, mais ce matin elle n'avait pas le cœur à rire.

— Elle ? Qui ça, elle ?

— Celle dont je voulais te parler. C'est pour ça que je t'ai demandé de me rejoindre ici. On ne peut pas nous voir.

Notion toute relative, avec le pont qui surplombait le petit parc et les immeubles de l'autre côté du boulevard du Maréchal-Leclerc ! Mais Gisèle semblait convaincue qu'elle était protégée ici, et Nathalie ne jugea pas utile de la détromper.

— Pourquoi m'as-tu fait venir ?

— J'ai vu une femme devant chez toi. Elle t'espionnait.

— Voyons... Elle pouvait attendre quelqu'un !

— Non ! J'en suis sûre, parce que je l'ai croisée aussi dans l'escalier en revenant de faire le ménage chez le docteur Mercadier.

— C'était peut-être une patiente, qui allait chez lui ou chez moi...

— Non.

— Comment peux-tu être aussi affirmative ?

— Elle se cachait. Sous la porte cochère en face de chez toi. Et j'ai bien vu qu'elle ne s'attendait pas à trouver quelqu'un quand je l'ai croisée dans l'escalier.

— À quoi ressemblait-elle ?

— Je ne sais pas.

— Comment, tu ne sais pas ? Tu viens de me dire...

— Sous la porte cochère, elle me tournait le dos. Et dans l'escalier elle a penché la tête pour que je ne puisse pas la voir.

— Sa taille, ses vêtements... Tu as bien dû noter quelque chose.

Gisèle réfléchit longuement.

— À peu près de ta taille. Des cheveux longs... Et un imperméable. Un ciré.

— Quelle couleur, les cheveux ?

— Je ne sais pas. Il n'y avait pas de lumière dans l'escalier. Je n'allume jamais. Et elle ne l'avait pas fait non plus ; c'est pour ça que j'ai compris qu'elle avait quelque chose à cacher. Et dans la rue, elle avait un chapeau.

Nathalie acquiesça, plus pour lui faire plaisir que par réelle conviction. Le portrait qu'elle venait de tracer aurait pu correspondre à la moitié des habitantes de la ville.

— Et quand était-ce ?

— Ces jours-ci. Je n'ai pas trop la notion du temps.

Gisèle haussa les épaules en disant cela, ce qui eut pour effet de rentrer sa tête dans son cou comme une tortue. Nathalie éprouva de la pitié pour elle.

La pauvre fille faisait son possible pour l'aider, mais elle ne pouvait pas grand-chose.

Les informations qu'elle lui avait données étaient importantes malgré tout, si elle ne se berçait pas d'illusions et si la femme qu'elle prétendait avoir vue existait bien. À condition également qu'il s'agisse bien de la même et pas de deux femmes différentes venues là pour des motifs tout à fait légitimes et indépendants.

La seconde, celle de l'escalier, pouvait très bien être une maîtresse de Mercadier, peut-être une femme mariée peu désireuse de se faire remarquer lorsqu'elle lui rendait visite.

Quant à l'autre... Un ciré, un chapeau...

— Celle que tu as vue dans la rue, sous la porte cochère. Quel temps faisait-il ?

— Il pleuvait, pourquoi ?

Nathalie dut faire un effort pour ne pas secouer la tête avec exaspération. Une femme vêtue d'un ciré et coiffée d'un chapeau sous une porte cochère par un jour de pluie. Selon toute probabilité, elle s'était mise à l'abri et

Gisèle en avait conclu qu'elle espionnait l'appartement de son amie.

— Bien, dit-elle. Je te remercie de m'avoir informée. Mais tu aurais pu venir me voir au cabinet.

— Oh non ! C'est trop dangereux ! Si elle l'apprend...

Nathalie voulut la morigéner, mais se contint. À quoi bon ? Que serait-elle venue faire chez elle, de toute façon ? Et puis, c'était une hypothèse qu'elle préférait ne pas envisager, mais si elle avait raison ? Si une femme était vraiment venue l'espionner ? Avait-il plu le vendredi précédent ? Elle n'en était pas certaine, mais c'était possible. Agatha s'était-elle dissimulée devant chez elle, avant ou après être venue la voir ?

Et si oui, dans quel but ?

Nathalie n'aurait pas la réponse à ces questions en restant sur ce banc. Elle remercia Gisèle, se leva et reprit le chemin de son appartement sous le regard éperdu de son amie.

Cette fois, elle prit soin de n'emprunter que des rues munies de trottoir, et elle regarda de tous côtés avant de traverser.

28

Sitôt rentrée, Nathalie prit le téléphone et appela Michèle. Elle coupa la communication avant que la première sonnerie ait cessé de résonner à l'autre bout du fil. Michèle travaillait rarement le dimanche. Sa situation de mère célibataire faisait qu'on s'arrangeait en général pour lui laisser la disponibilité de ce jour pour le passer avec son fils. Elle ouvrit son agenda, composa le numéro du portable de son amie. Michèle décrocha à la troisième sonnerie. Sans lui parler de l'incident de ce matin, Nathalie lui demanda si quelque chose était survenu récemment à la clinique.

— Tu peux le dire ! Vendredi soir, de retour de Dieu sait où, Agatha a fait une descente chez Alex et les murs en tremblent encore !

Nathalie sourit. Du moins n'avait-elle pas été la seule bouleversée par cette visite.

— Et en ce moment, tu sais où elle est ?

— Aucune idée. Pourquoi ? Tu la cherches ?

— Non, il me semblait l'avoir aperçue à Vernon. J'ai dû me tromper.

— Sans doute. Qu'est-ce qu'elle irait faire à Vernon ?

— Tu as raison.

Nathalie prit congé avec le sentiment de ne pas avoir progressé. À part la satisfaction de savoir qu'elle avait un peu semé la zizanie dans le couple Alex-Agatha, elle n'avait pas tiré grand-chose de cet appel. Agatha pouvait être à l'origine de son accident manqué, comme elle pouvait très bien être actuellement chez elle en train de faire la grasse matinée. Nathalie envisagea d'appeler la police, mais pour dire quoi ? Elle avait porté plainte pour les pneus crevés, mais comme elle était incapable de mettre un nom sur le mystérieux ennemi qui l'aurait visée, on avait préféré enregistrer une plainte contre X et lui dire qu'il s'agissait certainement de mauvais plaisants...

Aujourd'hui, elle n'avait même pas de pneus crevés à montrer à l'appui de ses affirmations. Aucun témoin. Même la pauvre grand-mère, qu'elle avait tant effrayée, n'avait pas vu la voiture qui avait failli la renverser. Et elle-même serait incapable de préciser ne serait-ce que la marque du véhicule ! Mentionner Alex et Agatha ? Et s'ils n'y étaient pour rien ? Outre qu'elle répugnait à les accuser sans preuve, elle perdrait toute crédibilité en désignant comme présumés coupables des notables de Rouen qui pourraient peut-être produire un parfait alibi et dont le mobile ne paraîtrait pas des plus évidents. Sans compter qu'ils auraient beau jeu de prétendre que sa plainte était dictée par un esprit de vengeance !

Non, elle n'avait rien à espérer de la police.

Elle abandonna le téléphone, se mit devant la fenêtre et examina la rue à travers les rideaux.

Comment imaginer que quelqu'un se trouvait peut-être là, parmi les passants, à la guetter dans l'attente d'une nouvelle attaque ?

Elle s'éloigna de la fenêtre en frissonnant. Ce petit jeu finirait par avoir raison de ses nerfs.

Elle ne devait pas s'y laisser entraîner.

29

Allongée sur le divan, Béatrice s'agrippait aux accoudoirs.

— Docteur, je crois que tout ceci va trop loin.

Le docteur Mercadier était assis dans son fauteuil, derrière le bureau, et la regardait. Il ne répondit rien.

— J'ai l'impression de perdre le contrôle de ma vie.

— Vous l'aviez, auparavant ?

Béatrice réfléchit. Non, on ne pouvait pas vraiment dire ça. À l'époque, la petite boulotte à qui personne ne prêtait attention n'avait d'autre choix que de suivre le mouvement, s'accrocher à ceux qui avaient suffisamment de charisme pour entraîner les autres... Aujourd'hui, elle n'avait plus besoin de demeurer à la remorque de quelqu'un. Mais était-ce un progrès pour autant ?

— Je veux dire, c'est de moins en moins moi. Et ça va trop loin.

— Qu'entendez-vous par là ?

— Je fais des choses..., des choses que je regrette.

— Vous voulez dire... sur le plan sexuel ?

Bon sang ! Il ne comprenait rien. Il ramenait tout au sexe. Mais même si c'était devenu une partie importante de sa vie, de son *autre* vie, ce n'était pas tout. Et les événements de ces derniers jours prenaient une tournure qu'elle n'appréciait pas. Elle se faisait peur.

Claudia lui faisait peur ! Elle avait failli tuer Nathalie la veille. Ce n'était pas ce qui était prévu. Elle n'avait fait qu'exécuter les ordres, avait écrasé l'accélérateur dès qu'elle l'avait vue s'engager dans cette rue déserte...

Sans les réflexes dont Nathalie avait fait preuve d'une façon totalement inattendue, son amie serait morte aujourd'hui. Et Béatrice réalisait que c'était ce que Claudia avait voulu ! Rien n'avait été prévu pour la sauver et elle n'avait dû son salut qu'au bond qu'elle avait fait sur le côté sans même se retourner pour identifier la menace, comme si elle avait deviné rien qu'au rugissement du moteur que sa vie était en jeu. Et ça, Claudia n'y était pour rien. Contrairement à ses affirmations, Claudia n'était pas intervenue. Elle avait voulu la mort de Nathalie ! Béatrice en était malade.

— Je ne suis plus maîtresse de ma vie, dit-elle enfin.

— N'est-ce pas notre cas à tous ?

Ce type était exaspérant.

— Je veux dire, quand Claudia me donne des ordres...

— Claudia vous donne des ordres ?

— Bien sûr...

— Par exemple ? Quels sont les ordres qu'elle vous donne et qui vous dérangent ?

— Eh bien, son dernier... Samedi soir. Tandis que je me préparais... Elle m'a dit...

— Elle vous a dit ?

— Bien sûr, elle...

Mercadier avait tourné la tête brusquement vers elle, et Béatrice réalisa qu'elle ne pouvait rien lui raconter. Il ne la croirait pas quand elle lui dirait avoir entendu la voix de Claudia et il comprendrait encore moins quand elle lui parlerait de l'agression contre Nathalie. Si elle lui avouait cela, qu'adviendrait-il ? Préviendrait-il la police ? Il devait en avoir l'obligation. Elle était coupable d'une tentative d'homicide, même si elle n'avait pas eu l'intention de la tuer. Mais quel juge la croirait ?

Et si la police s'en mêlait, jusqu'où irait cette histoire ? Sur un plan professionnel, elle ne pouvait se permettre une condamnation.

Et d'autres faits risquaient d'apparaître au grand jour. Comme les quelques personnalités locales que Claudia faisait chanter. Ou l'argent qu'elle n'hésitait pas à prendre lorsqu'un portefeuille traînait...

Si le bruit se répandait qu'elle était interrogée pour une tentative de meurtre, certaines de ses victimes risquaient de faire le rapprochement avec les petits vols qui survenaient lorsque Claudia était dans les parages.

Tentative de meurtre. C'était bien de cela qu'il s'était agi !

Elle avait été manipulée par Claudia. D'un bout à l'autre. Depuis le début, Claudia voulait se débarrasser de Nathalie, et Béatrice était l'instrument dont elle avait choisi de se servir.

— J'ai peur, dit-elle.

— Peur de quoi ?

— Peur de ce que je pourrais faire à Nathalie.

— Le mieux serait donc de l'éviter pendant un certain temps.

Bien sûr, Mercadier ne voulait surtout pas aller au fond de son problème. Claudia seule l'intéressait. Béatrice avait compris très tôt qu'elle ne comptait guère aux yeux du psychiatre.

Il ne voyait que par Claudia, par ce qu'elle faisait, par ce qu'elle pensait... et traitait Béatrice en quantité négligeable. Une pauvre grosse qu'il avait soignée pour sa boulimie, et qu'il aurait abandonnée depuis longtemps si elle n'était le point de passage obligé vers *l'Autre*, celle qui le passionnait.

Elle n'avait rien à attendre de cet homme. Il n'était pas là pour l'aider. Il poursuivait un but personnel dans lequel elle n'était qu'un accessoire.

Elle sentit les larmes lui monter aux yeux et regretta de ne pas être vraiment Claudia. Claudia aurait su quoi faire. Claudia savait toujours quoi faire. Et quand elle avait décidé d'une ligne de conduite, elle s'y tenait sans jamais dévier d'un centimètre. C'était ce qui faisait sa force. Et ce qui effrayait le plus Béatrice en ce moment.

— La solution est en vous, dit Mercadier.

Jamais autant qu'aujourd'hui Béatrice n'avait douté de son psychiatre, malgré les résultats obtenus. Il lui suffisait d'ouvrir sa garde-robe pour constater le chemin parcouru depuis l'époque où elle frôlait l'obésité. Mais bien qu'elle remportât encore chaque jour de nouvelles victoires, elle se demandait soudain si le prix à payer n'allait pas être trop élevé. Un peu comme ces inconscients qui, dans les contes fantastiques, vendent leur âme au diable en échange de quelques avantages immédiats et qui, au jour de l'addition, se demandent brusquement s'ils n'ont pas fait un marché de dupe.

Par ailleurs, elle doutait que Mercadier ait autant la situation en main qu'il l'affirmait. Plus le temps passait et plus ses craintes devenaient une certitude : Mercadier était dépassé par les événements. Comme elle. Claudia leur échappait. Ce qu'elle avait ressenti depuis le début, ce qu'elle avait perçu jusque dans sa chair lui apparaissait à présent comme une vérité évidente et indiscutable : Claudia avait une vie propre.

— Docteur, je crois que nous avons créé un monstre, dit-elle.

— Allons, ne soyons pas excessifs...

Elle s'assit sur le divan, le regarda à travers ses larmes.

— Vous devez vous reprendre, dit-il.

Bien sûr. Facile à dire.

— S'il y a quelque chose dont vous souhaitez me parler...

— Bien sûr.

Elle savait qu'il était des sujets qu'elle ne pourrait aborder avec lui, des mots qu'il ne voudrait pas entendre ; par exemple :

« Claudia me domine complètement. »

« J'ai failli tuer Nathalie. »

« J'ai peur de recommencer, parce que je sais que Claudia ne s'arrêtera pas là. »

« Claudia me terrifie et je sais qu'il n'est nul endroit au monde où je pourrais me cacher. »

Ou encore :

« C'est vous qui m'avez foutu dans cette merde, docteur. Sortez-moi de là ! »

Car il était incapable de la tirer d'affaire. Incapable de reprendre la situation en main.

Tout s'effondrait autour d'elle.

Le retour de Nathalie avait ébranlé le temple qu'ils avaient construit à la gloire de Claudia. Mais il était trop tard. Ils avaient commis l'erreur de l'invoquer et, telle une déesse capricieuse, elle refusait à présent d'accepter sa déchéance et de retourner au néant d'où ils l'avaient tirée.

Béatrice se leva, sous l'œil de Mercadier qui demeurait silencieux.

Le miroir près de la porte lui renvoya l'image d'une femme au visage décomposé. Elle examina cette silhouette dont elle ne voyait que le buste. Son petit tailleur gris qui, d'ordinaire, lui allait si bien, était tout chiffonné.

Comme son âme à l'intérieur de cette enveloppe de jeune femme moderne. Une âme noire, qui exsudait par tous les pores de sa peau trop pâle.

Elle se donna un coup de peigne, mais cela ne suffit pas à lui faire retrouver meilleure mine.

— Nous avons encore du temps, vous savez ?

Elle en avait conscience. Mais que dire de plus ? À quoi bon rester chez cet homme qui ne comprenait rien à son problème, qui ne pensait qu'à une chose : Claudia. Protéger Claudia, nourrir Claudia, l'aider à se développer...

Béatrice regarda le visage qui lui faisait face dans le miroir et ne le reconnut pas. Qui était cette femme aux joues creuses ? Quelques semaines plus tôt, son visage rayonnait. Qu'était-il devenu ? Et l'ancien ? Celui qu'elle avait autrefois ? Avant que Mercadier ne la prenne en main, elle aurait vu là un visage rebondi, avec des cheveux bouclés. Elle n'était pas, alors, le genre de fille sur lequel les hommes se retournaient, et avait cru que c'était un problème à l'époque. À tel point qu'elle avait été prête à tout pour se transformer.

Mais ce n'était rien à côté d'aujourd'hui. En modifiant sa silhouette, elle avait agi sur son âme. Et elle le regrettait. Elle aurait tout donné pour revenir à la situation antérieure.

Elle se retourna vers Mercadier. Ce n'était qu'un médecin, un psychiatre.

Il ne pouvait même pas prier pour elle.

30

Claudia avait senti un frémissement dans sa toile.

Dans la pénombre, elle se balançait face à la bouche obscure comme un serpent sur le point de frapper. Elle aurait voulu pouvoir s'y glisser pour surgir directement auprès de ceux qui conspiraient à sa perte. Béatrice avait été à deux doigts de tout révéler.

Elle était en train de CRAQUER.

Quels étaient les risques ? À qui d'autre parlerait-elle? Que dirait-elle ? Tant qu'elle se contentait de déverser ses angoisses sur le divan, tout allait bien. Le péril était circonscrit et Claudia était bien placée pour surveiller son évolution.

Mais au-delà ?

À qui pourrait-elle parler ?

À NATHALIE.

Claudia savait que si Béatrice révélait tout à Nathalie, son existence serait menacée.

Elle ne pouvait permettre cela.

31

Mercadier admirait la vitrine aux poupées. Il venait d'en ajouter une, achetée à Rouen. La vendeuse lui avait dit qu'elle plairait beaucoup à sa fille et il s'était contenté d'acquiescer. Il la déplaça avec délicatesse. Comme à chaque nouvelle acquisition, elle était aussitôt devenue la pièce la plus importante de sa collection. Vêtue d'un tailleur gris, elle avait tout de la parfaite femme d'affaires. L'image de ce que Béatrice aurait pu devenir si elle s'était posé moins de questions.

Il entendit un bruit derrière lui, sursauta en voyant quelqu'un, mais se rassura aussitôt. Ce n'était que Gisèle, qui passait faire le ménage. Il lui sourit. Un sourire froid, mécanique, à l'image de ses sentiments à son égard. Pour lui, Gisèle n'existait pas vraiment. Ce n'était qu'un petit bout de femme sans envergure, sans plus de présence que l'aspirateur qu'elle traînait dans tout l'immeuble.

— Bonjour, Gisèle, dit-il néanmoins.

— Bonjour, docteur. Je suis venue pour le ménage.

Comme si elle avait pu venir pour autre chose.

— Eh bien, allez-y, je n'attends personne avant cet après-midi.

Gisèle acquiesça et avança avec son chiffon vers la vitrine ouverte.

— Non ! Laissez. Je m'en occuperai.

Il ne lui avait jamais permis de toucher à ses poupées.

— Une belle collection, que vous avez là.

— Elle me vient de ma mère.

Gisèle opina sans demander si du temps de la mère d'Alain Mercadier les Barbie avaient déjà entamé leur conquête du monde. Il ne lui aurait d'ailleurs pas répondu si elle s'était avisée de lui poser la question. Comment expliquer que sa mère lui offrait des poupées lorsqu'il était enfant ? Comment admettre que sa mère ne l'avait jamais accepté, ne l'avait jamais vu tel qu'il était, mais tel qu'il aurait dû être, et tel qu'elle s'obstinait à le croire ?

Et s'il n'y avait eu que les poupées...

Il secoua imperceptiblement la tête et referma la vitrine.

— Un beau résumé de l'humanité vue du côté féminin, vous ne trouvez pas ?

Gisèle ne répondait pas, promenait son chiffon d'un geste mécanique sur le bureau. Mercadier poursuivit :

— On trouve tout ici : l'infirmière, la ménagère, la secrétaire, la star de cinéma, la sportive...

Gisèle essuyait ses poussières et il réalisa qu'ils vivaient dans deux mondes totalement séparés et que rien ne les relierait jamais. Gisèle avait appris depuis longtemps à garder sa place. Elle avait compris que les gens pouvaient parler seuls même en sa présence et qu'elle ne devait surtout pas s'imaginer que c'était à elle qu'ils s'adressaient.

— Curieux, non ? poursuivait le psychiatre. On déshabille une poupée, on la rhabille différemment, et c'est toute sa personnalité qui change ! Vraiment un échantillon réduit d'humanité. Prenez n'importe quelle femme. Digne en public, secrétaire appréciée et réservée, et voilà que le samedi soir, elle se change, enfile une robe sexy ou un jean déchiré, et ce n'est plus la même ! On la retrouve en boîte ou dans une rave et il est impossible de la reconnaître !

Gisèle termina le bureau sans paraître l'entendre. Il se désintéressa d'elle, se tourna vers l'extérieur, contempla les toits des maisons de l'autre côté de la rue. Cette femme ne comprendrait jamais rien à rien. Il poursuivit tout de même, pour le plaisir de s'entendre parler :

— Prenez la mode ! Une année court, une année long... Et toutes les femmes suivent ça comme des lemmings. Quand elles ne se contentent pas de dupliquer ce que porte telle actrice ou telle chanteuse ! À douter qu'elles aient une personnalité propre ! Cela provient peut-être de leur éducation. Toute petite, on leur apprend à plaire, à choisir de beaux vêtements, à sourire... De vraies petites geishas, et cela, quel que soit le pays où elles vivent... On les façonne dans ce seul but : séduire l'homme. Mais cela dit, leur éducation est faite par des femmes ! Et plus tard, quand elles ont les moyens de décider de leur vie, elles n'ont rien de plus pressé que de continuer sur cette lancée ! Et c'est le maquillage, et c'est le régime, et c'est la chirurgie esthétique...

Il se perdit un moment dans ses rêveries avant de se secouer, comme un dormeur qui s'éveille en sursaut. Gisèle le regardait fixement, comme pétrifiée par sa démonstration.

— Vous êtes encore là ?

Elle acquiesça en montrant son chiffon.

— Les poussières. Je peux passer l'aspirateur ?

Mercadier consulta sa montre.

— Allez-y. Vous ne touchez pas à ces poupées, je le ferai moi-même.

Dans la vitrine, les poupées la fixaient toutes de leurs yeux vides.

32

La nuit était tombée sur Vernon. Par la fenêtre de la cuisine, Nathalie observait les rares passants qui s'attardaient encore devant les vitrines illuminées. Elle avait vaguement envisagé d'allumer la télévision, mais les magazines ne l'attiraient pas et la seule alternative était une histoire de serial killer. Un de plus. Elle ne souhaitait pas se voir rappeler que la nuit dissimulait parfois des êtres dont le plaisir suprême était de traquer les femmes pour se repaître de leur souffrance. Sur ce plan, elle avait suffisamment de soucis sans en rajouter.

Son téléphone sonna. Elle faillit ne pas décrocher, se demandant qui pouvait appeler à cette heure tardive. Une pensée pour ses parents et un léger soupçon d'inquiétude à l'idée qu'il pouvait leur être arrivé quelque chose la poussèrent néanmoins à répondre. Le numéro qui appelait était inconnu.

— Allô ? dit-elle en portant le combiné à son oreille.

— Pars. Ou Claudia te tuera.

— Allô ? Qui est à l'appareil ? Que dites-vous ?

Trop tard. Dans le combiné résonnait déjà la tonalité indiquant qu'on avait raccroché.

« Pars, ou Claudia te tuera. » Cela ne voulait rien dire.

Nathalie rappela le numéro. La sonnerie retentit longtemps, longtemps, avant que quelqu'un décroche.

— Allô ? dit une voix d'homme.

— Une femme vient de m'appeler depuis ce téléphone. J'aimerais lui parler...

— Y a personne ici, madame. C'est une cabine publique. Dans la rue.

— Ah ?

Nathalie était consternée, mais elle aurait dû s'y attendre.

— Dans quelle rue ? demanda-t-elle tout de même.

— Est-ce que je sais, moi ? C'est devant la poste.

— Bien. Merci.

— Y a pas de quoi.

L'homme raccrocha et Nathalie en fit autant.

Un appel anonyme. Depuis une cabine publique.

Sauf que c'était une voix de femme et que Nathalie pensait bien avoir reconnu Béatrice. Qu'avait-elle dit ?

« Pars, ou Claudia te tuera. »

C'était absurde. Elle ne connaissait aucune Claudia...

Aucune Claudia, à part...

Non, cette idée était ridicule. Mais elle devait en avoir le cœur net. De mémoire, elle composa le numéro de Béatrice, mais personne ne décrocha. Elle chercha dans son agenda et appela son portable.

Une voix impersonnelle lui répondit que sa correspondante n'était pas disponible, mais qu'elle pouvait laisser un message. Nathalie indiqua juste qu'elle aimerait lui parler le plus tôt possible.

Claudia.

Le souvenir que ce nom avait évoqué lui avait tout d'abord paru incongru. Mais à la réflexion, après tout ce qui lui était arrivé de bizarre depuis son retour...

Elle n'était pas installée depuis assez longtemps pour s'être à ce point attiré l'inimitié de quelqu'un depuis son retour à Vernon.

Donc, si ennemie il y avait, la source du conflit devait remonter avant cela. Elle avait déjà pensé à Rouen, sans que cela ne donne rien de concluant. Mais si l'origine de ses problèmes remontait beaucoup plus loin dans son passé ? Elle devait envisager toutes les possibilités, mais Claudia... C'était une idée tellement farfelue !

Imaginer que son ennemi soit la seule Claudia qu'elle ait jamais connue était une idée qu'elle aurait rejetée quelques semaines plus tôt, mais aujourd'hui l'invraisemblance même de l'hypothèse ne suffisait plus à la lui faire repousser sans l'examiner.

Il n'y avait qu'un seul gros problème à cela : la Claudia en question n'existait pas. C'était une créature imaginaire.

Au lycée, elles étaient quatre : Béatrice, Gisèle, Amélie et elle-même, à l'avoir inventée. À l'époque, Claudia était le modèle auquel elles se référaient. La femme parfaite. La trentaine, sûre d'elle, ne connaissant que le succès, ne s'en laissant compter par personne, n'ayant peur de rien... La femme idéale vue par des gamines. Que ferait Claudia si... ? Que penserait Claudia de...? Que dirait Claudia ? Comment réagirait Claudia ? Et elles se calaient sur ses réponses probables quand elles-mêmes se trouvaient à court d'inspiration face à un problème dans leur vie courante.

Mais Claudia n'était qu'un ersatz, une créature sans consistance, ni existence réelle. S'agissait-il de cette même Claudia qui ressurgissait douze ans plus tard ?

Nathalie s'assit, son téléphone portable à la main. Elle venait de recevoir une menace de mort. Non, pas vraiment. Plutôt un avertissement. « Une amie » lui disait de partir, sinon Claudia la tuerait.

Pouvait-elle réclamer la protection de la police pour cela ? Et se plaindre de quoi ? Même si elle pensait avoir reconnu la voix de Béatrice, elle n'en était pas certaine. Et elle ne pourrait pas arriver maintenant, avec cette simili-menace, et évoquer l'histoire de la voiture qui lui avait foncé dessus à titre de preuve complémentaire. On ne la croirait pas.

Elle se remit à sa fenêtre. La poste n'était pas très loin de chez elle. Celle – Béatrice ? – qui l'avait appelée était-elle là, dehors, quelque part, à observer son appartement, à regarder son ombre qui se promenait de pièce en pièce, en quête d'une réponse à ses questions ?

Elle avait toujours son téléphone dans la main, mais personne n'appelait. Elle éteignit la lumière, pour qu'on ne la voie plus de l'extérieur, et attendit dans le noir.

33

Nathalie avait passé une très mauvaise nuit. Béatrice ne l'avait pas rappelée, ce qui était curieux si elle n'était pour rien dans le mystérieux avertissement : elle aurait dû en toute bonne logique chercher à savoir ce que Nathalie lui voulait. Son silence donnait donc à penser qu'elle était effectivement l'auteur de l'appel anonyme.

Dès neuf heures le mardi matin, Nathalie tenta de la contacter à la banque où on lui répondit qu'elle avait pris quelques jours de congé. Cela pouvait expliquer qu'elle ne réponde pas chez elle et peut-être avait-elle oublié son portable. Ou bien l'avait-elle volontairement laissé éteint pour être tranquille ?

Mais cette absence soudaine, qui du fait des circonstances prenait l'apparence d'une fuite, n'arrangeait pas Nathalie. Elle voulait parler à Béatrice et s'assurer qu'elle était bien à l'origine de cet avertissement. Et si tel était le cas, elle aurait aimé que son amie lui précise si la Claudia en question était bien celle qu'elles avaient imaginée, près de quinze ans auparavant.

Ce qui, avec ce qu'elle avait découvert de la personnalité de Béatrice ces derniers temps, ne l'aurait pas surprise : son amie ne parlait plus qu'astrologie, fantômes et lutins. La voir embarquée dans une croyance en une créature imaginaire de plus n'aurait rien eu pour étonner

Nathalie qui aurait rejeté cette suggestion avec mépris s'il ne s'était agi de la seule piste dont elle ait disposé pour identifier l'auteur du harcèlement qu'elle subissait depuis son retour à Vernon.

Cet appel avait eu au moins un aspect positif : depuis qu'elle pouvait mettre un nom sur la menace, celle-ci lui paraissait moins redoutable. Même si ce nom ne correspondait pas à quelqu'un de réel, mais au produit de l'imagination de quatre adolescentes.

Nathalie se sentait revigorée par cette étape décisive dans son enquête et était moins décidée que jamais à céder à la menace et à quitter la ville. Elle avait déserté Rouen plutôt que d'affronter les difficultés et regrettait son attitude, même si elle appréciait sa nouvelle vie.

Le fait d'avoir abandonné le terrain devant ses ennemis lui restait sur la conscience, avec tout le poids d'une faute impardonnable.

Elle ne fuirait pas une seconde fois. D'autant que, au-delà de Vernon, elle n'avait nulle part où aller. Cette ville était sa dernière chance. On ne l'en chasserait pas. Et en tout cas, elle n'abandonnerait pas le terrain devant un fantôme !

34

Les yeux fixés sur les marches, Gisèle montait à petits pas l'escalier menant chez Mercadier. Elle n'avait guère plus d'une trentaine d'années, mais se déplaçait telle une vieille femme écrasée par le fardeau de sa vie étriquée. Elle acceptait son sort, savait que son destin était de faire des ménages et qu'elle ne pouvait rien espérer d'autre, mais cela ne l'empêchait pas de ressentir parfois cette situation comme une injustice profonde.

La porte du cabinet de Nathalie s'ouvrit à son passage et elle sursauta comme si elle avait été prise en faute. Ne comprenant pas ce qui se passait, elle fit un pas en arrière, prête à s'enfuir au moindre signe de danger.

— N'aie pas peur, lui dit Nathalie, ce n'est que moi. Entre, veux-tu ? J'aimerais te poser quelques questions.

Gisèle hésita. Elle n'avait pas revu Nathalie depuis le dimanche matin. Était-ce de cela qu'elle voulait lui parler ? Elle lui avait révélé tout ce qu'elle avait à lui apprendre. Elle n'obtiendrait rien de plus d'elle. Elle jeta un regard effrayé derrière elle, mais il n'y avait personne pour l'observer.

Elle suivit Nathalie dans son appartement, jusque dans le salon où elles prirent place toutes les deux dans de confortables fauteuils de cuir.

— Veux-tu un café ?

— Non, merci, non. Merci.

Elle ne voulait surtout pas la déranger, jetait autour d'elle de petits regards furtifs, notant les gravures, les bibelots, les livres... Nathalie avait tant de jolies choses... Cet appartement était si différent de ce qu'il avait été du temps du docteur Baron ! Gisèle se demanda combien de temps il lui faudrait pour faire ici un ménage complet...

— Un jus de fruits ?

— Non, rien. Je te remercie.

Elle se tenait en équilibre précaire au bord du fauteuil, ses genoux serrés entre ses mains comme pour les empêcher de trembler.

— Tu te souviens de Claudia ?

La question la désarçonna. Que voulait dire Nathalie ? Pourquoi lui parlait-elle de Claudia ?

— Claudia ?

— J'ai reçu un appel bizarre cette nuit. En fait, je devrais formuler ma question autrement. Je recommence : est-ce que tu connais une Claudia ? Ici, à Vernon ?

Gisèle pinça les lèvres et secoua la tête.

— J'ai essayé de joindre Béatrice, mais elle ne répond pas.

Gisèle comprenait mieux à présent pourquoi Nathalie l'avait interceptée dans l'escalier : elle n'était qu'un pis-aller. Elle ressentit comme une petite piqûre d'épingle, quelque part du côté du cœur. Juste une piqûre. Elle avait l'habitude. On ne se souvenait de son existence que lorsque l'on avait besoin d'elle. Et en général pour une petite tâche. Cela ne la surprenait pas.

Nathalie n'était pas revenue depuis longtemps à Vernon, mais elle avait déjà retrouvé les vieilles habitudes et s'alignait sur l'attitude générale. Pour une fois, Gisèle osa se défendre. Elle avait été blessée et ce fut avec une fureur rentrée qu'elle répondit :

— Je suis ta roue de secours, alors ? Quand tu ne trouves personne, tu penses à moi ?

Nathalie parut choquée par la franchise de cette remarque et Gisèle en éprouva un frisson de joie perverse. C'était si bon de surprendre les gens de temps en temps, de leur rappeler qu'elle existait.

— Non... bredouilla Nathalie. Je veux dire... Je suis plus proche de Béatrice. Et j'ai bien cru reconnaître sa voix, c'est pour ça que je lui ai téléphoné... Mais on m'a dit qu'elle est en vacances et j'ai pensé que tu saurais peut-être...

Gisèle cacha sa satisfaction devant l'embarras de Nathalie. Elle posa les mains sur les accoudoirs du fauteuil, prête à se lever.

— Bon. Moi, je ne sais rien...

Nathalie lui saisit le bras.

— Attends. Tu es venue me prévenir dimanche matin qu'on surveillait ma maison. Cette nuit, on m'a affirmé que si je ne partais pas Claudia me tuerait.

— C'est vrai...

Gisèle se mordit les lèvres, mais elle en avait trop dit. Nathalie la regardait avec une intensité qui l'effrayait.

— Tu sais qui est cette Claudia ?

— Non. Je ne sais rien. Je te l'ai dit. Rien !

— S'agit-il de celle que nous avons inventée, ou bien de quelqu'un d'autre ?

Gisèle lutta pour garder le silence. Si elle parlait, Claudia l'apprendrait et cela la terrifiait. Claudia était sans pitié. Mais Nathalie avait besoin d'elle.

— Gisèle !

Non, elle ne pouvait laisser Nathalie dans l'ignorance. De toute façon, elle avait appris le plus important. Quelqu'un l'avait prévenue.

— Non, avoua-t-elle. C'est bien elle. Le fantôme.

— Le fantôme ?

Gisèle hésita.

— Oui. Enfin, l'esprit, ou je ne sais quoi. Béatrice dit que nous avons créé une antiquité, qu'elle a pris vie grâce à nous.

— Tu veux dire une entité ?

— Oui, c'est ce que j'ai dit : une entité.

— C'est absurde.

— Non, c'est vrai. C'est elle qui a chassé Amélie de la ville. Enfin, je crois. Elle est très puissante.

— Attends, on parle bien de la même chose ? De la femme idéale que nous avions imaginée quand nous étions au lycée ?

— Oui. Elle est vivante, Nathalie, tu dois le croire.

— Mais cela n'a pas de sens !

— Béatrice t'expliquerait ça mieux que moi. Moi, je ne sais pas grand-chose. Seulement qu'elle est très forte et qu'il ne faut pas se mettre en travers de son chemin.

Nathalie secouait la tête, refusant d'admettre ce qu'elle entendait.

— Amélie la gênait. Elle n'était pas digne d'elle. Elle l'a chassée. Toi aussi, tu la gênes. Tu devrais partir. Ou arrêter de l'embêter.

— Mais je ne fais rien...

— Tu es là.

— C'est absurde. Si Claudia existe, c'est que quelqu'un se fait passer pour elle. Nous n'étions que quatre. Béatrice, Amélie, toi et moi. Qui l'incarne ?

— Nous sommes plus nombreux que ça à la connaître ! Béatrice a tout raconté à son psychiatre. Je le sais.

— Mercadier ?

— Oui. Mais il ne faut pas répéter ce que je t'ai dit. Je ne devrais pas être au courant.

— N'aie crainte.

— Et Amélie aussi en avait parlé à quelqu'un.

Elle se leva brusquement.

— Bon, je dois partir. Quand Claudia apprendra ce que je t'ai raconté, elle sera furieuse contre moi.

Nathalie se leva également, tendit la main pour la rassurer.

— Elle n'en saura rien.

Gisèle la regarda avec lassitude. Nathalie ne comprendrait jamais. Elle avait fait de grandes études. Elle connaissait plein de choses. Mais elle était tellement naïve... Son éducation cachait son ignorance et elle n'en avait pas conscience.

— Claudia sait tout, dit-elle.

Avant que Nathalie ait pu faire un geste pour la retenir, elle retraversait l'appartement pour s'engouffrer dans l'escalier, montant chez Alain Mercadier.

— Gisèle ! l'appela Nathalie.

Sans se retourner, Gisèle cria :

— Oublie-moi ! Oublie-nous ! Sinon...

Et elle disparut au détour des marches, comme une souris se glissant dans son trou.

DEUXIÈME PARTIE

35

Béatrice se laissa tomber sur le lit, se releva peu après pour s'approcher de la fenêtre et jeter un regard inquiet à l'extérieur. Personne, mais cela ne voulait rien dire.

Cela faisait quatre jours qu'elle se terrait. En sortant de chez le docteur Mercadier, le lundi précédent, elle avait eu l'impression que tout le monde la regardait, que tous connaissaient sa tentative d'assassinat sur une femme qui la croyait son amie.

Et même si elle n'avait pas eu l'intention de la tuer, le fait est que Nathalie n'en avait réchappé que par miracle.

Rentrée chez elle, elle avait appelé sa chef de service pour l'informer qu'elle devait s'absenter et demander que l'on reporte ses rendez-vous. Après quoi, retranchée derrière son répondeur, elle s'était enfermée, vivant sur les provisions constituées le samedi. Ces provisions arrivaient à épuisement. Il lui faudrait bientôt sortir, affronter à nouveau le monde... Elle n'était pas sûre d'y parvenir. Elle brûlait d'envie de tout raconter à Nathalie, pour soulager sa conscience et surtout transmettre à une autre le fardeau des décisions qu'il allait falloir prendre. Car la situation ne pouvait pas durer, elle en avait conscience. Claudia tuerait Nathalie si elle ne l'avertissait pas.

Et Claudia la tuerait, elle, si elle prévenait Nathalie.

Il y eut un bruit dans son dos. Elle se retourna et poussa

un hurlement. Claudia se tenait là, devant elle, au milieu de sa chambre. Elles se fixèrent un instant, puis Béatrice détourna les yeux, vaincue. Ce geste équivalait à un aveu. Un aveu inutile, puisque toutes deux savaient bien ce qu'elle avait fait.

— Je comptais sur toi, dit Claudia.

Béatrice opina. Une boule énorme au fond de la gorge l'empêchait de répondre.

— Et tu as échoué.

Béatrice baissa la tête. La voix de Claudia était âpre, semblait venir de nulle part et emplir toute la pièce. Une voix qui évoquait le crissement d'un ongle sur un tableau.

— Sais-tu ce qui va se passer ?

Béatrice ne répondit rien. Elle n'avait cessé d'étudier cette question durant ces derniers jours. C'était même la seule pensée qu'elle avait eue, au point d'en devenir folle. Et quel qu'ait été l'angle sous lequel elle l'examinait, elle n'avait trouvé que deux réponses possibles : Claudia allait l'abandonner, ou bien Claudia la tuerait.

Elle s'assit sur le lit. Elle se sentait vidée de toute énergie, comme si Claudia était un vampire psychique dont la seule présence l'épuisait.

— Ce n'est pas ma faute... gémit-elle.

— Pas ta faute ? Est-ce une excuse ?

Béatrice secoua la tête. Non. Ce n'était pas une excuse. Claudia n'acceptait pas l'échec. Elle ne pouvait pas admettre d'avoir tort. Claudia avait toujours raison. Claudia était forte. Claudia était la plus forte.

C'était un axiome indiscutable.

— À cause de toi, de ton incompétence, Nathalie est toujours vivante. Et elle me menace ! Tu le sais ! Je réalise que je ne peux pas te faire confiance, que tu n'es pas digne de moi. Et je n'aime pas cela ! Je vais devoir te laisser !

— Non ! Je t'en supplie !

Le cri avait jailli du plus profond de Béatrice. La vie sans Claudia serait impossible. Quels que soient ses remords et ses craintes, elle ne voulait pas retourner à sa vie antérieure, retrouver l'époque d'avant Claudia.

— Je peux t'aider. Je ferai tout ce que tu veux !

— Je l'ai cru. Mais je constate qu'il n'en est rien. Si je ne peux pas compter sur toi, tu ne me sers à rien. Je vais devoir t'abandonner. Et tu redeviendras la grosse vache impuissante que tu étais autrefois...

— Noooonnnn !

Béatrice se jeta aux pieds de Claudia.

— Je t'en prie ! Donne-moi une autre chance...

— La mérites-tu ?

— Oui ! Je ferai n'importe quoi ! Mais ne m'abandonne pas, je t'en supplie !

Claudia ne répondit rien. Ses yeux froids étaient posés sur elle, semblables à ceux d'un reptile, et Béatrice eut peur. Elle évita son regard. Elle ne serait jamais à la hauteur de Claudia, elle le savait. Mais Claudia n'aimait pas les faibles. Elle n'éprouvait aucune pitié pour eux, et Béatrice devait dissimuler sa peur sous peine de l'irriter. Car si Claudia se mettait en colère... Béatrice se cacha le visage dans ses mains et se mit à sangloter. Elle était dans une situation sans issue et cela la terrifiait. Elle pleura longtemps, de peur et d'apitoiement sur son propre sort. Quand enfin elle se calma et osa regarder à nouveau Claudia, elle ne la vit plus. Elle avait disparu comme elle était venue, sans bruit, sans qu'un souffle d'air parût être déplacé. Béatrice vit le téléphone qui se trouvait sur sa table de chevet. Il fallait prévenir Nathalie.

Mais Claudia la tuerait. Elle se traîna jusqu'au lit, laissant à nouveau couler ses larmes.

36

Le samedi matin avait apporté cinq consultations à Nathalie qui y vit un heureux présage. Sa clientèle s'étoffait peu à peu. Elle commençait à espérer que bientôt elle ferait partie des institutions de cette ville.

Si on la laissait vivre suffisamment longtemps pour ça.

Si *Claudia* la laissait vivre.

Elle ne parvenait pas à croire que celle qui la menaçait était la Claudia qu'elles avaient inventée autrefois. C'était tellement absurde ! Mais c'était la seule piste dont elle disposait. Une piste qui ne menait pas bien loin pour le moment : Béatrice avait disparu, Gisèle était trop terrifiée pour parler... Restait Amélie, la quatrième du groupe, qui avait quitté la ville quelques années plus tôt. L'après-midi, sitôt son cabinet fermé, elle se mit à sa recherche.

Retrouver l'adresse de sa mère par le minitel n'avait pas été difficile. La convaincre de la recevoir le fut davantage. Elle habitait au deuxième étage d'un immeuble sans grâce à la limite de la ville et la reçut seule. C'était une petite femme aux cheveux entortillés dans des bigoudis, le visage caché derrière une paire de lunettes dignes d'une star de Hollywood, qui la fit entrer dans une cuisine où flottait une odeur de chou vieille de plusieurs jours.

— Je ne comprends pas vraiment ce que vous voulez, lui dit-elle en posant une tasse devant elle.

Nathalie n'avait fait qu'entrevoir la décoration en passant, mais cela avait suffi pour la convaincre qu'elle n'aurait pas aimé grandir ici. Elle n'y était jamais venue durant son adolescence, se demandait à présent si c'était le fait du hasard ou bien si sa camarade avait sciemment évité d'amener ses amies chez elle. Elle acheva de faire fondre le sucre dans son café et afficha son sourire le plus engageant.

— Je reviens après douze ans d'absence. J'essaie de renouer contact avec mes anciennes amies.

— Il aurait mieux valu ne pas couper les contacts pendant tout ce temps !

Nathalie encaissa le coup sans broncher. Au contraire, elle accentua son sourire.

— Je m'en rends compte. Mais le temps a passé si vite ! Vous savez, les études de médecine sont très prenantes. Les premières années, je n'ai vraiment pas eu le loisir de relever la tête.

— Dommage. Peut-être que vos amies auraient aimé que vous soyez là à cette époque !

— C'est pourquoi j'essaie aujourd'hui de renouer les fils qui se sont rompus.

— De toute façon, je ne peux pas vous aider. J'ignore où est Amélie.

Nathalie la regardait tandis qu'elle lançait cette affirmation et elle eut la certitude que cette femme lui disait la vérité. Il y avait en elle une espèce de fatalisme et surtout un air de profondément s'en moquer qui convainquirent Nathalie que cette femme ignorait où se trouvait sa fille... et que cela ne lui faisait ni chaud ni froid.

— Elle est partie brusquement ?

— C'est le moins qu'on puisse dire ! Un matin, elle n'était plus là. Et depuis, pas de nouvelles ! Elle était comme ça, vous savez. Toujours à agir sur des coups de tête !

Cela ne cadrait pas avec le souvenir que Nathalie en gardait. Elle avait plutôt conservé l'image d'une fille réservée, timide peut-être, renfermée sur elle-même en tout cas.

— Vous l'avez fait rechercher ?

— On a prévenu la police. Le service des personnes disparues. Pour pas avoir d'ennuis ! Ils nous ont fait savoir qu'elle ne voulait pas qu'on sache où elle était. Elle était majeure. Grand bien lui fasse !

Nathalie retint une grimace de contrariété. La piste ne pouvait pas s'interrompre ici. Il y avait forcément autre chose.

— Votre mari non plus n'a pas eu de nouvelles ?

— C'est moi qui n'ai pas eu de nouvelles de lui ! Il m'a quittée. Juste après le départ d'Amélie.

Elle avait jeté cette précision comme si elle expliquait tout.

— Et vous ne savez pas où je pourrais le joindre ?

Au regard soupçonneux que lui valut cette question, Nathalie comprit qu'elle avait été mal interprétée.

— Pour retrouver Amélie. Peut-être sait-il où elle est ?

— Ça m'étonnerait qu'elle lui ait donné son adresse !

Nathalie opina. Le discours de cette femme était lourd de sous-entendus, comme si elle avait de tout temps été victime de persécutions dont son interlocutrice aurait dû être au fait. Nathalie avait hâte de quitter cet appartement étouffant, mais elle refusait de rentrer bredouille.

— N'avez-vous vraiment pas la moindre idée de ce qu'elle a pu devenir ? Elle n'a pas pu partir sans argent. Qu'est-ce qu'elle faisait avant de disparaître ?

— Elle travaillait dans un café. Si on peut appeler ça travailler !

La mère d'Amélie renifla, comme pour signifier tout le mépris que lui inspirait l'occupation de sa fille.

— Elle avait des amies, des fréquentations qui pourraient me dire où elle est ?

— Pourquoi vous me demandez ça à moi ? C'était vous, son amie ! Vous devriez le savoir !

Nathalie acquiesça. Ses sourires ne parvenaient pas à amadouer la vieille femme et elle sentait venir le moment où elle se ferait jeter dehors. Elle obtint tout de même le nom du café où Amélie avait travaillé et ce fut avec soulagement qu'elle retrouva la lumière du soleil après son séjour entre les murs de cette cuisine oppressante.

Elle s'immobilisa sur le trottoir. Elle sentait ses cheveux se hérisser sur sa nuque. Elle avait l'impression étrange qu'on l'observait. C'était absurde. Elle avait entendu parler de ce phénomène, mais sans y croire jusque-là. Et pourtant, c'était bien une sensation physique qu'elle éprouvait, presque comme si quelqu'un avait posé la main sur son bras, ou si une odeur entêtante était parvenue à ses narines. Impossible. Et pourtant... La mère d'Amélie ? Elle se retourna vers l'immeuble qu'elle venait de quitter, mais aucun rideau ne bougeait au deuxième étage. Il était probable qu'elle était en train de l'espionner à travers les voilages, trop loin dans la pièce pour être vue de l'extérieur. Mais Nathalie n'avait pas l'impression que la cause de l'angoisse qui l'étreignait se situait de ce côté. C'était plutôt comme si une menace physique pesait sur elle.

Elle examina les alentours, le souvenir de ce véhicule fonçant sur elle quelques jours plus tôt encore trop présent à son esprit pour qu'elle rejette ces pressentiments comme une simple superstition. Mais non, elle paraissait être seule. Elle monta dans sa voiture, démarra et quitta le quartier au plus vite. Il lui fallut un long moment avant que sa respiration se calme et que le sentiment de danger s'estompe.

37

Gisèle rentra dans le petit pavillon où elle avait toujours vécu et posa le sac à provisions sur la table de la cuisine.

— Gisèle ?

Elle leva les yeux au plafond. La voix revêche avait retenti dans la chambre en haut de l'escalier.

— Oui, maman !

De qui d'autre aurait-il bien pu s'agir ? Qui donc aurait pu venir dans cette maison ?

— C'est à cette heure-ci que tu rentres ? Et moi qui ai besoin de toi ! Viens ici !

Gisèle ôta son manteau et l'accrocha dans le couloir en passant.

— Je rentre tard parce que je travaille, figure-toi ! cria-t-elle. Et je ne choisis pas mes horaires. Une femme de ménage doit venir quand on lui dit de venir. Et, après le travail, je dois faire les courses !

— Tu dis ça ! Tu n'es jamais là ! Je sais bien que tu traînes en ville et dans les cafés ! Depuis que tu as acheté cette voiture, je ne te vois plus !

Gisèle sentit les larmes lui monter aux yeux. C'était tellement injuste. Elle entra dans la chambre. Sa mère était au lit. Elle ne pensait pas qu'elle s'était déjà déshabillée pour se coucher. Le plus vraisemblable était que la vieille femme était demeurée en chemise de nuit toute la journée.

— Je ne traîne pas dans les cafés !

— Et dimanche matin, tu étais où, hein ?

— J'étais avec mon amie Nathalie !

— Tu parles ! Tu n'as pas d'amies ! Cette Nathalie se moque bien de toi ! Comme Béatrice. Elles se moquent toutes de toi. Elles profitent de toi. Elles t'exploitent !

— Ce n'est pas vrai !

Mais, alors même qu'elle protestait, Gisèle se demandait si sa mère n'avait pas raison. Elle n'était pas aussi intelligente que ces deux femmes qu'elle appelait ses amies. D'ailleurs, elle savait bien qu'elles se retrouvaient au restaurant sans elle.

Après ce premier déjeuner à trois, elles ne l'avaient plus invitée à se joindre à elles. Les larmes perlèrent à ses yeux de nouveau et elle lutta pour les contenir. Elle ne devait pas pleurer devant sa mère, qui ne serait que trop heureuse de voir que ses arguments avaient porté.

— Nathalie a besoin de moi ! Elle apprécie mon aide. Elle s'est lancée dans une histoire qui n'est pas claire. Elle est menacée. Je crains pour sa vie !

— La belle affaire ! C'est pour ta vie à toi que tu devrais craindre. Ce genre de filles, il ne leur arrive jamais rien. Tandis que les pauvres idiotes qui font des ménages pour survivre... Mais regarde-toi ! Sans moi tu serais perdue ! Tu es incapable de te débrouiller seule ! Même pas fichue de trouver un mari ! Il faut dire qu'avec ton physique...

Gisèle ravala la réplique cinglante qui lui brûlait la bouche. Question physique, sa mère n'avait rien à dire : elle était faite à son image !

Quant à la question du mari, elle oubliait de mentionner que le sien avait disparu après quelques mois de mariage, la laissant enceinte de Gisèle et ne donnant plus jamais signe de vie.

Parfois, Gisèle songeait à cet homme dont la seule trace était ce nom étrange et qui lui avait valu bien des quolibets tout au long de sa vie : Moinot. Et elle l'enviait d'avoir eu le courage de s'enfuir tant qu'il en était encore temps, d'échapper à cette folle qui prétendait gérer la vie de tout le monde et imposer à tous ce qu'ils devaient faire, dire, penser et ressentir, en permanence.

— Sans moi tu n'es rien ! martelait sa mère. Si je venais à disparaître, tu ne me survivrais pas huit jours ! Va me faire du café !

Gisèle se détourna et sortit, laissant ses larmes couler dès qu'elle fut dans le couloir. Plus que les sarcasmes et les méchancetés de sa mère, ce qui lui faisait mal, c'était ce sentiment qu'elle avait raison, que tout ce que pouvait dire cette vieille femme à moitié dérangée ne faisait que refléter la vérité. Que, quoi qu'il advienne, elle ne serait jamais qu'une ratée, une incompétente.

« Tu ne me survivrais pas huit jours ! » avait dit sa mère. Mais elle, combien de temps lui survivrait-elle ?

Combien de temps pourrait vivre cette semi-impotente, qui n'était pas allée plus loin que la grille du jardin depuis au moins dix ans, sans sa fille pour faire ses courses, préparer ses repas et la nourrir ?

Gisèle prépara le café en imaginant la douleur de sa mère si elle se suicidait.

Le suicide.

Il y avait si longtemps qu'elle y songeait.

Comme il devait être doux de se laisser aller, en sachant que la fin des ennuis était arrivée.

38

Nathalie aurait bien voulu suivre immédiatement la piste du café où avait travaillé Amélie, mais elle avait de nouveau été invitée par Jules Ronais, le pharmacien qui organisait sa petite réception mensuelle. Bien que la première soirée ne lui ait pas laissé un très bon souvenir, elle avait accepté cette seconde invitation, toujours dans le dessein d'y faire des rencontres intéressantes, mais aussi, elle devait bien l'admettre, parce qu'elle n'avait rien d'autre à faire le samedi soir et que la perspective de passer une nouvelle soirée, seule chez elle, la déprimait.

Les Fortin n'étaient pas là et elle en fut soulagée. Ils avaient été avantageusement remplacés par un couple tenant une petite librairie qui se révéla beaucoup plus sympathique. Mercadier avait également été convié, et Nathalie remarqua avec un certain amusement que le pharmacien tentait de jouer les entremetteurs, leur faisant des allusions à peine voilées sur le fait qu'ils étaient célibataires, qu'ils travaillaient dans le même domaine, vivaient à la même adresse, et auraient tout intérêt à étudier la possibilité d'un rapprochement !

Mercadier, qui avait pris cela avec humour au début, commença à marquer des signes d'agacement au fur et à mesure que le repas avançait. Ronais ne s'en apercevait pas et continuait sur sa lancée, mais le psychiatre ne semblait guère apprécier les efforts du pharmacien pour s'immiscer dans sa vie privée.

Quant à Nathalie, ces tentatives sans espoir l'amusaient par leur puérilité et elle passa une fort agréable soirée qui lui fit oublier pour un temps ses soucis et les problèmes éprouvés depuis son arrivée en ville. Ce ne fut que sur le chemin du retour, alors que Mercadier et elle rentraient à pied vers leurs domiciles, que la question ressurgit dans leur conversation.

Nathalie se souvenait de la révélation de Gisèle : « Béatrice a tout raconté au docteur Mercadier ! »

— Est-ce que le nom de Claudia vous dit quelque chose ? demanda-t-elle à brûle-pourpoint.

Mercadier resta silencieux un long moment, avant de répondre par une question, ainsi qu'il le faisait lorsqu'il était embarrassé :

— Pourquoi me demandez-vous cela ?

— Parce que je pense que vous avez entendu parler d'elle et que vous êtes peut-être au courant de choses que j'ignore.

— Vraiment ? Mais qui est cette Claudia ?

Nathalie réfléchit. Manifestement, il n'était pas prêt à lui raconter tout ce qu'il savait. Que pouvait-elle lui révéler sans trop dévoiler son jeu ?

— Claudia est une femme imaginaire, dit-elle finalement. Une invention de quatre lycéennes, dont je faisais partie. Nous étions toutes un peu frustrées par la vie. Vous connaissez le problème : on n'a pas encore l'âge d'être autonome, mais on a déjà des désirs, des velléités, des envies d'indépendance. Par ailleurs, on manque d'expérience et on comprend souvent avec un temps de retard qu'on a mal réagi, qu'on a fait une erreur... Nous avions donc créé ce personnage. Une femme de trente ans environ, prénommée Claudia. Sexy. Riche.

Belle. Indépendante. Elle faisait un métier passionnant. Et elle était l'égale des hommes dans sa profession. Sur le plan sentimental, c'est elle qui dominait. Bref, la femme idéale.

— Idéale, pour des adolescentes.

— Pour des adolescentes, c'est exact. Cela fait une différence ?

— Bien sûr. Mais continuez.

Nathalie hésita, mais elle avait commencé et, s'il était au courant de quelque chose, il fallait bien lui donner un minimum de gages avant qu'il accepte de la renseigner. Consciente que le moment était propice aux confidences et que cette chance ne se reproduirait pas de sitôt, elle s'engagea dans l'avenue Mendès-France. L'ombre des arbres les enveloppa, comme pour garder le secret des paroles qu'ils échangeraient.

— Je vous ai dit que j'avais le sentiment d'être harcelée depuis mon retour ici ?

Il acquiesça dans la pénombre et elle devina plus qu'elle ne vit ce mouvement. Ils n'avaient pratiquement parlé que de cela chaque fois qu'ils s'étaient trouvés seuls.

— Eh bien, j'ai tout lieu de croire que cette Claudia est la responsable du harcèlement.

Mercadier s'arrêta. Son visage se fondait dans la pénombre et elle ne put distinguer son expression.

— Vous seriez harcelée par une créature imaginaire ? Comment en êtes-vous arrivée à cette conclusion ?

— Peu importe.

— Et pourquoi m'en parlez-vous, à moi ?

— Parce que vous me semblez détenir la clef du mystère.

Il sourit, lui prit le bras pour l'inciter à traverser dès que le feu passe au rouge.

— Partons du principe que vous n'avez pas tout imaginé, dit-il.

— Merci pour cette délicate attention.

— Donc, vous êtes harcelée, menacée, et vous supposez que votre ennemie est une certaine Claudia, inventée par vous et trois de vos amies, voici une dizaine d'années ?

— Une quinzaine. Notre petit jeu a duré deux ou trois ans ; après quoi, nous sommes arrivées au bac et chacune est partie dans sa direction.

— Bien.

Ils avançaient à pas lents. Le visage de Mercadier passait alternativement de la lumière des réverbères à l'obscurité de la nuit, et Nathalie avait bien du mal à y discerner un indice sur le cheminement de ses réflexions.

— Alors, quel est votre avis ?

— Mon avis est que vous courez peut-être un grand danger.

Nathalie songea à la voiture qui avait foncé sur elle le dimanche précédent, mais préféra ne pas en parler. Elle ne pensait pas qu'il s'agissait d'une coïncidence, mais cela paraissait tellement mélodramatique... Mercadier ne la soupçonnerait-il pas d'en rajouter pour mieux le convaincre ?

— Qu'est-ce qui vous fait dire cela ?

— Eh bien, vous vous êtes livrée à un jeu dangereux avec vos amies, savez-vous ? Un peu comme ces gens qui s'amusent à évoquer les esprits et sont tout surpris quand ils commencent à constater d'étranges phénomènes autour d'eux...

— Voyons, vous ne croyez pas à toutes ces...

— Inepties ? Fadaises ? Idioties ? Conneries ? Les mots ne manquent pas. Pourtant, des millions de gens, que dis-je, des civilisations entières croient en ces choses.

De quel droit, au nom de notre interprétation judéo-chrétienne du monde, prétendrions-nous avoir forcément raison contre tous ces gens-là ?

— Parce que, justement, nous vivons dans une civilisation judéo-chrétienne et que ce genre de choses ne s'y produit pas !

— Détrompez-vous ! Ce fut un jour l'objet d'une discussion entre Freud et Jung. Et Jung était tellement frustré par le refus obstiné de Freud d'entendre raison qu'il a créé un poltergeist chez lui !

— Un poltergeist ?

— Un esprit frappeur, si vous voulez. Ils discutaient, et un coup énorme a résonné dans un bahut derrière Freud !

— Si je vous comprends bien, nous aurions vraiment donné vie à une créature surnaturelle ?

— C'est possible. Vous avez entendu parler de l'inconscient collectif ?

— Selon Jung, il s'agirait d'une espèce d'énorme réservoir dans lequel nous puisons tous et que chacun alimente avec ses propres fantasmes ?

— C'est très schématiquement résumé, mais l'idée est là.

Ils étaient parvenus derrière la mairie, à deux pas de leur immeuble, mais ni l'un ni l'autre n'était pressé de rentrer.

Leur discussion les intéressait trop pour l'interrompre si tôt. Nathalie n'avait pas envie de l'inviter chez elle : elle craignait qu'il se trompe sur ses intentions. Quant à monter chez lui, ce n'était pas non plus une option qui l'attirait.

Elle fut donc soulagée lorsqu'il lui proposa de s'asseoir quelques instants sur un des bancs entourant la fontaine. Ils s'installèrent dans le silence troublé seulement par le clapotis de l'eau. Mais Nathalie, absorbée par ses problèmes, fut insensible à la beauté de l'instant. Elle était tendue à l'écoute de Mercadier.

— Que vous y croyiez ou non importe peu, reprit-il. Ces choses existent. Le nom d'Alexandra David-Néel évoque-t-il quelque chose pour vous ?

— L'exploratrice ?

— Celle-là même. Lors d'un voyage au Tibet, elle a remarqué que les Tibétains pouvaient créer des entités qui avaient forme humaine, et qu'ils leur confiaient de menues tâches. Elle s'y est essayée avec un succès si grand qu'elle a ensuite eu toutes les peines du monde à se défaire de cette créature qui la suivait partout.

Nathalie secoua la tête. Non. Même de la part d'un psychiatre jungien, elle avait du mal à admettre ce genre d'histoire.

— Et nous aurions créé un sherpa fantôme ?

Elle n'avait pu contenir le sarcasme.

— L'équivalent, peut-être. Mais si mon avis ne vous intéresse pas, pourquoi l'avoir demandé ?

— Excusez-moi. C'est que c'est tellement incroyable... Bon. Admettons. Pour la beauté du raisonnement, allez-y. Parlez-moi de cette création.

— Comprenez bien que nous entrons dans le domaine des hypothèses : je n'affirme pas que c'est l'explication, j'examine simplement toutes les possibilités. Je n'ai pas suffisamment de données sur ce problème pour en juger, et en fait je ne sais même pas s'il y a vraiment un problème. Jusqu'à présent, je n'ai que vos affirmations...

Nathalie voulut protester, mais il leva la main pour la faire taire.

— Avez-vous remarqué comme vous trouvez anormal qu'on mette votre témoignage en doute, alors que vous estimez tout à fait naturel de refuser ceux que je vous ai rapportés voici quelques minutes ?

Nathalie n'insista pas, frappée par la justesse de l'argument.

— Touchée, dit-elle. Continuez.

— Bon. Supposons que vous avez créé une telle entité. Peut-être à l'état embryonnaire et sans même en avoir conscience. Mais près de quinze ans se sont écoulés, dont trois pendant lesquels vous l'avez nourrie régulièrement de vos fantasmes à toutes les quatre.

Nathalie fut choquée par ce résumé brutal, mais elle devait admettre qu'il correspondait à la réalité.

— Nous avons donc une entité générée par un groupe d'adolescentes. Ce n'est pas vous faire injure que de dire qu'elle est forcément limitée et orientée vers la satisfaction de besoins primaires et foncièrement égoïstes, voire purement sexuels ! Et ce d'autant plus qu'elle a été créée par des frustrées, ainsi que vous en avez convenu. C'est une créature en deux dimensions, qui ne vit que pour ses besoins propres et l'assouvissement de ses désirs.

Nathalie acquiesça. Comment faire autrement ?

— Elle vit donc sa petite vie, passant aux yeux de ceux qui la voient parfois pour quelqu'un de réel. C'est tout juste si on la remarque. Elle est toujours à la frange, c'est la vague silhouette qu'on distingue en bordure d'une foule, ou sur un banc, et qui n'est plus là quand on tourne la tête dans sa direction. On pense avoir rêvé. Cela vous est déjà arrivé ?

— Oui, cela arrive à tout le monde. Cela s'appelle une illusion d'optique.

— C'est souvent le cas. Mais quelquefois, c'est elle. Claudia. Ou une créature similaire.

— Bon, admettons. Nous avons fabriqué un ectoplasme qui se balade ici et là. Pourquoi s'en prend-il à moi ?

— Parce que votre retour bouscule l'équilibre des

choses. En revenant, vous menacez son existence, d'autant plus que vous ne croyez pas en elle ! Vos amies admettent-elles son existence ?

À contrecœur, Nathalie dut admettre que tel était le cas.

— Vous voyez ? Vous êtes la seule à ne pas l'accepter, la seule à vouloir la renvoyer au néant dont elle n'aurait pas dû sortir. Vous désirez sa mort ! Que feriez-vous si quelqu'un voulait votre mort ?

Nathalie frissonna. Énoncée comme cela sur ce banc de bois perdu dans la nuit, la théorie de Mercadier devenait vraisemblable. Et terriblement inquiétante.

Mais non. Elle ne devait pas se laisser embarquer dans ce genre de croyances, sinon c'était sa raison même qui se trouverait menacée. Si elle entrait dans ce délire, elle allait bientôt échanger avec Béatrice des horoscopes et des formules magiques !

— Il y a une autre hypothèse, dit-elle.

— Ah oui ?

— L'une des trois autres filles du groupe incarne Claudia.

— J'allais y venir, avec un léger amendement par rapport à votre suggestion : nous en reparlerons. Si c'est l'une des trois autres, alors je dirais que votre situation est presque pire que si vous avez affaire à une manifestation surnaturelle.

— Comment cela ?

— Un dédoublement de personnalité, car c'est de cela que nous parlons, peut se révéler extrêmement dangereux pour vous. La femme incarnant Claudia le ferait pour lutter contre les frustrations de sa vie quotidienne. Elle parviendrait, par le biais de ce rôle, à occuper une situation au sein de la société qui n'est pas celle qui lui est dévolue. Et d'après ce que vous m'avez dit de

Claudia, c'est la femme que toutes les quatre vous auriez aimé devenir ?

— Plus ou moins.

— Bon. Vous avez donc parmi vos amies une femme qui a raté sa vie, ou plutôt qui suit le chemin qui était tracé pour elle depuis son enfance. Cela ne la satisfait pas et elle s'éclate – excusez le terme, mais je crois qu'il correspond exactement à la situation –, elle s'éclate, donc, en incarnant cette Claudia. C'est en quelque sorte la soupape par laquelle elle laisse échapper le trop-plein de vapeur, en l'occurrence ses frustrations, qui autrement menacerait de faire exploser la marmite. Mais voilà que vous arrivez et vous prétendez supprimer cette soupape. Vous voulez faire rentrer Claudia dans la marmite pour qu'on l'oublie à jamais ! Imaginez-vous ce qui pourrait se produire ?

Nathalie frissonna. Elle n'imaginait que trop bien.

— Comme dans le cas précédent, vous menacez de mort une créature extrêmement dangereuse. Nous parlons là de quelqu'un qui n'est pas sain d'esprit. Il est impossible de prévoir sa réaction. Par contre, on peut supposer qu'elle sera violente. On peut craindre une violence physique. Si vous deviez en arriver à un affrontement avec une telle personne, soyez très prudente : sa force peut être sans commune mesure avec son apparence. La folie, j'emploie ce mot à dessein, la folie peut décupler les forces de la personne en crise.

— Merci bien. Vous êtes en train de me dire que soit j'ai affaire à un fantôme, soit je vais devoir affronter une folle furieuse capable de m'arracher la tête d'une paire de gifles ?

— Cela, c'étaient les deux premières hypothèses. Il y en a une autre, qui est une variante de la vôtre.

— C'est vrai. À quoi pensez-vous ?

— Vous étiez quatre pour créer Claudia, non ? Pourquoi se limiter à l'hypothèse selon laquelle elle serait incarnée par l'une des trois autres ? Pourquoi ne serait-ce pas vous-même qui jouez ce rôle ?

— Vous plaisantez ! Pourquoi vous raconterais-je tout ça ?

— Mais parce que vous avez peur, ce que je conçois. Et parce que vous n'auriez pas forcément conscience d'être vous-même cette Claudia qui menace votre existence.

— C'est absurde !

— Pas forcément. Nous avons défini Claudia comme étant la création d'un cerveau frustré. Vous êtes frustrée. Mais si. Nous le sommes tous. Mais dans votre cas, la frustration commune au genre humain est accentuée du fait des problèmes que vous avez éprouvés. Vous avez dû quitter Rouen dans des circonstances assez désagréables...

Il leva à nouveau la main pour l'empêcher de l'interrompre.

— Je ne juge pas. Je sais. Même si vous êtes dans votre droit, ce que je veux bien croire, vous n'êtes pas partie dans les meilleures conditions. Vrai ou faux ?

— Vrai, dut-elle concéder.

— Bon. Cela crée donc du stress. Vous vous êtes heurtée à des adversaires qui ont triomphé de vous. Vous avez pu regretter de ne pas être plus forte, plus puissante. Et votre subconscient avait conservé le souvenir de cette femme invulnérable à qui rien ne résistait. Quelle tentation que de s'identifier à elle ! De son côté, Claudia, votre double Claudia, ne peut éprouver que du mépris envers vous, puisque vous avez été battue. Vous avez fui l'ennemi. Vous me suivez ?

— Comme votre ombre.

Nathalie avait conscience de l'amertume avec laquelle elle avait prononcé ces mots, mais il était trop tard.

Mercadier avait tapé juste. Trop juste. Toutes les frustrations ressenties ces derniers mois remontaient en bloc et menaçaient de l'étouffer.

— Cette Claudia qui est en vous pourrait donc décider de vous punir. N'oubliez pas que nous parlons de dédoublement de personnalité. L'une peut punir l'autre, même si c'est à travers le même corps ! Mais c'est encore plus facile dans la vie courante de l'autre personnalité. Vous êtes un médecin qui s'installe, Claudia vous rend la vie impossible.

— Vous êtes en train de me dire que je me harcèle moi-même ?

— Non. Je vous dis que c'est possible. Ce serait une forme d'autopunition inconsciente.

— C'est absurde.

— Vraiment ? Qu'avez-vous comme preuves, comme preuves physiques, de ce harcèlement ? Attendez ! Je parle de preuves que vous n'auriez pas pu fabriquer vous-même.

Nathalie haussa les épaules. Elle ne disposait pas de tels éléments et il le savait.

— Non, dit-elle. Je refuse d'avaler ça. Si cela venait de moi, j'en aurais conscience.

— C'est ce que l'on imagine. Je vois défiler chaque semaine dans mon cabinet des gens qui ont fait certaines choses et en ont perdu le souvenir, ou bien qui se souviennent d'avoir accompli certains actes sans avoir aucune idée du motif qui les y a poussés. L'inconscient est une chose curieuse. Et sans aller jusqu'à l'inconscient, vous n'avez aucune idée du nombre de gens qui mènent deux vies en parallèle sans que personne ne s'en doute ! Et combien ne s'en doutent pas eux-mêmes !

— Non.

Nathalie s'accrocha à ce mot, le répéta :

— Non ! Je refuse de supposer que tout vient de moi. Et je refuse l'hypothèse du fantôme. Je suis persuadée qu'il s'agit d'un être de chair et de sang. Et je vais découvrir qui c'est ! Pour l'instant, j'ai cinq suspects. Mes trois camarades de lycée, le psy de l'une d'elles à qui elle s'est confiée, et sans doute unc autrc personne à qui la troisième en aurait parlé, mais il faut que je la retrouve.

Mercadier demeurait silencieux.

— Le psy d'une de mes amies est au courant, répéta Nathalie. Cela ne vous dit rien ?

Il posa sur elle un regard innocent.

— Quand bien même serais-je le psy en question, comment pouvez-vous imaginer que je vous le dirais ? Tout ce que me disent mes patients est couvert par le secret professionnel, vous le savez.

— Nous sommes entre médecins.

L'argument ne tenait pas et Nathalie en eut honte en même temps qu'elle l'avançait. Mercadier fut sans pitié :

— Non. Nous sommes deux voisins en train de discuter sur un banc de votre problème personnel. La médecine et le fait que vous soyez médecin n'ont rien à voir là-dedans, du moins de votre côté.

— C'est vrai. Je n'aurais pas dû dire ça.

Nathalie se sentait confuse d'avoir tenté d'abuser de sa situation professionnelle, mais elle était également frustrée par la façon dont Mercadier avait esquivé ses questions. Il n'avait pas vraiment répondu, s'était contenté de faux-fuyants.

— Je suis désolée. Mais, bon sang, vous devez me répondre ! J'ai besoin de savoir !

Elle s'était emportée et avait presque crié.

— Qu'est-ce qui se passe ici ?

Ils sursautèrent tous les deux et se tournèrent dans la direction d'où était venue cette voix. Deux policiers émergeaient de l'angle de la mairie. Tout à leur discussion, ils ne les avaient pas entendus venir.

— Ce n'est rien, dit Nathalie. Nous discutions un peu vivement.

— C'est le moins qu'on puisse dire ! Ça va, madame ? Vous êtes sûre ?

— Je vous assure.

Elle leur adressa un sourire rassurant, mais ils leur jetèrent un dernier regard soupçonneux.

— On va quand même vérifier votre identité, dit le second.

Nathalie faillit protester, mais à quoi bon ? Elle sortit son portefeuille de son sac tandis que Mercadier présentait le sien aux deux agents qui lui braquèrent une lampe torche sur le visage.

— Vous habitez Rouen ? demanda le plus gros à Nathalie.

— J'ai déménagé, je viens de m'installer à Vernon. À la même adresse que monsieur. Nous habitons à deux étages d'écart, à deux pas d'ici.

Mercadier confirma et le policier lui rendit sa carte en lui rappelant qu'elle devait signaler son changement d'adresse, ce qu'elle promit de faire au plus vite. Puis ils furent à nouveau seuls, ne sachant plus très bien comment reprendre leur conversation tant les derniers échanges les avaient opposés.

Quelques gouttes se mirent à tomber.

— On dirait qu'il va pleuvoir, constata Mercadier, sans doute heureux de changer de sujet.

— Rentrons, proposa Nathalie. Avant d'être trempés ou que les policiers ne s'interrogent sur ce que nous faisons là et décident de nous embarquer pour la nuit.

Ils se levèrent d'un même mouvement, alors que les gouttes se transformaient en pluie, puis en averse.

Oubliant leur différend sous ce déluge, ils se mirent à courir en direction de leur immeuble, en riant de leur mésaventure. Mercadier laissa Nathalie prendre deux mètres d'avance, mais l'interpella alors qu'elle approchait de l'angle de leur rue.

— Attendez !

Elle se retourna et le vit qui poussait une petite porte pour s'engouffrer dans l'ouverture. Sans réfléchir, elle le suivit. Il régnait une obscurité totale dans l'endroit où elle pénétra et elle se demanda soudain ce qu'il cherchait là. Mais du moins était-elle au sec. Et avec la police qui venait de contrôler leur identité, elle ne craignait pas que Mercadier tente quoi que ce soit contre elle.

D'ailleurs, il actionna bientôt un interrupteur et la lumière jaillit. Nathalie regarda autour d'elle sans comprendre et découvrit un local empli de poubelles tandis que Mercadier refermait derrière eux.

— Par ici, dit-il ensuite en traversant la petite salle en direction d'une porte dans le mur opposé.

Elle le suivit sans hésiter et, lorsqu'il l'ouvrit, elle constata avec surprise qu'ils se trouvaient dans la cour de leur immeuble.

— Passage secret ! murmura-t-il d'un air mystérieux.

Ils n'eurent plus que trois mètres à parcourir sous la pluie avant de retrouver leur escalier.

— Vous êtes un homme précieux ! constata Nathalie en chassant l'eau de ses cheveux.

Il acquiesça avec un sourire et tendit la main pour lui suggérer de le précéder. Nathalie s'arrêta sur son palier.

— Je tiens tout de même à vous dire que vous faites fausse route si vous pensez que j'ai inventé tout ça...

— Je n'ai pas prétendu que vous aviez inventé...

— Ou que je suis moi-même Claudia ; pour moi, c'est pareil. Claudia existe. Et je vais découvrir qui c'est. J'ai une piste. Il s'est passé quelque chose il y a quatre ou cinq ans qui a contraint une de mes amies à quitter la ville. Je pense que c'est lié à Claudia. Je vais retrouver cette femme, lui faire dire ce qu'il en est. Et j'aurai la solution à ce problème.

Mercadier sourit, mais son sourire ressemblait à une grimace.

— Je vous le souhaite.

Il sembla à Nathalie que ce vœu manquait singulièrement de sincérité.

39

Alain Mercadier rentra chez lui quelque peu perturbé par la conversation qu'il venait d'avoir avec Nathalie.

Il passa d'abord par son cabinet, où il s'immobilisa devant la vitrine aux poupées. Toutes semblables et pourtant si diverses.

Malgré tout, ces différences ne résidaient que dans la façon de les habiller, de les coiffer. Au fond, une fois ôté le vernis, elles étaient toutes identiques. Il les regarda à travers la vitre. Si proches et si lointaines. Impossibles à atteindre.

Il éteignit, gagna son appartement qu'il traversa pour entrer dans sa chambre. Là, il sélectionna une clef sur son trousseau et ouvrit une penderie qui occupait tout un mur. Gisèle n'avait jamais eu accès à ce meuble et à ce qu'il contenait.

Il fouilla parmi les vêtements, sélectionna une robe noire fourreau qu'il posa sur le lit. Puis il commença à se dévêtir.

D'un des tiroirs de l'armoire, il sortit un ensemble de lingerie qu'il enfila. Ainsi vêtu, d'une culotte de dentelle noire, d'un soutien-gorge assorti, d'un porte-jarretelles et d'une paire de bas de soie noirs, il se campa devant la glace. Il n'était pas encore maquillé et ne regarda pas son visage de crainte de se trouver pitoyable. Où cela s'arrêterait-il ? Combien de temps encore pourrait-il faire illusion ?

Il s'assit et entreprit de se maquiller. Et, au fur et à mesure que disparaissait l'homme pour laisser la place à l'autre, celle qu'il était dans le secret de la nuit, son esprit tournait de plus en plus autour de la question primordiale qui le hantait depuis le retour de Nathalie Duclessis : que pouvait-il faire pour Claudia ?

Il avait menti en disant tout ignorer d'une Claudia. Il savait qui était Claudia. Bien sûr. Claudia était sa création. Plus que cela encore, elle était devenue en quelque sorte sa fille spirituelle, son alter ego, celle qui pouvait se permettre tout ce qui, à lui, serait à jamais interdit.

Nathalie se trompait et elle était dans le vrai tout à la fois. Claudia n'existait pas et pourtant son existence était indéniable.

Alain Mercadier choisit un rouge à lèvres qu'il appliqua avec soin. Rouge sang. Couleur de circonstance. Cette histoire allait mal se terminer, il le sentait. Tout le monde y perdrait, lui le premier. Car s'il connaissait le secret de Claudia, elle connaissait le sien. Ils se tenaient par la barbichette, ou plus exactement par la gorge. Unis dans leur double vie, unis dans le secret. Et également menacés par Nathalie qui surgissait dans leur existence comme un chien fou dans un magasin de porcelaines. Il devait admettre que Claudia avait eu raison dès le début. Nathalie était une menace. Pour tous. Jusqu'à Béatrice, qui commençait à se poser des questions et à remettre en cause sa thérapie ! Il grimaça, ce qui eut pour effet de faire déraper le rouge à lèvres. Il l'essuya.

Béatrice, entre toutes ! Malgré les résultats obtenus !

Il ne fallait pas qu'elle abandonne, pas maintenant. Son retrait du jeu fausserait toute la partie et il était celui qui avait le plus à perdre.

Il passa aux yeux, dont on dit qu'ils sont le miroir de l'âme, mais, dans la glace, son regard ne reflétait rien des sombres pensées qui l'agitaient.

Que faire de Nathalie ?

Que déciderait Claudia ?

Pouvait-il la laisser agir sans intervenir ?

Devait-il l'aider ?

Une chose était certaine : Nathalie ne pouvait pas poursuivre ses investigations sans que s'écroule le fragile château de cartes construit avec patience au fil des années.

Et ça, ils ne pouvaient pas le permettre. Ni lui ni Claudia.

40

Nathalie poussa la porte du bar et vint s'installer au comptoir où elle commanda un café. Le patron la servit avec un sourire, peu habitué à voir une jeune et jolie femme débarquer chez lui de si bon matin.

Nathalie était presque seule. Un couple discutait à une table près de la vitre et, à l'autre bout du bar, une femme d'une cinquantaine d'années au maquillage datant de la veille contemplait avec mélancolie le muscadet posé devant elle.

— Je cherche une amie, dit Nathalie au patron qui rinçait quelques verres.

Il releva la tête, regarda ses clients.

— Et elle n'est pas ici ?

— Non, ce n'est pas une cliente. Elle a travaillé ici il y a cinq ou six ans. Je viens d'arriver et j'aimerais la revoir. Elle s'appelait Amélie.

— C'était avant moi. J'ai racheté le fonds il y a cinq ans. Je l'ai pas connue. Et ça ne me dit rien.

— Vous ne savez pas où je pourrais joindre l'ancien propriétaire ?

Le cafetier eut un grand sourire.

— Ça va pas être facile. Il s'est fait égorger pour son tiroir-caisse ! On n'a jamais retrouvé les voleurs ! C'est pour ça que l'ancienne serveuse n'a pas voulu revenir.

Elle avait peur, paraît-il. Je l'ai pas connue, je vous dis. Mais elle s'appelait pas Amélie. C'était un nom plus court. Maria. Non...

Nathalie retint son souffle. Elle brûlait de lui suggérer un nom, mais ne voulait pas l'influencer.

— Peu importe, dit-il en balayant l'air de la main, ce qui projeta quelques gouttes d'eau sur le zinc et jusque dans la tasse de Nathalie qui fit semblant de n'avoir rien vu.

— Si, si, c'est important. Pouvez-vous vous souvenir du nom de cette femme ? Son prénom. Cela m'aiderait à la retrouver. Elle a peut-être connu mon amie...

— Un nom qui se finissait en a, je vous dis. Julia. Nadia. Non. Ah ! Bon sang, je l'ai là, sur le bout de la langue ! Regardez !

Il lui tira la langue, ce qui le fit bien rire. Nathalie eut un sourire crispé.

— Claudia ! Voilà ! C'est ça ! Claudia !

— Vous êtes sûr ?

Mais Nathalie était certaine qu'il avait retrouvé le nom. Il acquiesça.

— Certain ! Ma nièce s'appelle Claudie, vous pensez !

— Merci. Cela m'aide vraiment beaucoup.

Elle paya son café.

— Vous ne le finissez pas ?

— Il est trop fort pour moi !

— Ah ça ! C'est sûr. Ici, c'est pas de la flotte ! dit l'homme avec une fierté non dissimulée.

Nathalie acquiesça et sortit.

41

Sur le trottoir opposé se trouvait une petite boutique de mode. Derrière un mannequin dont elle feignait d'examiner la tenue, Claudia vit Nathalie sortir du café et constata qu'elle rayonnait comme si elle avait appris quelque chose d'important. La piste était pourtant coupée de ce côté. Qu'avait-elle pu découvrir qui la mette ainsi en joie ?

Claudia observa le café et l'homme derrière le bar. Elle ne l'avait jamais vu. Que pouvait-il savoir ? Que pouvait-il lui avoir révélé ?

Elle aurait dû brûler cet endroit et tout ce qu'il contenait cinq ans auparavant. Mais à présent il était trop tard, le mal était fait. Nathalie commençait à remonter la piste. Il fallait l'arrêter avant qu'elle n'arrive trop loin.

DÉFINITIVEMENT.

42

Tout au long de la journée, entre les patients qui se succédaient enfin à un rythme laissant présager que sa clientèle était en train de se constituer, Nathalie tenta de joindre Béatrice. Sans plus de succès que précédemment. Elle bouillonnait, tentait de dissimuler sa nervosité, consultait sa montre chaque fois que l'un d'eux quittait son cabinet et constatait que le temps ne passait pas assez vite à son goût.

La fin de la journée arriva tout de même, et elle composa à nouveau le numéro de son amie, s'attendant à tomber une fois de plus sur le répondeur, mais, agréable surprise, Béatrice répondit :

— Allô ?

— Béatrice ? Enfin ! Cela fait une semaine que j'essaie de te joindre.

— J'ai pris quelques jours de congé, c'est mon droit, non ?

Nathalie se sentit douchée par l'hostilité perceptible dans le ton de son amie.

— On peut se voir ?

— Pas ce soir. Et je vais avoir une semaine très chargée. C'est toujours comme ça quand je rentre de vacances : mon boulot s'est accumulé, je dois rattraper le retard.

Cela ne faisait pas l'affaire de Nathalie, mais elle

n'avait guère les moyens de peser sur la décision de Béatrice. Elle décida de brûler ses vaisseaux :

— Merci pour l'avertissement.

— Quel avertissement ?

— Allez, ne fais pas ta mauvaise tête, j'ai reconnu ta voix.

Il y eut un blanc à l'autre bout du fil.

— Grâce à toi, j'ai enfin pu mettre un nom sur la personne qui m'en veut. Enfin, si l'on peut dire. On ne peut pas vraiment qualifier de personne une femme imaginaire inventée par un groupe de gamines !

— Claudia existe.

Nathalie retint un soupir de soulagement. Béatrice reconnaissait être l'auteur de l'appel anonyme.

— Explique-moi.

Il y eut un long silence et Nathalie craignit que Béatrice ne raccroche. Si elle disparaissait à nouveau, elle perdrait sa seule source de renseignements.

— Béatrice, je t'en supplie. J'ai besoin d'en savoir plus. Qui est Claudia ? Amélie ? J'ai retrouvé sa trace. Elle se faisait appeler Claudia avant de quitter Vernon. C'est elle ? Elle est revenue ?

— Je n'ai pas le droit de parler. Et tu ferais mieux d'abandonner. Claudia est dangereuse. Très dangereuse.

Nathalie repensa à la voiture qui lui avait foncé dessus huit jours auparavant et sentit un grand froid l'envahir. Elle avait eu la preuve de la détermination de Claudia. Raison de plus pour l'identifier rapidement et la mettre hors d'état de nuire.

— Écoute, tu me dois la vérité !

— Nathalie, je suis désolée, mais je ne peux rien dire. Ce secret ne m'appartient pas !

— Béatrice ! C'est ma vie qui est en jeu.

— Je sais. Mais la mienne aussi est menacée.

— Eh bien, viens, alors ! Allons à la police. Si nous sommes deux, ils seront bien forcés de nous croire !

Béatrice eut un rire sans joie.

— Qui te dit que la police peut faire quelque chose ? Claudia est une créature surnaturelle. Comment la mettre derrière les barreaux ?

Nathalie se crispa. Béatrice repartait dans le même délire que lui avait suggéré Mercadier samedi soir. Elle refusa de s'engager sur ce terrain. Elle devait s'en tenir à du concret si elle voulait garder sa santé mentale, et surtout avoir une chance de se sortir de cette histoire. Sinon elle risquait de finir cloîtrée chez elle et tremblant au moindre bruit.

— Bon. Très bien. Il va falloir que nous nous rencontrions très vite, travail ou pas travail. Tu vas me raconter tout ce que tu sais et nous déciderons ensuite de l'attitude à adopter. Je peux venir te voir ?

— Non !

C'était un véritable cri de panique.

— Non. Je ne peux pas, ce soir. Ni toute cette semaine, d'ailleurs. Abandonne. Je t'en conjure. Abandonne !

— C'est impossible ! Tu comprends ça ? J'ai une ennemie dehors qui en veut à ma vie ! Je dois découvrir qui c'est ! C'est Amélie ?

— Non, Amélie est loin d'ici.

— Tu sais où elle est ?

— Non...

Le ton était bien faible. Béatrice savait quelque chose et n'osait pas parler. En temps normal, Nathalie l'aurait laissée libre de sa décision et aurait attendu qu'elle vienne d'elle-même se confesser. Mais elle ne pouvait oublier le danger qu'elle courait, ni que Béatrice elle-même lui avait envoyé un avertissement. Elle avait voulu l'aider, sans oser aller jusqu'au bout de ses actes. Et le peu qu'elle avait dévoilé ne suffisait pas à Nathalie qui n'avait pas le choix :

— Béatrice, si tu refuses de me répondre, aide-moi au moins à y voir clair. Je vais retrouver Amélie. Par son dossier de sécurité sociale, en actionnant quelques relations, j'arriverai à la localiser sans trop de peine. Mais ça prendra quelques jours. Tu as les moyens de me faire gagner du temps. Et le temps est ce qui me manque le plus !

Son amie demeurait silencieuse.

— Béatrice !

— Rouen ! Elle est à Rouen.

Béatrice avait lancé cela comme un gamin qui avoue soudain sous la menace d'une gifle imminente. Nathalie eut un sourire de triomphe, mais sa victoire était amère. Faisant taire la pitié qu'elle éprouvait, elle enchaîna :

— Tu sais où précisément ?

Béatrice lui donna une adresse dans la banlieue de Rouen.

— Merci, dit Nathalie. J'ai l'impression qu'Amélie a été forcée de quitter la ville et que c'est lié à toute cette histoire. Pourquoi et comment, je l'ignore. Mais elle me l'apprendra. Et moi, je ne me laisserai pas chasser !

Béatrice ne répondit pas. Nathalie eut l'impression qu'elle pleurait. Sa voix se radoucit :

— Béatrice, tu vas bien ? Tu veux qu'on se voie ? Je ne t'interrogerai pas, si c'est ce que tu préfères. Mais si tu as besoin d'aide, je suis là.

— Non, non.

Il y avait des sanglots dans cette voix. La main de Nathalie se crispa sur le combiné.

— C'est que j'ai peur, j'ai si peur...

Béatrice raccrocha et, lorsque Nathalie voulut la rappeler, elle tomba sur le répondeur.

43

D'une immobilité de pierre, Claudia fixait l'obscurité devant elle.

Ce nouveau développement était comme une série de sauts sur la toile qu'elle avait tendue autour de Nathalie. Elle y allait de bon cœur, en toute inconscience, la secouant à l'arracher. Ces perturbations devenaient insupportables. Petit à petit, Nathalie reconstituait le puzzle et bientôt elle saurait toute la vérité. Et ce serait la fin de Claudia.

Elle était parvenue trop loin. Et tellement vite qu'elle n'avait pas conscience des progrès accomplis ! Mais bientôt elle découvrirait la retraite d'Amélie et comprendrait tout.

Claudia ne pouvait pas le permettre. L'arrêter devenait urgent.

À tout prix.

44

Claudia avançait sans la moindre hésitation, malgré l'obscurité totale. Elle franchit la petite salle d'attente et ouvrit la porte de communication donnant sur l'appartement privé de Nathalie.

La porte de la chambre était entrebâillée. Aussi silencieuse qu'une ombre, Claudia glissa jusque-là et la repoussa de la main. Le battant pivota sans bruit.

Nathalie dormait. Un rayon de lune tombait sur son visage, creusant ses traits et leur donnant un aspect presque cadavérique.

Claudia hésita. C'était si tentant. Les deux mains autour de la gorge. Ou bien l'oreiller sur le visage. Engoncée comme elle l'était dans ses draps, Nathalie ne pourrait pas se défendre. Deux minutes et c'en serait fini.

Elle fit un pas dans la chambre, tendant déjà les mains devant elle.

Non. Inutile de prendre des risques. Nathalie pouvait sortir victorieuse de la lutte, encore que ce soit peu probable, ou lui laisser des marques révélatrices qui l'accuseraient.

Sans compter que cela déclencherait une enquête poussée : une femme, médecin, assassinée chez elle en pleine nuit, ce n'était pas un événement que l'on oublierait en quelques jours.

Elle laissa la porte ouverte, revint à la cuisine qu'elle traversa sans bruit. Elle ouvrit le gaz. Elle ne tourna qu'un seul bouton, pour que l'accident paraisse plausible. Ce serait plus long, mais paraîtrait moins étrange aux enquêteurs que s'ils retrouvaient les quatre feux grands ouverts sans que la défunte ait laissé la moindre note d'explication.

Puis Claudia revint dans le couloir, aussi noir qu'un boyau souterrain, mais dans lequel elle se déplaçait avec une aisance d'araignée. Elle se glissa dans la salle d'attente, referma à clef derrière elle, sortit du cabinet et donna également un tour de clef.

Tel un fantôme, elle se fondit dans la nuit.

45

Nathalie se réveilla. Il lui avait semblé entendre un bruit de clef dans une serrure.

Elle tendit l'oreille. La nuit était silencieuse.

Elle ouvrit un œil, la chambre était déserte. Le couloir était comme une grotte obscure à deux mètres d'elle et elle voulut se lever pour fermer la porte. Mais elle était bien dans son lit et elle était fatiguée, si fatiguée...

Cela pouvait attendre au lendemain. Et elle avait tellement sommeil.

Elle referma les yeux, replongea dans l'inconscience.

Quelque temps plus tard, un abominable fracas la tira de ses songes. Elle leva une paupière avec beaucoup de peine. Du bruit montait de la rue. Mais cette paupière était lourde. Si lourde.

Un accident. Des blessés peut-être.

Tant pis, dormir.

Refermer les yeux.

Elle se laissait retomber dans le sommeil quand une sonnette d'alarme résonna, loin, faible, au fond de son subconscient.

... accident.

... blessés.

Médecin.

Serment d'Hippocrate.

Non.

Dormir.

La sonnette d'alarme, comme engloutie sous une chape de brouillard qui amortissait les sons et atténuait l'éclat des lumières.

... des blessés.

Par un effort de volonté surhumain, Nathalie se contraignit à relever sa paupière. De la lumière provenant de la rue baignait sa chambre. Les phares d'une voiture dont elle entendait le moteur tourner, très loin, très faible. Des éclats de voix, enveloppés dans de l'ouate.

... anormal.

... quelque chose d'anormal.

... il se passait quelque chose d'anormal.

Elle avait mal au crâne et parvenir à cette conclusion lui avait demandé un effort considérable. Elle tenta de décoller sa tête de son oreiller, mais y demeura enfoncée, prisonnière d'une étreinte formidable.

La sonnerie d'alarme en elle s'était transformée en sirène et cette sirène hurlait sur un rythme paniqué, telle celle d'un sous-marin en train de couler. Nathalie avait la curieuse sensation d'avoir deux consciences.

L'une était une chose énorme et amorphe qui pesait sous son crâne et lui répétait d'un ton monotone qu'elle devait dormir. L'autre, minuscule, lui hurlait qu'il se passait quelque chose d'anormal, qu'elle était en danger et qu'elle devait réagir vite. Très vite.

Peu à peu, cette petite voix prenait de l'importance. Elle agaçait l'autre, qui cédait du terrain et, à contrecœur, commençait à admettre qu'elle avait peut-être raison.

Nathalie sortit une main de sous le drap.

Ce geste avait demandé un effort énorme et épuisant. Dormir. Elle ne voulait que dormir. Elle aurait le temps de s'interroger le lendemain sur ce qui s'était passé. Mais la petite voix criait qu'elle n'aurait pas de lendemain si elle se laissait aller. « Bouge-toi, feignasse ! »

La familiarité la choqua, mais en même temps elle reconnaissait qu'elle méritait cette épithète.

Elle décida donc de se remuer et mobilisa l'autre partie de sa conscience, celle qui avait décidé de prendre des vacances.

Elle repoussa le drap, roula sur le côté.

Sortir les jambes du lit requit des ressources dont elle ne pensait pas disposer encore.

Mais elle y parvint et, en les utilisant comme balancier, elle réussit à se mettre debout. Tanguant au milieu de la pièce, elle bascula vers la fenêtre. Elle se rattrapa à l'espagnolette, consciente que si elle glissait jusqu'au sol elle n'aurait jamais la force de se relever.

L'espagnolette tourna sans résister et Nathalie lui en fut éperdument reconnaissante. Elle ouvrit la fenêtre et se pencha à l'extérieur. La bouche grande ouverte, elle aspirait d'énormes quantités d'air frais quand elle réalisa que son appartement empestait le gaz et qu'elle avait frôlé l'asphyxie.

Elle se mit à tousser et, dans la rue, les deux automobilistes qui venaient de se percuter au carrefour levèrent la tête dans sa direction, oubliant leur querelle quant à leurs responsabilités respectives.

Ils la regardèrent, bouche bée, et elle mit quelques instants à réaliser qu'elle était nue. Mais en même temps, le fait qu'elle en ait pris conscience lui permettait de constater qu'elle retrouvait ses esprits et elle en fut soulagée. Cachant ses seins de son bras replié, elle les interpella en toussant encore à moitié.

— Je suis médecin ! Vous avez besoin d'aide ?

— Non, mais vous pouvez descendre quand même ! rétorqua l'un des deux.

Elle n'aurait su dire lequel et s'en moquait. Elle les salua d'un geste incontrôlé de la main, réalisa trop tard que c'était celle qui avait caché sa poitrine et disparut à l'intérieur. Ils devaient la croire ivre.

Retenant son souffle, elle parcourut son appartement d'une démarche incertaine. Elle traversa la cuisine sans rien allumer, terrifiée à l'idée qu'une étincelle jaillisse quelque part dans le circuit électrique et fasse tout sauter.

Elle commença par ouvrir grand la fenêtre et reprit son souffle à l'extérieur avant de revenir à la gazinière.

Un des réchauds était ouvert. Elle le ferma, retourna se placer à la fenêtre d'où elle pouvait respirer. La pièce était emplie de gaz. La moindre étincelle et tout l'immeuble n'aurait plus été qu'un souvenir sur le plan de la ville.

Ayant pris tout son saoul d'oxygène, elle gagna le salon qu'elle aéra également, créant un courant d'air salutaire. En quelques minutes, l'air de l'appartement fut totalement renouvelé et elle put enfin respirer sans crainte. Mais sans l'accident qui s'était produit en bas de chez elle, et dont les protagonistes venaient d'ailleurs de quitter les lieux, elle serait morte ou sur le point de l'être.

Elle revint dans sa cuisine, osant enfin allumer la lumière et examiner sa cuisinière. C'était un feu qu'elle n'utilisait jamais. Se trompait-elle de molette ? Non. Elle en avait gardé le souvenir. C'était celle de droite.

Celle qui commandait le plus gros réchaud, dont elle n'avait pas l'utilité puisqu'elle ne cuisinait que pour elle-même. Elle ne pouvait pas avoir oublié de l'éteindre. Elle en était certaine. Quelqu'un avait tourné cette molette pour libérer le gaz.

Elle se laissa tomber sur une chaise.

On avait tenté de l'assassiner.

Elle eut un regard vers son sac qui renfermait son portable. Appeler la police ? Pour leur dire quoi ? Avec quelles preuves ? Ils supposeraient qu'elle s'était trompée et avait ouvert le gaz en pensant le fermer ou quelque chose dans ce goût-là.

On ne la croirait pas.

Elle s'affaissa dans sa chaise. Ses options n'étaient pas nombreuses et elle jouait à présent contre la montre. Son adversaire, son ennemie, Claudia, puisque tel était son nom, avait décidé de la tuer et elle était passée aux actes.

Si Nathalie avait pu se persuader que la voiture qui lui avait foncé dessus le dimanche précédent n'était qu'un accident, tel n'était plus le cas aujourd'hui. Quelqu'un s'était introduit chez elle dans l'intention de l'assassiner.

Même si l'idée qu'on lui voulait du mal n'était pas nouvelle pour elle, cette révélation fut une gifle pour Nathalie. Elle se leva, chercha un alcool fort pour faire passer le choc de cette découverte. Elle trouva une bouteille de cognac et versa un fond de verre à digestif. Puis elle s'assit dans un fauteuil du salon.

Elle n'avait aucune intention de se recoucher. Sa situation n'était pas brillante. L'idée que quelqu'un avait pu pénétrer dans son appartement pendant qu'elle dormait la terrifiait. Elle devait réagir, réagir vite, et faire en sorte que ce qui venait de se passer ne puisse se reproduire. Tout d'abord, il lui faudrait changer sa serrure. Ce serait la première chose à faire le lendemain matin.

Ensuite, elle irait trouver Amélie. Puisque Béatrice refusait de lui livrer la clef de l'énigme, il faudrait bien que quelqu'un d'autre le fasse. Ce serait Amélie.

46

Nathalie leva les yeux vers la façade grise dont les loggias étroites n'arrivaient pas à rompre la sinistre monotonie. Malgré l'obscurité qui gommait bien des défauts, il était évident que l'immeuble était une de ces choses informes que l'on avait fabriquées dans les années 1960. À l'origine, c'était un bâtiment sans grâce aucune ; les outrages du temps n'avaient fait qu'aggraver la situation et la nuit ne parvenait pas tout à fait à dissimuler sa misère.

C'était là que vivait Amélie. Le numéro trois s'affichait en peinture noire écaillée au-dessus d'une porte. Nathalie pénétra dans l'immeuble où régnait une odeur de friture.

Miracle, la minuterie fonctionnait. Elle put examiner les boîtes aux lettres et trouva le nom d'Amélie. Cinquième étage, droite. À en croire la boîte, elle vivait seule. Nathalie appela l'ascenseur, hésita à se glisser dans la cabine que l'on avait dû ajouter postérieurement à la construction de l'immeuble, tant elle était étroite. Mais la perspective des cinq étages de marches de béton emporta la décision et elle décida de confier sa vie à cet appareil aux allures de cercueil vertical.

La porte se rabattit comme un couperet et Nathalie enfonça le bouton marqué d'un cinq. Tout d'abord, il ne se produisit rien. Puis il y eut un choc qui la fit sursauter, et la cabine se hissa en craquant et ahanant comme un asthmatique durant une éternité, jusqu'à ce qu'un dernier sursaut indique que le voyage était terminé.

Nathalie la quitta avec soulagement et se promit de redescendre à pied.

Il n'y avait que deux portes sur le palier. Elle frappa à celle de droite, attendit et, devant l'absence de réaction, réitéra sa tentative au bout de quelques secondes. Elle commençait à croire que son ancienne condisciple n'était pas chez elle lorsqu'elle entendit du bruit derrière le battant à la peinture écaillée. Comme un frottement. Elle frappa à nouveau, plus fort.

— Amélie ?

Cette fois, le bruit fut plus perceptible et elle fut certaine que quelqu'un se trouvait bien là.

— Qui êtes-vous ? demanda une voix fatiguée.

— Amélie ? C'est moi, Nathalie Duclessis ! Tu te souviens de moi ?

Elle se tenait face à la porte, de façon à ce que son visage apparaisse clairement à Amélie qui devait l'observer.

— Nathalie ?

Le ton de son ancienne condisciple ne respirait pas franchement la joie de la revoir.

— J'ai besoin de te parler. Je peux entrer ? Ce n'est pas très pratique à travers cette porte.

Il y eut un bruit de verrou et la porte s'ouvrit. Nathalie pénétra dans une petite entrée tendue de velours rouge. Amélie referma derrière elle et donna un tour de clef.

— Qu'est-ce que tu fais ici ?

L'accueil n'était pas des plus chaleureux, mais Nathalie s'y était attendue. Elle sourit et examina celle qui avait été une camarade très proche, une douzaine d'années auparavant. Elle avait sur les lèvres la formule consacrée : « Tu n'as pas changé ! », mais ne put se résoudre à la prononcer.

Elle était abasourdie par la décrépitude de cette femme d'à peine trente ans. Des poches soulignaient ses yeux et les coins de sa bouche étaient marqués de plis amers. Ses cheveux étaient teints en blond oxygéné, mais Nathalie n'aurait pas été surprise d'apprendre que leur couleur naturelle tirait à présent sur le blanc. Elle avait quitté une adolescente, c'était presque une vieille femme qu'elle retrouvait. Amélie la précéda d'une démarche fatiguée jusqu'à un petit salon aux murs tapissés du même rouge que l'entrée et lui désigna un divan carmin.

— Tu veux boire quelque chose ?

Il y avait déjà un whisky sur la table basse, à côté d'une bouteille bien entamée. Sous l'épaisse couche de maquillage, le teint d'Amélie ne semblait pas encore marqué par la couperose, mais cela ne tarderait sans doute plus beaucoup. Nathalie était consternée.

— Merci. Mais je conduis et je préfère éviter de boire.

Amélie eut un sourire entendu et prit la bouteille pour ramener le niveau de son whisky à la moitié du verre.

— Eh bien, moi, je ne conduis pas, dit-elle. Ou plutôt, je dirais que je me conduis mal et que je m'en fous !

Elle but une large rasade. Le verre claqua sur la table quand elle le reposa.

— Qu'est-ce que tu veux ?

Nathalie fut choquée par la brutalité de la question.

— Ben oui, quoi. Je suppose que si tu m'as retrouvée ici c'est pas pour me demander la météo ! Je ne me souviens pas d'avoir laissé mon adresse en partant, ni qu'on ait échangé des cartes de vœux avant ça !

Nathalie encaissa la rebuffade et se sentit vaguement coupable, une fois de plus, d'avoir rompu tous les liens avec ses amies du temps où elle était en faculté de médecine. Mais il était trop tard pour réécrire le passé et ce qui l'amenait était suffisamment grave pour qu'elle oublie son orgueil et sa susceptibilité.

— J'ai un problème, avoua-t-elle.

Amélie ricana en portant un toast ironique :

— Bienvenue au club !

— Cela a un rapport avec Claudia.

Amélie s'étrangla et son visage vira subitement au gris. Son épaisse couche de fond de teint lui donnait à présent l'apparence d'une momie. Elle reposa son verre, faillit manquer la table, le redressa in extremis.

— Il vaut mieux que tu ne restes pas ici.

Elle faisait mine de se lever pour la reconduire à la porte, mais Nathalie n'avait pas l'intention de bouger sans avoir obtenu quelques réponses.

— Calme-toi. Et explique-moi ce qui s'est passé.

Amélie tournait dans le petit salon en tapant son poing fermé dans la paume de son autre main.

— Bon sang ! Pourquoi tu es venue ici ? J'étais tranquille ! Même elle, elle m'avait oubliée !

— Tu te caches ?

— Bien sûr ! Tu crois que je vis dans cet endroit parce que j'aime ça ? Bien sûr que je me cache ! Et tu ferais bien d'en faire autant si tu tiens à ta peau ! Claudia est folle ! Elle veut nous tuer !

— Claudia veut *nous* tuer ? Arrête ! Je sais que c'est toi, Claudia ! Tu utilisais déjà ce nom à Vernon.

Amélie s'immobilisa.

— Qui t'a dit ça ?

— Je l'ai découvert, ainsi que l'endroit où tu le faisais, et pourquoi tu le faisais.

Là, elle s'avançait un peu, mais elle sentait que le moment était venu de bluffer si elle voulait qu'Amélie dévoile son jeu. Celle-ci parut se dégonfler comme une baudruche et s'effondra dans un fauteuil.

— Alors, tu as appris... ce que je suis devenue ?

Nathalie s'en doutait, mais quelque chose en elle refusait encore de le croire.

— Je ne suis pas là pour te juger, dit-elle.

Amélie se prit la tête dans les mains.

— Me juger ! Manquerait plus que ça ! Quel droit aurais-tu de me juger ? Que sais-tu de moi, de ma vie ? Qu'en savais-tu à l'époque ? T'es-tu jamais demandé ce que je faisais en dehors des heures de cours ? Non, hein ? Tu avais ta petite vie tranquille auprès de papa et maman qui t'aimaient et te choyaient, et tu croyais que c'était pour tout le monde pareil ! Et si on t'avait dit que ce n'était pas toujours le cas, tu te serais bouché les oreilles ! Ne pas entendre ! Surtout ne pas savoir ! Ne rien demander. Faire comme si rien ne se passait ! Comme les autres ! Comme tous les autres...

Amélie se tut, le visage enfoui dans ses mains. Nathalie hésita, suspendit son geste au moment de la toucher...

— Amélie...

— Non. Tais-toi.

C'était dit sans colère. La colère, Amélie l'avait oubliée depuis longtemps. Elle ne connaissait plus que la résignation. Nathalie se tut donc, attendit que son amie lui indique qu'elle était prête à reprendre leur discussion.

Enfin, après un long moment ponctué seulement par le tic-tac d'une pendule, Amélie écarta les mains de son visage. Ses yeux étaient secs. Sans doute avait-elle épuisé depuis longtemps toutes ses larmes. Elle eut un sourire crâne.

— C'est pas grave, tu vois. Un jour, j'en ai eu marre et je me suis tirée. J'espérais mieux m'en sortir, mais quelles possibilités avais-je ? Tu sais ce que ça gagne une serveuse ? Quand Marcel, le patron du bar où je travaillais, m'a proposé de... Enfin, bref. Je n'avais pas le choix. C'était ça ou je perdais mon boulot !

— Marcel, c'est celui qui a été tué dans un cambriolage ?

Amélie la fixa avec incrédulité.

— Tu ne sais rien, hein ? Tu crois savoir. Tu viens ici avec quelques informations et tu penses qu'il suffira de m'en jeter des miettes pour que je te raconte le reste ! Tu mets ma vie en danger et tu ignores même de quoi tu parles !

— Ma vie aussi est en danger. On a tenté de me tuer deux fois en une semaine !

Amélie se tut et l'observa. Lisant la sincérité sur le visage de Nathalie, elle reprit, à voix basse :

— C'est Claudia qui a tué Marcel. Je lui avais raconté mon secret. Notre secret.

— Notre secret ?

— Oui, notre secret à toutes les quatre. Comment on avait inventé Claudia. C'est le nom que j'avais pris pour me prostituer.

Elle pencha la tête pour mieux voir Nathalie.

— Le mot te choque ? Mademoiselle de bonne famille est choquée que sa copine soit une putain ?

Nathalie se contraignit à demeurer calme, à ne pas porter de jugement. Mais la confirmation de ses soupçons était un coup qui lui faisait mal.

— Non, non, dit-elle.

Tout de même, cela faisait beaucoup à encaisser en quelques secondes. Apprendre qu'Amélie se prostituait ne constituait pas vraiment une surprise, mais l'entendre affirmer que Claudia avait assassiné le cafetier était plus inquiétant !

— Marcel voulait que Claudia, elle aussi, travaille pour lui. Mais il ne la connaissait pas ! Elle est venue le voir. Il la menaçait. Il voulait la faire chanter, disait qu'il raconterait notre secret à tout le monde si elle ne faisait pas ce qu'il voulait. Alors, elle l'a tué. Puis elle a simulé un cambriolage. Je l'ai vue. Elle l'a égorgé devant moi. Comme un porc ! J'ai cru qu'elle allait me tuer, moi aussi.

— Mais Claudia, c'était toi, non ?

Amélie haussa les épaules.

— Bon sang, tu ne comprends rien ! Je n'étais pas la seule !

Nathalie soupira. En venant ici, elle avait espéré mettre un terme à toute cette histoire, mais cela s'avérait plus compliqué qu'elle ne l'avait envisagé.

— Bon, éliminons la question principale : qui est Claudia ?

— Mais c'est nous ! Nous toutes ! C'est nous qui l'avons créée, à partir de rien, tu te souviens ?

— Bien sûr que je me souviens. Mais Claudia n'existe pas, c'est juste une invention.

Amélie l'observa sans répondre. Elle la soupesait du regard comme pour deviner ce que Nathalie savait vraiment, et décider de ce qu'elle pourrait lui révéler sans trop se compromettre.

— Pour moi, insista Nathalie, Claudia était juste une espèce de modèle auquel nous pouvions nous identifier quand nous hésitions sur la conduite à adopter. C'était quelqu'un qui savait comment réagir en toute circonstance. Un peu comme un personnage de roman, ou de cinéma...

— Tu es vraiment à côté de la plaque, l'interrompit Amélie. C'est vrai, nous sommes parties de là. Mais c'est allé plus loin avant même que nous en ayons pris conscience ! Et elle est devenue réelle. Elle s'est incarnée ! Elle a puisé un fragment de notre énergie à toutes les quatre et elle se renforçait un peu plus chaque fois que nous l'incarnions. Chaque fois que je devenais Claudia, j'augmentais sa puissance !

Nathalie voulut protester, mais Amélie la fit taire d'un geste.

— Tu es venue pour savoir la vérité, la voilà ! Claudia existe ! C'est une chimère, une créature imaginaire, mais elle est vivante ! Au début, elle dépendait totalement de nous, mais au fur et à mesure, elle a acquis une certaine indépendance. Et tôt ou tard, pour devenir totalement autonome, il faudra qu'elle se débarrasse de nous. Elle le fera dès qu'elle sera assez forte. Et je crois que l'heure est proche. Si elle a tenté de te tuer, c'est qu'elle peut se le permettre aujourd'hui. Ce qui l'a retenue à l'époque, c'est qu'elle était encore trop faible. Elle avait sans doute conscience que, si je mourais, elle aussi disparaîtrait. Mais aujourd'hui la situation est différente. Des années ont passé. Elle est plus forte. Je pense que maintenant, même si nous mourions toutes, elle nous survivrait. Elle a essayé de te tuer ?

Nathalie secoua la tête. Amélie était en plein délire.

— Ce n'est pas ce que j'ai dit. Quelqu'un a bien essayé de me tuer, mais je ne crois pas à cette créature surnaturelle ! Et je n'ai pas l'intention de me laisser faire !

— Ne comprends-tu pas qu'il est trop tard ? cria Amélie.

Nathalie sursauta. Le visage de son amie était complètement déformé. En abordant le sujet de Claudia, auquel elle devait s'efforcer de ne pas penser en temps normal, Amélie avait basculé dans un autre univers, où régnaient la peur et la démence.

— Claudia sait tout ! Elle est partout ! Et maintenant que tu es venue me voir elle va croire que je t'ai tout raconté et elle va me tuer, moi aussi. Comme toi !

Elle prit une cigarette et l'alluma avec des gestes nerveux avant de rejeter le briquet sur la table. C'était un briquet publicitaire sur lequel Nathalie distingua le nom de Milky Way.

Elle avait entendu parler de cet endroit. C'était une boîte de nuit échangiste à la périphérie de Rouen où se croisait une faune interlope, des prostituées aux travestis en passant par toute une frange de la bourgeoisie en mal d'encanaillement.

Nathalie se demanda ce qui avait pu conduire Amélie à cette situation, où elle avait pu bifurquer pour que d'une lycéenne un peu effacée elle devienne une prostituée.

Que s'était-il passé ? Quel avait été l'élément déclencheur qui avait fait qu'elle s'était engagée dans cette voie plutôt que dans une autre ? L'excuse de la place qu'elle risquait de perdre ne tenait pas vraiment. Il y avait certainement autre chose...

Amélie s'était pris la tête entre les mains.

— Putain, putain, putain ! murmurait-elle. Je suis foutue, foutue, foutue !

Nathalie tenta de la rassurer.

— Non, on peut s'en sortir. Regarde-moi. Je lui ai échappé deux fois.

— Échappé ? ricana Amélie. Tu parles ! Elle t'a laissée filer pour que tu la conduises jusqu'à moi ! C'est moi qu'elle voulait ! Pour terminer ce qu'elle avait commencé. En finir une bonne fois ! Putain, mais pourquoi je t'ai ouvert ?

Nathalie allait tenter d'argumenter quand la sonnerie de son téléphone portable l'interrompit. Elle hésita à laisser la messagerie se charger de l'importun, mais des années au service des autres ne s'oublient pas en quelques minutes. C'était peut-être une urgence, et elle ne pouvait pas laisser quelqu'un en danger. Elle ouvrit son sac et prit le téléphone.

— Allô ?

— Tu me cherches ?

La voix était métallique, asexuée. Et froide. Si froide. Nathalie eut l'impression d'avoir pour interlocutrice non pas une personne vivante, mais quelque créature mécanique, un robot, un mannequin, une marionnette...

— Qui es-tu ?

Il y eut un petit rire, semblable à une poignée de billes d'acier tombant dans une cuvette en émail.

— Voyons, tu l'ignores encore ?

— Où es-tu ?

— Mais tout près de toi. En bas, dans la rue.

Nathalie se leva et alla jusqu'à la fenêtre qu'elle ouvrit. Elle passa sur le balcon.

Le combiné collé à l'oreille, elle fouilla la rue du regard. Elle paraissait déserte, mais plusieurs réverbères n'avaient plus d'ampoule et les zones d'ombre étaient nombreuses.

Quelques arbres avaient survécu malgré l'absence d'entretien, et leurs troncs massifs permettaient également de se dissimuler. Nathalie jura.

— Je ne te vois pas ! À quel jeu joues-tu ?

Claudia ne répondit rien, mais Nathalie discerna soudain un mouvement dans l'ombre d'un arbre. Quelqu'un s'en détachait. Une forme indistincte, vaguement féminine, enveloppée dans un grand imperméable.

Elle était à une vingtaine de mètres de l'immeuble, et Nathalie se trouvait au cinquième étage. Impossible de l'identifier à cette distance. Immobile, elle évoquait vaguement un moine pénitent plongé dans ses méditations. Mais Nathalie savait qu'il ne s'agissait pas là d'un homme d'Église et encore moins de quelqu'un dont elle pouvait attendre de la compassion. La personne qui se trouvait là avait par deux fois tenté de la tuer.

Nathalie avait retenu son souffle sans en avoir conscience. Elle avait enfin devant elle l'ennemie qui prétendait la chasser de Vernon.

— Qui es-tu ? murmura-t-elle dans son téléphone.

Claudia lui tournait le dos. Claudia. Elle se rendit compte que c'était ainsi qu'elle l'appelait à présent, et que ce prénom, maintenant qu'il était affecté à quelqu'un qu'elle pouvait voir, presque toucher, lui flanquait la chair de poule.

Mais elle ne pouvait distinguer suffisamment cette silhouette pour mettre un nom sur son interlocutrice autre que le pseudonyme sous lequel elle frappait.

— Mais je suis... Claudia, dit la voix désagréable.

Et comme pour mieux répondre à sa question, Claudia se tourna lentement et leva le visage vers le balcon. En même temps, elle fit un pas en avant pour se placer en pleine lumière sous un réverbère.

Nathalie ne put retenir un cri d'effroi.

Le visage qui se tendait dans sa direction était d'un blanc immaculé, sans le moindre trait distinctif. Un crâne décharné...

Mais non.

Nathalie réalisa très vite son erreur. C'était un masque. Un masque blanc semblable à ceux utilisés dans le théâtre italien.

Les deux adversaires s'affrontèrent du regard pendant une éternité, chacune tentant d'imposer sa volonté à l'autre malgré la distance qui les séparait.

— J'arrive ! dit soudain Nathalie.

Et elle rentra d'un bond dans l'appartement.

Amélie était toujours prostrée dans son fauteuil. Elle sanglotait doucement.

— C'est elle ? demanda-t-elle.

— Oui. On va régler ça une fois pour toutes ! jeta Nathalie en passant devant elle en courant.

— N'y va pas !

Mais il était trop tard. Nathalie raflait son sac qui contenait une bombe lacrymogène et ouvrait le verrou pour se lancer dans l'escalier à la rencontre de celle qui avait juré sa perte.

47

Nathalie dévala l'escalier quatre à quatre et sauta les dernières marches pour bondir dans la rue telle une furie, envoyant la porte cogner contre le mur dans sa précipitation.

Claudia remonta de la cave où elle était entrée se dissimuler dès qu'elle avait vu Nathalie quitter le balcon. Nathalie l'avait frôlée sans s'en rendre compte et elle aurait pu l'agripper rien qu'en tendant la main. L'occasion l'avait tentée. Elle était assez forte pour que Nathalie ne puisse lui résister et, l'effet de surprise aidant, elle aurait pu en venir à bout très vite.

Mais l'endroit était mal choisi. Ce n'était pas ce qu'elle voulait. Cette cage d'escalier résonnait et amplifierait les bruits. Il suffisait d'un cri pour que des voisins curieux jaillissent sur leurs paliers avant qu'elle ait fini son travail.

Nathalie attendrait.

Tandis qu'elle la voyait disparaître à l'extérieur, Claudia entreprit de gravir les cinq étages.

48

Çà et là, une lumière sans âme sourdait d'une fenêtre fermée, trahissant l'existence d'un poste de télévision, seul signe de vie dans le quartier. Nathalie frissonna. Elle était seule dans la nuit, à la poursuite d'une femme qui avait déjà tué au moins une fois, et tenté de l'assassiner à deux reprises.

Elle serra sa prise sur la bombe lacrymogène. Elle n'avait jamais utilisé ce genre d'objet auparavant, l'avait acheté juste avant de venir. Elle espérait que le vendeur n'avait pas exagéré son efficacité.

Nathalie arriva à l'endroit où s'était tenue Claudia. Il n'y avait plus personne. Elle leva la tête, s'attendant presque à la voir à sa place sur le balcon. Il était désert, lui aussi.

Elle jura entre ses dents. Chaque bouche d'ombre, chaque recoin, chaque porte de cave, chaque entrée d'immeuble était une cachette potentielle.

Elle aurait dû demander à Amélie de surveiller la rue pour lui dire où son adversaire s'était cachée. Elle pouvait être n'importe où.

— Claudia ? appela-t-elle à mi-voix.

Son téléphone était resté branché, mais la communication avait été coupée dès qu'elle était sortie de l'immeuble. Elle fit quelques pas, perçut un mouvement sur sa droite et se tourna comme un pistolero prêt à dégainer. Ce n'était que son reflet dans une porte vitrée.

Elle se vit, silhouette grise perdue dans la nuit, et se demanda ce qu'elle faisait là, à traquer une ombre, une chimère, avec pour seule arme une dérisoire bombe lacrymogène. Quelle en serait l'efficacité si Claudia disposait d'un pistolet ou d'un couteau ?

Son reflet lui fit peur. Il ressemblait à une mauvaise photo en noir et blanc. Son visage n'était qu'une tache pâle, exsangue, ses cheveux avaient une couleur cendrée qui les faisait paraître artificiels, morts.

Cette image lui sembla soudain un sinistre présage, et elle se détourna. Elle n'aurait jamais dû sortir ainsi, seule, sans protection, à la recherche de la folle qui avait juré sa perte. Pourquoi avait-elle quitté la sécurité de l'appartement ? Elle leva les yeux vers le cinquième étage, mais tout était tranquille.

Où était Claudia ?

Elle comprit qu'elle ne la trouverait pas. Elle ferait mieux de rentrer et de poursuivre sa conversation avec Amélie. Amélie détenait la vérité, elle allait la lui extorquer de gré ou de force !

Ce fut au moment où elle revenait sur ses pas que cela se produisit.

49

Claudia aurait pu emprunter l'ascenseur, mais le bruit produit par cette antiquité risquait d'attirer l'attention de Nathalie.

Elle opta donc pour l'escalier. La minuterie s'interrompit alors qu'elle parvenait au troisième, mais cela ne la gêna pas : deux étages plus haut, la porte était restée ouverte et la lumière qui s'en échappait sur le palier suffisait à éclairer les marches.

Elle quittait le quatrième quand la porte claqua. Elle entendit un verrou que l'on tournait et se dirigea au jugé dans cette direction. Elle frappa doucement contre le battant de bois, perçut un petit cri de terreur juste derrière.

— Amélie. Ouvre-moi.

— Qui est là ?

La voix était terrifiée.

— C'est Nathalie.

— Tu mens ! Nathalie est en bas ! C'est... Tu es...

— Ouvre-moi ! C'est un ordre !

— Non !

Mais ce non était bien faible. C'était plus une supplique qu'un refus catégorique.

— Amélie ! C'est Claudia qui te parle ! Je t'ordonne d'ouvrir cette porte !

— ...

— Amélie ! Tu m'appartiens, tu le sais. Ouvre-moi !

Il y eut un sanglot de l'autre côté. Puis le bruit du verrou. Mais cela ne suffisait pas à Claudia qui ne posa pas la main sur la poignée.

— Ouvre !

La porte s'entrebâilla. La lumière revint sur le palier. Dans la petite entrée, Amélie était secouée par de gros sanglots. Claudia repoussa la porte de l'épaule et entra dans l'appartement. Elle saisit Amélie par le col de sa robe.

— Tu m'as trahie ! siffla-t-elle en l'entraînant à travers le salon.

— Non, non !

Mais les protestations d'Amélie étaient bien faibles. Elle avait compris que le destin auquel elle avait tenté de se soustraire en venant se cacher ici l'avait rattrapée et elle se laissait bousculer avec une docilité déconcertante, comme si elle avait conscience de parvenir au terme d'un long périple.

Paradoxalement, cette rencontre avec Claudia, cinq ans après qu'elle avait cru mourir, égorgée comme le cafetier qui l'exploitait, la soulageait parce qu'elle signifiait que sa longue attente était enfin terminée.

Elles débouchèrent sur le balcon et Amélie parut soudain s'éveiller en réalisant ce qui allait se passer. Elle se débattit, mais sans conviction. Terrorisée par Claudia, dominée par elle comme elle avait été dominée par tous ceux qu'elle avait connus au cours de sa vie, c'était tout juste si elle osait afficher un peu d'opposition.

Claudia n'en avait cure. L'agrippant toujours par le col, elle lui glissa une main entre les jambes et la souleva comme un sac. Dans le même mouvement, elle la propulsa devant elle. Amélie plongea par-dessus la balustrade et bascula dans le vide.

Elle tomba sans un cri.

Cinq étages.

Le choc contre le bitume du trottoir parut ébranler tout le bâtiment.

Mais Claudia n'était déjà plus là. Elle saisit le trousseau de clefs sur la porte et prit le temps de refermer derrière elle avant de se lancer dans l'escalier.

50

Nathalie s'apprêtait à pousser la porte de l'immeuble quand elle entendit le bruit du corps s'écrasant sur le sol.

Elle sursauta et jeta un regard paniqué en arrière, certaine que Claudia se précipitait sur elle et se demandant avec quoi elle avait pu produire ce son.

Son regard enregistra l'image d'Amélie gisant sur le trottoir et elle refusa tout d'abord de comprendre ce qu'elle voyait. Puis, avec un temps de retard, et alors qu'une exclamation de surprise horrifiée parvenait à ses oreilles comme dans un film désynchronisé, elle réalisa ce qui venait de se passer.

— Non ! hurla-t-elle en se précipitant.

Un promeneur accompagné d'un chien accourait également. C'était lui qui venait de crier et il bredouillait des paroles incompréhensibles.

— C'est incroyable ! dit-il finalement en se penchant. J'étais là, à dix mètres ! Je l'ai vue s'écraser ! Incroyable !

Nathalie était déjà agenouillée. Ses réflexes de médecin avaient repris le dessus et elle posa la main sur la jugulaire de son amie. L'homme tendit la main vers Amélie et son chien fit mine de venir la renifler.

— Ne la touchez pas, je suis médecin !

L'homme recula d'un pas et tira sur la laisse de son caniche qui poussa un jappement de protestation.

Mais Nathalie savait déjà que son examen était inutile, et elle en eut vite la confirmation. Une chute de cinq étages s'achevant sur du bitume, cela ne pardonnait pas. Le regard figé, son amie paraissait fixer les étoiles dans le ciel. Doucement, Nathalie lui ferma les yeux.

— Elle est morte ? demanda le promeneur.

Nathalie acquiesça. Elle ne pouvait pas parler. Une boule lui obstruait la gorge et ses yeux la piquaient. À présent que le médecin avait fait son devoir, la femme reprenait le dessus.

—Amélie, dit-elle. Je suis désolée. Tellement désolée...

— Vous la connaissiez ? demanda l'homme en retenant son chien qui insistait pour approcher du cadavre.

Nathalie eut une infime hésitation.

— Oui, dit-elle finalement. J'allais chez elle.

Elle leva la tête vers le balcon qui les surplombait, quinze mètres plus haut. Elle s'attendait à y voir une silhouette vêtue d'un imperméable la saluer de la main, mais il n'y avait personne. Amélie était-elle tombée seule ou bien l'avait-on poussée ? Un accident était possible. Amélie avait bu et, si elle s'était trop penchée pour l'observer, elle avait pu perdre l'équilibre... À moins qu'elle ne se soit jetée volontairement dans le vide, terrorisée par le retour de celle qui l'avait contrainte à se réfugier ici ? Nathalie ne croyait pas que Claudia ait pu la pousser. Claudia se trouvait quelque part dans la rue et, si elle était entrée dans l'immeuble, elle l'aurait aperçue.

En tout cas, crime, suicide, ou accident, ce serait à la police de se prononcer. Mais elle ne leur parlerait pas de Claudia. Pas si la thèse du meurtre était écartée. Car comment expliquer cette chasse au fantôme ? Cette poursuite d'une chimère dans cette rue mal éclairée ?

Peu à peu, la conscience de ce qui venait de se passer s'infiltrait en elle. Amélie était morte.

Tuée par Claudia, accidentellement, ou bien suicidée... Peu importait. Le résultat était là. Amélie était morte et elle en était la cause ! Si elle n'était pas venue la voir ce soir, elle serait encore en vie. Toute l'existence d'Amélie n'avait été qu'une pitoyable succession de peines et de malheurs.

Durant leur adolescence, Nathalie n'en avait jamais rien soupçonné. Et depuis lors, son amie n'avait fait que s'enfoncer davantage, jusqu'à ce que sa vie s'achève par cette chute. Le choc l'atteignit enfin et Nathalie se mit à pleurer sans pouvoir se contenir.

— Allez ! dit l'homme en lui mettant la main sur l'épaule. C'est terrible, mais au moins elle n'a pas souffert.

Il se méprenait sur la cause de ses larmes.

Nathalie s'en voulut d'autant plus.

51

Les policiers commençaient à évacuer l'appartement. L'une des deux voitures était déjà repartie et ceux qui restaient ne semblaient plus mettre beaucoup de cœur à l'ouvrage. Leur fouille sommaire n'avait rien révélé de suspect : pas de trace de lutte, pas d'indication que quelqu'un d'autre s'était trouvé avec elle, la porte était fermée à clef à leur arrivée. Ils avaient dû l'enfoncer et ils avaient découvert un trousseau dans un tiroir de l'entrée... Comme de plus la victime était connue de leurs services pour prostitution, ils n'étaient guère enclins à faire du zèle pour creuser plus et chercher qui aurait pu éventuellement la pousser par la fenêtre.

Nathalie était assise dans un des fauteuils du salon tandis que les policiers examinaient les lieux. Pour eux, le suicide ou l'accident ne faisaient aucun doute. Nathalie ne savait pas. Elle ne savait plus. Elle ne voulait pas croire qu'Amélie s'était suicidée à cause d'elle. Mais l'autre hypothèse était que Claudia était entrée en son absence pour la tuer. Difficile à admettre. Amélie était terrifiée ; elle avait certainement fermé la porte sitôt Nathalie sortie, comme elle l'avait verrouillée derrière elle lorsqu'elle était entrée. Donc, Claudia ne pouvait pas l'avoir tuée. D'ailleurs, Claudia n'avait pu entrer dans l'immeuble après que Nathalie en fut sortie. De cela, elle était certaine.

Restait la possibilité d'un accident, Amélie basculant en essayant de voir ce qui se passait. L'autopsie révélerait qu'elle avait absorbé une bonne quantité d'alcool et la police ne chercherait pas plus loin. Nathalie ne leur avait rien dit de la présence de Claudia. Elle avait conscience que son comportement pouvait être considéré comme de l'obstruction à la justice, mais elle doutait que Claudia soit physiquement responsable de ce qui venait de se passer, et n'avait pas assez confiance dans la police pour leur faire part de ses problèmes. À Rouen, on l'avait suspectée alors qu'elle n'avait rien à se reprocher. Elle ne tenait pas à ce que cela se renouvelle. Dans sa situation actuelle, alors que l'histoire de la clinique n'était pas encore oubliée et qu'elle cherchait à se constituer une clientèle, être compromise dans une affaire de meurtre était ce qui pouvait lui arriver de pire. Et cette fois, Agatha n'aurait aucun intérêt à lui venir en aide, bien au contraire !

La version qu'elle avait présentée était donc qu'elle venait d'arriver en bas de l'immeuble quand Amélie avait basculé par-dessus le balcon. L'homme qui promenait son chien avait confirmé qu'elle se trouvait dehors à cet instant et nul n'avait donc songé à contester son témoignage. Quoi qu'il advienne, on ne pourrait pas l'accuser de l'avoir poussée. Mais Nathalie avait beau prétendre avoir adopté la seule attitude possible, elle éprouvait du remords devant ce qu'elle considérait comme un ultime abandon de son amie.

— Eh bien ! C'est une vraie pharmacie là-dedans ! dit un des agents dans la salle de bains.

— Tu as trouvé quelque chose ?

— Des tonnes de médicaments. Tranquillisants, somnifères... Et des ordonnances en pagaille. Apparemment, elle avait plusieurs médecins et passait de l'un à l'autre pour obtenir ce qui l'intéressait : docteur Martin, docteur

Doraquis, docteur Mercadier, docteur Santierri, et il y en a d'autres.

Nathalie releva la tête au nom de Mercadier. Amélie connaissait Mercadier ? Il ne l'avait pas mentionné. Mais il est vrai qu'il ne lui avait guère fait de confidences.

— Ça va, docteur ? Vous êtes toute pâle.

Un policier se penchait vers elle avec inquiétude.

— Ça ira. Ne vous inquiétez pas. C'est le choc.

— Ça, j'imagine ! Venir retrouver une amie d'enfance et la voir basculer par le balcon ! Vous parlez d'une expérience !

Nathalie acquiesça et se leva.

— Bon, dit-elle. Si vous n'avez plus besoin de moi...

— Vous êtes sûre que vous êtes en état de conduire ?

— Oui, oui. Ne vous inquiétez pas.

Elle ramassa son sac et ils la regardèrent partir avec une absence d'émotions qui lui fit mal. Une femme était morte, et pour eux ce serait à peine plus qu'une nouvelle entrée sur leur main courante. Nathalie descendit l'escalier à pas lents. Aurait-elle dû leur dire la vérité ? Non. Ils n'auraient rien compris. Ils ne l'auraient certainement pas crue. Elle arriva en bas, sortit dans la nuit.

Une fourgonnette de la police se trouvait devant l'immeuble et l'agent au volant la regarda sans bouger. L'ambulance avait déjà emporté le corps d'Amélie. Nathalie gagna sa voiture garée non loin de là. Elle jeta un coup d'œil à l'arrière avant de monter, de crainte d'y découvrir Claudia dissimulée derrière les sièges.

Il n'y avait personne.

Elle s'installa en se traitant de paranoïaque. Puis elle démarra et roula lentement, examinant les alentours dans l'espoir d'apercevoir un imperméable et un masque blanc.

52

Nathalie descendit de voiture et vit la petite Renault de Gisèle qui l'attendait comme convenu. Sitôt qu'elle avait quitté Rouen, elle avait appelé Béatrice, mais son portable ne répondait pas. En désespoir de cause, elle s'était tournée vers Gisèle pour l'informer de la mort d'Amélie et lui dire qu'elle souhaitait lui parler le plus vite possible. Gisèle n'avait pas voulu la recevoir chez elle, afin de ne pas déranger sa mère, et elles s'étaient donc donné rendez-vous devant chez Nathalie.

Nathalie verrouilla ses portières et traversa la rue déserte après avoir jeté un regard prudent de chaque côté. Il était près de minuit et toute la ville dormait, mais elle ne pouvait oublier qu'une ennemie se terrait dans l'ombre.

Toute la ville ? Non, pas toute. Au troisième étage, dans l'appartement d'Alain Mercadier, une lumière était allumée. Le psychiatre était encore debout malgré l'heure avancée.

Gisèle descendit de sa 4L en la voyant arriver et se précipita vers elle. Elle avait les larmes aux yeux lorsqu'elles se rejoignirent.

— Amélie est morte, alors ?

— Oui. Tombée de son balcon. Viens, ne restons pas là.

Elle ouvrit la porte de l'immeuble et elles gagnèrent son appartement. Sans demander l'avis de Gisèle, Nathalie servit deux cognacs et Gisèle accepta le sien sans protester. Elle était assise dans un fauteuil, au bord comme la fois précédente, ses genoux serrés sous son éternelle robe sombre à petites fleurs blanches.

Nathalie, trop énervée pour s'asseoir, faisait les cent pas. Elles commencèrent par avaler une gorgée de cognac et Gisèle s'étrangla. Quand elle eut fini de tousser, elle demanda :

— Tu es sûre qu'elle est morte ?

— Elle a fait une chute de cinq étages. Et j'étais là. C'est moi qui ai fait les premières constatations.

Gisèle hocha la tête, consternée.

— Je le savais. Je te l'avais dit !

— Tu m'avais dit quoi ?

— Que Claudia ne te laisserait pas faire ! Je t'avais dit d'abandonner.

— Qui a parlé de Claudia ?

Gisèle eut un petit rire de crécelle.

— Tu ne vois pas sa main derrière tout ça ?

— Claudia n'a rien à voir là-dedans ! Lorsqu'Amélie est tombée par la fenêtre, sa porte était fermée...

— Si tu crois qu'une serrure peut arrêter Claudia, c'est que tu n'as toujours rien compris. Tu refuses d'admettre, hein ?

— Admettre quoi ?

— La force de Claudia ! Elle a été créée pour ça ! Pour être forte. Pour pouvoir tout ce que nous ne pouvons pas. C'est pour ça qu'elle est faite ! Elle est partout. Elle est toute-puissante ! Elle peut toutes nous tuer si elle veut. Je t'avais prévenue !

— Attends ! D'accord. Claudia n'est pas innocente dans cette affaire. Elle était à Rouen. Je l'ai vue.

— Tu l'as vue ?

Gisèle écarquillait les yeux. Elle était si fascinée qu'elle avala une gorgée de cognac sans s'en rendre compte.

— En tout cas, j'ai vu quelqu'un qui m'a appelée et qui prétendait être Claudia.

Gisèle la dévisageait comme un prêtre examinerait une de ses ouailles lui annonçant qu'elle a vu la Sainte Vierge. Son regard était empreint d'une espèce de ferveur religieuse que Nathalie n'aimait pas du tout. Elle tenta de la calmer :

— Attends, ne t'emballe pas ! J'ai vu quelqu'un. Pas plus. Quelqu'un qui se dissimulait sous un imperméable et portait un masque. Quelqu'un qui n'avait rien d'un fantôme ! Les fantômes ne se servent pas de téléphones portables !

Gisèle se renfrogna.

— C'est plus compliqué que ça !

Nathalie s'immobilisa. Le cognac lui faisait du bien. Elle ne parvenait toujours pas à chasser le froid qui avait envahi ses membres depuis la mort d'Amélie, mais se retrouver chez elle, avec Gisèle, et pouvoir parler des récents événements lui permettait de reprendre le contrôle de ses nerfs. Et elle sentait que Gisèle en savait plus qu'elle n'avait bien voulu en révéler jusqu'à présent. Elle s'accroupit devant son fauteuil pour se mettre à sa hauteur.

— Explique-toi, lui demanda-t-elle d'une voix douce.

Gisèle eut un geste de dénégation et croisa les bras telle une enfant butée.

— Je ne peux pas. Elle me tuerait !

— Elle n'en saura rien !

— Elle sait tout ! Je te l'ai déjà dit !

Elles tournaient en rond. Gisèle restait renfermée sur ses secrets. Sa peur de Claudia était un verrou puissant et, pendant ce temps, cette dernière marquait des points. Elle venait narguer Nathalie sous la fenêtre d'Amélie, la menaçait, attentait à sa vie... Nathalie n'avait pas les moyens de gaspiller son temps ; chaque heure qui passait comptait. Elle avait le sentiment d'être engagée dans une course contre la montre, alors que son adversaire avait tout le loisir de préparer ses attaques et pouvait frapper n'importe quand, n'importe où.

— Gisèle, murmura-t-elle. Nous sommes seules ici. Tu es au courant de beaucoup de choses, mais tu es dépassée par la situation. Tu dois comprendre qu'il faut tout me raconter. Amélie est morte. C'est peut-être Claudia qui l'a tuée, peut-être pas. Mais en tout cas, elle y est pour quelque chose. Sans elle, je ne serais pas allée la trouver aujourd'hui et c'est à cause d'elle qu'Amélie se cachait depuis cinq ans. La police enquête, mais cela prendra du temps et pour l'instant personne ne leur a parlé de Claudia. On ne peut pas la mentionner tant qu'on n'a pas d'éléments concrets à fournir. Tu comprends ça ? Il nous faut du concret. Et en attendant, nous risquons toutes notre vie. Moi-même j'ai failli être tuée à deux reprises. J'ai eu beaucoup de chance, mais cela ne durera pas éternellement. Si tu te tais, Claudia finira par atteindre son but et je mourrai. C'est ce que tu veux ?

— Oh non !

Gisèle avait relevé la tête et la fixait avec intensité. Ses yeux étaient noyés sous les larmes, et son visage, déformé par la peur et le chagrin.

— Je ne veux pas que tu meures ! J'ai essayé de te protéger, mais Claudia est trop forte, tu comprends ?

— Parle-moi de Claudia.

— Mais tu ne veux rien écouter !

— Si, je t'écoute. Dis-moi tout, comme tu le ressens. Qui est Claudia ?

— Tu le sais ! C'est nous qui l'avons créée au lycée...

Nathalie dissimula son agacement sous un sourire encourageant. Elle devait se montrer patiente, abonder dans son sens pour que Gisèle lui révèle tout ce qu'elle savait. À charge pour elle ensuite de faire la part des choses entre les faits réels et les affabulations.

— C'était une créature imaginaire, dit-elle. Celle que j'ai vue ce soir était bien réelle. Celle qui est venue ouvrir le gaz pendant que je dormais était bien réelle. Et celle qui m'a foncé dessus aussi ! C'est cette personne-là, la réelle, la vivante, celle qui peut conduire des voitures et téléphoner, que je veux identifier. Qui est-ce ? Béatrice ?

Gisèle eut un hoquet et ses sanglots redoublèrent de plus belle.

— Ce n'est pas la faute de Béatrice ! jeta-t-elle. C'est Claudia qui la possède !

Nathalie se détendit imperceptiblement. Enfin, elles avançaient ! Même si elle n'aimait guère les perspectives que lui ouvraient ces révélations.

— C'est Béatrice qui incarne Claudia ?

Gisèle opina, comme si articuler une réponse lui était impossible. Nathalie l'observait et devinait le combat qui se livrait en elle. Jusqu'à son retour, Béatrice était la seule amie de Gisèle. Dévoiler son secret devait lui apparaître comme une trahison, et un acte très difficile à accomplir. Nathalie éprouvait de la compassion pour la pauvre fille, mais elle devait savoir la vérité. Elle poursuivit :

— Donc, Béatrice est Claudia ! Pourquoi ?

— C'est le docteur qui l'a poussée.

— Le docteur ? Mercadier ?

Gisèle acquiesça à nouveau.

Nathalie se redressa pour venir s'asseoir dans l'autre fauteuil, à côté d'elle, et lui prit les mains pour calmer leur tremblement.

— Mercadier a poussé Béatrice à devenir Claudia ? Raconte-moi.

— Non ! Claudia me tuera !

— Claudia ne tuera personne. Je ferai le nécessaire pour la mettre hors d'état de nuire. Tu as confiance en moi ?

Gisèle fit signe que oui.

— Alors, explique-moi tout.

— Béatrice était grosse. Tu te souviens ? Elle voulait maigrir. Elle est allée voir Mercadier. Il l'a traitée, mais ça ne donnait rien. Alors, ils ont repensé à Claudia. Et il a dit à Béatrice qu'elle devait faire comme si elle était Claudia. Et ça a marché.

— Que veux-tu dire, faire comme si elle était Claudia ?

— Eh bien, oui, quoi. Penser qu'elle était belle et mince. Et Claudia était une fille qui ne s'empiffrait pas. Quand elle était Claudia, Béatrice était vraiment différente.

— Mais voyons, si je comprends bien, Mercadier lui a fixé un modèle et elle a imité ce modèle. L'astuce a fonctionné et elle a maigri.

— Mais ça ne s'est pas arrêté là ! Le docteur l'a poussée à devenir vraiment Claudia. Dans tous ses aspects.

Nathalie réfléchit, assimilant ce que Gisèle venait de lui révéler et se demandant ce qu'elle sous-entendait par là. Elle craignait de comprendre.

— Tous ses aspects ? Explique-toi.

— Eh bien, oui, quoi ! Bon sang ! Tout ! Tu te souviens de la Claudia que nous avions imaginée ?

Nathalie se souvenait. Belle, la trentaine, réussite dans tous les domaines, bombe sexuelle...

— Tu veux dire, au niveau sexuel ?

Gisèle hocha frénétiquement la tête. Elle n'avait pu se résoudre à évoquer directement le sujet, mais c'était bien de cela qu'elle voulait parler.

— Mercadier abuse d'elle ?

Gisèle eut une moue d'ignorance.

— Ça, je peux pas l'affirmer. Mais il la pousse à faire des choses.

— Quel genre de choses ?

— Des trucs, quand elle sort le samedi soir. Tu verrais ses tenues !

— Tu les as vues ?

Le regard de Gisèle fuyait à travers la pièce, cherchant une issue. Mais la porte était loin et Nathalie se trouvait sur le chemin.

— Non, je ne sais pas, je ne sais rien ! Ne me pose plus de questions !

Gisèle se repliait sur elle-même, en position quasi fœtale. Nathalie avait pitié d'elle, mais en même temps elle ne pouvait accepter qu'elle demeure fermée sur son secret, un secret qui pourrait bien lui coûter la vie si elle ne réagissait pas rapidement. Elle la prit par les épaules et la força à la regarder.

— Arrête ! Qu'est-ce que tu essaies de me cacher ? Cela a un rapport avec la façon dont Béatrice s'habille le samedi soir ! Que se passe-t-il le samedi soir ?

Gisèle pinçait les lèvres comme pour empêcher les mots de s'échapper et eut un regard effrayé vers le plafond. Nathalie leva les yeux également, ne vit rien d'anormal. À moins que...

— Mercadier ? Elle se change chez Mercadier ?

— Non ! Je ne peux pas dire ! Je ne sais rien !

— Très bien ! On va chez Mercadier ! Lui, il saura peut-être.

Ce disant, Nathalie fit mine de se lever. Cette menace produisit l'effet escompté. Gisèle hurla :

— Non ! C'est pas chez lui !

— Où alors ? Gisèle ! Réponds-moi ! Où est-ce ?

Brusquement, il semblait à Nathalie qu'il était primordial d'obtenir ce renseignement. Elle devait savoir d'où Béatrice partait pour ses expéditions du samedi soir.

Ses doigts s'enfoncèrent dans les épaules de Gisèle et elle la secoua.

— Gisèle ! Où ?

Gisèle eut un mouvement du menton vers le haut, comme s'il lui était impossible de prononcer les mots qui trahiraient Béatrice. Nathalie se leva.

— Montre-moi.

Subjuguée, peut-être soulagée de passer le fardeau à quelqu'un d'autre, Gisèle se leva sans résister et la précéda sur le palier.

Nathalie fut surprise de la voir monter l'escalier. Elle ne comprit pas où elle se rendait. L'appartement inoccupé du premier ? Mais non, elles passaient devant sans s'arrêter. Et Gisèle venait de lui dire que ce n'était pas chez Mercadier.

Ce ne fut que lorsque Gisèle dépassa la porte du psychiatre pour s'engager dans l'escalier menant aux combles que Nathalie songea au grenier et à la chambre de bonne. Et la solution lui apparut comme une révélation. Comment n'avait-elle pas songé à ces deux pièces au-dessus d'elle, qu'elle croyait inoccupées ?

Effectivement, elles parvinrent sur l'étroit palier où les deux portes se faisaient face. Gisèle sortit une clef de sa poche et ouvrit celle de droite.

L'endroit était plongé dans l'obscurité, mais elle tendit la main dans le noir en un geste qui révélait une longue habitude, et la lumière jaillit.

Une seule pièce, minuscule et presque vide. Les murs étaient tapissés d'un papier peint rose, fané depuis des lustres.

— Voilà, dit Gisèle. C'est là. Béatrice entre ici, et c'est

Claudia qui ressort. Elle ne pouvait pas se changer chez elle, à cause des voisins. Avec sa situation...

Nathalie regardait autour d'elle sans y croire, découvrant la garçonnière aménagée par Béatrice pour ses incursions dans le royaume du stupre et de la luxure. Risible, si ce n'avait été tragique. Elle traversa la petite chambre en deux enjambées, ouvrit la penderie.

Elle n'en croyait pas ses yeux. Lorsqu'elle avait vu Béatrice ces derniers temps, elle portait toujours l'uniforme de la parfaite banquière : tailleur gris, chaussures noires ou grises, petit sac très classique... Dès leurs retrouvailles, elle avait pu constater à quel point son amie avait changé, et comme ses vêtements avaient évolué par rapport à ceux qu'elle lui avait connus autrefois.

Mais là... C'était une seconde garde-robe qu'elle découvrait, à des lieues de celle que son amie arborait aujourd'hui dans son rôle d'employée modèle.

Il y avait dans cette armoire assez d'accessoires pour remplir la vitrine d'un sex-shop. Nathalie attrapa un cintre et le sortit. Une robe en latex y était accrochée, qui paraissait trop petite pour que quiconque puisse s'y glisser. Une fois dans ce vêtement, il devait vous coller comme une seconde peau.

Elle se demanda ce que l'on pouvait porter dessous, mais il était évident que le moindre sous-vêtement apparaîtrait en un relief disgracieux et elle en conclut que la réponse devait être : rien.

— Béatrice sort habillée comme ça ?

Gisèle acquiesça. À présent qu'elle avait livré le secret de son amie, elle paraissait apaisée, comme si la responsabilité de ce qui se passait ici ne lui incombait plus. Elle avait le regard rêveur, perdu dans quelque songe aux couleurs d'antiques fêtes du samedi soir auxquelles elle n'avait participé que par procuration.

— Ça lui va bien ! dit-elle.
— J'imagine...
Nathalie raccrocha la robe dans la penderie, examina les autres. Du transparent au décolleté, il y en avait pour tous les goûts. Le seul critère commun étant que ces vêtements étaient faits pour exciter ceux qui les verraient portés, et sans doute celle qui les portait.
Elle allait refermer la porte quand elle avisa un imperméable dissimulé au fond de la penderie. Elle l'apporta sous la lampe. C'était un ciré, semblable à celui que portait Claudia ce soir.
Le masque n'était pas dans les poches. Ni sur le plancher de la penderie. Elle raccrocha l'imper et ouvrit les tiroirs de la petite commode, y trouva des sous-vêtements en accord avec le reste.
Le noir et le rouge s'y mêlaient à loisir. Elle en sortit un, eut une grimace de dégoût devant les couleurs.
En tant que médecin, Nathalie savait que l'imagination humaine n'avait pas de limites lorsqu'elle s'appliquait au sexe. Mais découvrir qu'une de ses amies menait ce genre de vie... Elle remisa le linge dans le tiroir qu'elle referma. Elle n'avait pas trouvé le masque, mais elle devait parler à Béatrice, et vite.
— Bien. On dirait que j'ai percé le secret de Claudia. Tu vas venir avec moi. On va aller trouver Béatrice et lui faire dire tout ce qu'elle sait.

53

Gisèle fut horrifiée par cette proposition. Elle avait dit à Nathalie tout ce qu'elle pouvait lui révéler sans trop de crainte, mais même ainsi il était évident qu'elle était allée trop loin. Claudia n'aimerait pas ça. Pas du tout. Et quand Claudia était en colère...

Et à présent Nathalie savait presque tout. Si elle rencontrait Béatrice...

Claudia ne lui pardonnerait jamais. Elle la tuerait. Elle les tuerait toutes les deux. Elle les tuerait toutes les trois...

Il fallait l'en empêcher, mais comment ? Nathalie était si forte et si déterminée.

Parfois, Gisèle croyait même qu'elle pourrait triompher de Claudia si elle l'affrontait. Mais ensuite Claudia se chargeait de la détromper. Elle devait la convaincre d'abandonner.

— Tu ne peux pas faire ça ! Claudia te tuera, et moi avec !

— Écoute-moi bien ! Claudia, c'est fini ! On va mettre un terme à toute cette histoire.

— Non ! Ça ne finira jamais ! J'ai eu tort de t'amener ici ! Claudia ne va pas aimer !

— Claudia ne fera rien.

— Si ! Claudia va se venger ! Elle va me tuer !

— Voyons, c'est ridicule...

— Je vais mourir !

Poussant un grand cri comme si elle venait de recevoir un coup de poignard, Gisèle fila avec la rapidité d'une souris glissant le long d'une plinthe.

Nathalie tenta de l'arrêter, mais elle était déjà sur le palier. Elle se jeta dans l'escalier en hurlant qu'elle allait mourir, mourir !

54

Nathalie se précipita derrière Gisèle, mais comprit très vite qu'elle ne la rattraperait pas. L'escalier était comme une bouche d'ombre avide où son amie plongeait en hurlant, comme pour cacher ce qu'elle venait de faire.

Nathalie écouta les bonds décroître dans l'escalier tandis que Gisèle sautait les marches trois par trois pour s'enfuir plus rapidement.

Elle revint dans le repaire de Claudia, éteignit et ferma la porte. Puis elle descendit, décidée à rentrer chez elle pour faire le point sur ce qu'elle venait d'apprendre. En chemin, une idée lui vint et elle s'arrêta devant la porte de Mercadier.

Elle avait vu de la lumière en arrivant. Il devait être encore debout. Et s'il était couché, il ne pouvait pas être déjà endormi, elle n'était pas rentrée depuis suffisamment longtemps. Et quand bien même...

Il était au courant de tout depuis le début et n'avait pas voulu l'aider lorsqu'elle le lui avait demandé ; cela méritait bien qu'elle le tire du lit.

Elle sonna.

55

Alain Mercadier avait entendu des cris dans l'escalier, accompagnés d'un bruit de course. Il alla à sa fenêtre et eut juste le temps d'apercevoir Gisèle qui débouchait de l'immeuble comme une furie et traversait la rue sans regarder avant de disparaître dans la nuit.

Que se passait-il ? Claudia ?

On sonna.

Il revint dans l'entrée en prenant soin de ne pas allumer. Il jeta un coup d'œil par le judas et fut surpris de voir Nathalie sur le palier. Ce n'était pas elle qu'il s'était attendu à découvrir.

Il ne fit pas de bruit, resta à l'observer. Que voulait-elle à cette heure de la nuit ? Que s'était-il passé avec Gisèle pour que l'une s'enfuie en hurlant tandis que l'autre venait le voir ?

Nathalie insista, mais il ne broncha pas.

Elle finit par se lasser et redescendre chez elle.

Mercadier recula dans l'obscurité. Quelle tête aurait-elle faite s'il avait ouvert dans la tenue qu'il arborait à cet instant ?

Il frissonna.

56

Nathalie redescendit chez elle, pensive. Mercadier était chez lui, elle en était certaine. Fallait-il qu'il ait le sommeil lourd pour ne pas l'avoir entendue sonner ni avoir perçu les cris de Gisèle.

À moins qu'il n'ait été derrière la porte, comme elle en avait eu l'impression, et qu'il ait sciemment décidé de ne pas ouvrir.

Elle rentra dans son appartement, ferma à double tour. Puis elle vérifia son portable. Béatrice lui annonçait qu'elle était rentrée et avait eu son message. Apparemment, elles ne faisaient que se croiser sans pouvoir se parler. Nathalie la rappela.

Et tomba sur sa messagerie.

57

Claudia fit le tour de la petite Renault 4. Sous l'éclairage de la lune, la couleur beige du véhicule paraissait d'un blanc sale. Par la portière, la main pendait, inerte. Les petites fleurs blanches de la robe noire étaient à peine discernables dans l'obscurité.

La voiture était encastrée dans un arbre. La conductrice avait la tête inclinée sur le volant. Ses yeux grands ouverts ne voyaient plus rien depuis plus d'une heure à présent.

Claudia arrosa le capot d'essence et acheva de déverser le jerrycan par la vitre sur le corps sans vie. Puis elle recula et le posa à terre avant de gratter une allumette.

— Adieu, Gisèle, dit-elle. Tu parlais trop.

Elle jeta l'allumette, et l'essence s'embrasa d'un coup en une belle flamme bleue qui gagna l'habitacle et le cadavre qu'il renfermait. Claudia ramassa le bidon et s'écarta de quelques pas. La voiture n'était plus qu'un gigantesque brasier.

Marchant sur le bitume pour éviter de laisser des traces dans la terre meuble de l'accotement, Claudia reprit le chemin de la ville.

58

Nathalie n'était pas parvenue à joindre Béatrice et avait fini par renoncer et aller se coucher. Elle avait mal dormi. Sa nuit avait été traversée de cauchemars qui ne lui avaient laissé que des bribes de souvenirs inquiétants et un arrière-goût de bile au fond de la gorge.

Finalement, vers les quatre heures du matin, elle s'était enlisée dans un sommeil dont elle avait émergé en catastrophe à sept heures trente passées.

Béatrice ne lui ayant pas retourné ses appels, elle avait décidé d'aller la voir en personne. À huit heures quinze, elle se posta donc devant la banque où elle travaillait et l'aperçut qui approchait pour prendre son poste. Elle l'intercepta avant qu'elle n'entre dans le bâtiment austère.

Béatrice, qui marchait tête baissée, eut un sursaut en la voyant soudain devant elle.

— Nathalie ?

Elle avait les traits tirés, les yeux rougis. Sa coiffure laissait à désirer et son corsage était mal boutonné. Sans laisser à Nathalie le temps de parler, elle lui demanda :

— Tu as appris ? C'est pour ça que tu es là ? Mon Dieu, c'est terrible ! Pourquoi elle ? Elle était incapable de faire du mal à une mouche !

Béatrice luttait pour contenir ses larmes.

— Arrête ta comédie, je sais tout.

Béatrice la regarda, les yeux brouillés par les larmes.

— Si tu voulais exprimer des regrets, c'est hier soir qu'il fallait les manifester...

— Hier soir ? Mais comment aurais-je pu savoir...

— Tu étais là, non ?

Béatrice paraissait interloquée.

— Mais de quoi parles-tu ?

Nathalie poussa un soupir exaspéré. Cette histoire commençait à lui taper sur les nerfs et les atermoiements de son amie ne l'amusaient plus. Amélie était morte et Béatrice portait plus que sa part de responsabilité dans l'affaire. Elle devait le comprendre.

Sans compter l'histoire du cafetier qui, à en croire Amélie, avait été égorgé par Claudia. Donc, par Béatrice. La seule chose qui avait empêché Nathalie de prévenir la police dès son réveil était qu'elle voulait d'abord entendre la version de Béatrice.

Amélie ne lui avait pas semblé un modèle d'équilibre mental et, avant de jeter son amie en pâture à la justice, elle voulait en obtenir quelques explications.

— Je parle d'Amélie. Pourquoi ? Ce n'est pas pour ça que tu pleures ?

— Mais non ! Aux dernières nouvelles, tu devais aller la voir, mais pour moi ça s'est arrêté là. C'est Gisèle ! Tu ne sais pas ? Elle... Elle est morte !

Nathalie eut le sentiment d'avoir perdu pied et vit la rue tournoyer autour d'elle. Elle ferma les yeux, tenta de maîtriser la nausée qui montait en elle.

— Gisèle ? C'est impossible ! Elle était chez moi hier soir...

— Sa mère vient de me prévenir. On a retrouvé sa voiture dans un arbre. Elle était dedans.

— Un accident ?

Béatrice ricana.

— Un accident ? Tu parles ! Claudia l'a tuée, oui !

Nathalie serra les dents et agrippa le bras de Béatrice pour l'entraîner à l'écart du flot des employés qui entraient dans la banque.

— Attends, gronda-t-elle. Ne te fiche pas de moi. Je sais que tu es Claudia.

Béatrice sursauta et la regarda, paraissant soupeser ce qu'elle avait vraiment découvert.

— Je sais tout, insista Nathalie. J'ai visité ta chambre sous les toits. C'est Gisèle qui me l'a montrée. J'ai vu tes tenues de soirée... Les chemisiers transparents, les porte-jarretelles et les robes en latex... Tout.

Béatrice parut recevoir une révélation.

— C'est pour ça que Claudia l'a tuée ! Elle n'aurait pas dû te montrer ça !

Nathalie la secoua.

— Arrête ton cinéma ! cria-t-elle.

Puis, s'apercevant que deux personnes les observaient, elle baissa la voix et entraîna Béatrice un peu plus loin.

— Personne n'a tué Gisèle. Personne ne savait qu'elle était chez moi et personne ne sait qu'elle m'a montré cette chambre.

Béatrice la regarda avec commisération.

— Pauvre Nathalie. Tu n'as rien compris, alors ? Tu crois avoir percé le mystère, mais tu es passée à côté du plus gros ! Claudia sait tout. Claudia voit tout ! Claudia est partout ! Quand tu auras compris ça, tu auras tout compris. Tu ne réalises pas qu'elle est au courant de tout et qu'elle va toutes nous tuer ? Nous lui avons donné la vie, mais si on tente de lui nuire, elle se venge. Au début, elle a puisé en nous la force de survivre, mais ce temps est révolu ! Tu sais ce que je crois ? Je crois que maintenant qu'elle est devenue autonome, elle n'a plus besoin de nous ! Je crois que chaque fois que l'une de nous meurt, sa puissance augmente ! Elle a tué Gisèle parce qu'elle l'avait trahie... et ce faisant, elle augmente sa puissance. Ne t'y trompe pas, nous sommes les prochaines sur la liste. Toi. Moi. Amélie...

— Amélie est morte.

Ce fut au tour de Béatrice de marquer sa surprise, et l'incompréhension se lut sur son visage.

— Amélie ? Mais comment est-ce possible ? Tu devais aller la voir.

— J'y suis allée. Ne me dis pas que tu l'ignores. Je t'ai vue dans la rue.

— Moi ? Tu es folle !

— Ne mens pas. J'ai retrouvé l'imper dans ta penderie.

— Quel imper ?

— Une espèce de ciré. Celui que Claudia portait quand elle m'a appelée en bas de chez Amélie. Et cinq minutes plus tard, Amélie tombait du balcon !

Béatrice se mit à trembler.

— Ce n'est pas moi. Tu m'as vue, dis-tu ? Tu as vu mon visage ?

Elle paraissait tellement choquée par la nouvelle que les certitudes de Nathalie en furent ébranlées. Après tout, non, elle ne pouvait pas affirmer que c'était bien Béatrice.

— Elle portait un masque. Mais c'était forcément toi ! Écoute, je refuse d'entrer dans ton jeu. Je sais que tu incarnais Claudia, et j'en ai la preuve ! Donc, si tu affirmes que Claudia a tué Gisèle, tu t'accuses toi-même ! Et quelqu'un se trouvait au bas de l'immeuble d'Amélie hier soir, et ce quelqu'un portait ton imperméable !

— Tu ne comprends vraiment rien, hein ? Oui, j'ai incarné Claudia, c'est vrai. Mais l'idée ne venait pas de moi. C'est le docteur Mercadier qui m'y a poussée. C'est là que Claudia est vraiment née ! Et tu veux que je te dise le plus beau ? C'est chez toi qu'il l'a recréée !

— Chez moi ?

— Eh bien, oui, dans ton cabinet. Il l'a occupé avant le docteur Baron.

Nathalie vit brusquement s'ouvrir devant elle un éventail de nouvelles possibilités. Mercadier. Le nom du psychiatre apparaissait trop souvent dans cette affaire. Et voilà qu'il avait été l'occupant de son cabinet. Et donc de son appartement.

Il en avait détenu les clefs à une époque et pouvait en avoir conservé un jeu !

— Qu'est-ce que tu as ? Tu es toute pâle ! Tu ignorais qu'il avait occupé ton cabinet ?

— Personne ne l'a mentionné...

— C'est pourtant vrai. Il l'a quitté quand un appartement plus grand et plus ensoleillé s'est libéré dans l'immeuble, mais c'est là qu'il a créé Claudia. Je voulais maigrir et je n'y arrivais pas. Je manquais de volonté pour suivre les régimes. Il m'a alors traitée à l'hypnose et m'a suggéré de me comporter comme si j'étais Claudia. Je lui avais parlé d'elle, je lui avais dit que nous jouions à incarner cette femme quand nous étions plus jeunes. Il a trouvé que c'était une bonne idée.

Béatrice eut un sanglot.

— Je ne pouvais pas savoir que j'allais créer Claudia au sens propre, qu'elle prendrait vie !

— Arrête ça ! Tu divagues !

— Non ! C'est vrai. Tu sais, j'ai lu plein de trucs là-dessus ! Il y a des entités qui existent dans les limbes, qui n'attendent qu'une occasion pour s'incarner ou posséder quelqu'un. Je l'ignorais à l'époque ! Ça arrive fréquemment avec ceux qui jouent à évoquer les esprits. Là, j'ai involontairement attiré quelque chose. Et ce quelque chose est devenu Claudia !

— Tu ne crois pas que je vais avaler ça ?

— Je te jure ! Tu ne peux pas imaginer... Quand je deviens Claudia, je ne suis vraiment plus la même. Ce n'est plus moi qui commande ! Elle me donne des instructions, me dit fais ceci, fais cela... et je dois obéir. Parfois, elle prend même directement les commandes et je ne peux que la regarder agir ! Elle se livre à des actes dont j'aurais honte en temps normal.

Nathalie songea à sa garde-robe secrète et trouva que l'excuse de la possession était bien commode pour se déculpabiliser.

— Et Mercadier, quel est son rôle exact là-dedans ?

— Je ne peux rien dire...

— Ne te fiche pas de moi ! Soit tu es responsable, soit c'est lui qui tire les ficelles et tu n'es qu'une marionnette entre ses mains. Quel est son rôle ?

— Béatrice ! Ton client est arrivé !

L'appel les fit sursauter toutes les deux. Elles tournèrent la tête vers celle qui venait d'interpeller Béatrice. C'était une femme d'une cinquantaine d'années, à la mine stricte et au visage austère comme le bâtiment dont elle émergeait à demi.

— J'arrive ! cria Béatrice.

Vivante image du mécontentement et de la réprobation, l'autre rentra dans la banque.

— Je dois y aller, dit Béatrice.

— Attends, tu ne vas pas t'en tirer comme ça ! J'ai besoin de savoir. De tout savoir ! On a tenté de me tuer, ne l'oublie pas.

— Je ne l'oublie pas.

— Je veux connaître le rôle de Mercadier et le tien.

Béatrice hésita, mais hocha finalement la tête.

— Tu me protégeras ?

— Bien sûr. Claudia ne me fait pas peur. Et tu n'as rien à craindre non plus si tu acceptes de lutter.

Béatrice eut un sourire triste.

— Facile à dire, pour quelqu'un qui n'a jamais eu de problèmes.

— Quand et où peut-on se voir ? Ce midi ?

— Non. J'ai un déjeuner...

— D'accord. Ce soir ? Pas plus tard ! Sinon, je vais à la police et je raconte tout ce que je sais, à charge pour eux de t'interroger.

La menace eut le don d'effrayer Béatrice.

— Non, non, ce soir. Vingt heures, chez moi.

Une dernière chose perturbait Nathalie. Si Mercadier était derrière toute cette affaire, quel pouvait être son mobile ?

— Qu'est-ce qui motive Mercadier ? demanda-t-elle alors que Béatrice s'éloignait.

Celle-ci s'immobilisa, se retourna et la regarda.

— Tu ne sais pas ? Tu ne sais vraiment rien, alors.

— Tu sais, toi ?

— Il hait les femmes.

L'annonce fut un nouveau choc pour Nathalie.

— Mercadier ? Mais pourquoi ?

— Je te raconterai.

Les épaules de Béatrice s'affaissèrent. Elle était résignée à présent, totalement vaincue.

— Je te dirai tout ce que je sais. Et tant pis. J'espère que tu es assez forte pour nous protéger toutes les deux. Maintenant que Gisèle et Amélie sont mortes, il ne reste que nous...

Puis elle se détourna et partit en courant vers la banque alors que sa chef de service réapparaissait pour la sermonner.

Nathalie regarda la porte qui s'était refermée sur elle sans comprendre.

Mercadier.

Tout tournait autour de lui. Il avait employé Gisèle, soigné Amélie et Béatrice, il vivait dans le même immeuble que Nathalie dont il avait autrefois occupé l'appartement...

Mais c'était une femme qui s'était dressée contre elle, une femme qui lui avait téléphoné chez Amélie...

Comment concilier toutes ces informations ?

Perplexe, elle regagna sa voiture. Elle avait une autre démarche à faire, pénible.

59

Le pavillon n'était pas très grand. C'était une vieille chose en meulière à un étage, à peine plus longue que large. La façade comptait deux fenêtres à chaque niveau, celle du rez-de-chaussée encadrant une porte ornée d'une grille en fer forgé dont les multiples couches de peinture étaient écaillées depuis longtemps, ce qui lui donnait un air curieusement bariolé où le bleu clair et le bleu nuit se mêlaient à des éclats ternis de carmin et d'émeraude. Nathalie laissa son doigt enfoncé sur la sonnette.

C'était la troisième fois qu'elle sonnait et elle n'avait pas l'intention de se laisser éconduire sans avoir pu parler à la mère de Gisèle. Elle avait vu un rideau bouger à une fenêtre du petit pavillon et savait que la vieille femme était quasi impotente. Elle était là.

La fenêtre s'ouvrit enfin et un visage apparut, entouré d'un fichu comme on n'en faisait plus depuis trente ans.

— Qui êtes-vous ? Qu'est-ce que vous voulez ? Ça va pas, de sonner comme ça ? Vous vous croyez où ?

— Madame Moinot, bonjour ! Je suis Nathalie Duclessis, une amie de Gisèle !

— Gisèle n'est pas là ! Elle est morte ! Et c'est vous qui l'avez tuée !

Nathalie chancela sous la brutalité de l'accusation.

— Madame Moinot...

— Je sais ce que je dis ! Elle se croyait votre amie, mais vous l'avez rejetée. Vous n'avez pas voulu l'employer ! Et comme si ça ne suffisait pas, vous avez accaparé Béatrice, qui était sa seule amie !

— Je suis désolée si c'est l'impression que vous avez, mais pourrions-nous en discuter à l'intérieur, s'il vous plaît ?

— Non ! Vous n'entrerez pas chez moi. Vous avez tué ma fille, vous ne viendrez pas sous mon toit ! Elle vous admirait, mais vous n'aviez que du mépris pour elle !

Nathalie se mordait les lèvres pour ne pas pleurer. Tous les reproches que lui adressait cette vieille femme étaient justifiés et elle le savait. Elle avait fait irruption dans la vie de Gisèle et l'avait perturbée sans rien lui apporter en retour.

— Madame Moinot, je suis sincèrement désolée...

— Trop tard ! Je suis en train de lire son journal intime. Et je vois à quel point vous lui avez fait du mal ! Pas étonnant qu'elle se soit suicidée, après ça !

— Suicidée ? On m'avait parlé d'un accident...

— Un accident ? Qu'est-ce qu'elle serait allée faire sur cette route à cette heure ? Et d'où elle venait, hein ? Vous pouvez me le dire ? Non, elle s'est tuée. Tuée à cause de vous. Je ne veux plus entendre parler de vous !

La vieille dame empoigna les croisées et s'apprêtait à refermer sa fenêtre quand Nathalie l'interpella. Elle ne voulait pas en rester là, se faire rejeter par cette femme qui était son seul lien avec l'amie qu'elle n'avait pas su écouter de son vivant. Elle avait le sentiment qu'elle devait cela à Gisèle.

— Madame Moinot ! J'ai vu Béatrice, l'amie de Gisèle. Elle va m'apprendre tout ce que j'ignore et je vous jure de faire la lumière sur la mort de mes amies. Gisèle était mon amie, même si vous ne le croyez pas...

La fenêtre se ferma en claquant.

— Je trouverai la vérité, je vous le jure ! cria Nathalie.

Puis elle s'éloigna en pleurant.

Elle avait vu deux de ses amies la veille au soir, et toutes deux étaient mortes. S'étaient-elles suicidées à cause d'elle, ou ne s'agissait-il que d'accidents ? Ou bien, mais c'était une hypothèse tellement terrifiante qu'elle répugnait à l'envisager, avaient-elles été assassinées par Claudia ? En remontant dans sa voiture, elle se demanda qui était vraiment Claudia.

Béatrice avait incarné le personnage et l'avait admis. Amélie avait également utilisé ce nom, et avait été traitée par Mercadier. Nathalie n'avait pas eu l'occasion de lui demander quels étaient ses rapports avec ce dernier, et s'ils avaient abordé la question de Claudia.

Ce qui amenait une nouvelle question : le psychiatre avait-il créé d'autres Claudia ?

L'idée d'une armée de Claudia la guettant dans l'ombre la mit mal à l'aise. Elle se secoua. Elle devenait paranoïaque. Il ne fallait surtout pas se laisser aller à ce genre de pensées, sinon elle n'oserait bientôt plus sortir de chez elle.

60

Béatrice consulta sa montre. Encore une heure et demie avant que Nathalie sonne à sa porte. Une heure et demie. C'était très long, et terriblement court en même temps.

Elle n'aurait pas dû se laisser convaincre. Mais elle n'avait pas eu le choix ! Nathalie allait tout révéler à la police et, là, ses explications ne vaudraient plus rien. Sa seule chance de s'en sortir était de convaincre Nathalie. Mais y parviendrait-elle ? Et surtout, n'avait-elle pas fait une terrible erreur en acceptant ?

Elle ne pouvait plus attendre. Elle devait savoir, elle devait demander conseil.

Elle ouvrit le tiroir de son secrétaire, en sortit un jeu de tarot qu'elle posa sur la petite table du salon, en repoussant sur le côté le gros cendrier de cristal qui la gênait.

Elle sépara les arcanes mineurs des majeurs qu'elle commença à battre.

Sa question était simple : « Dois-je dire à Nathalie ce que je sais sur Claudia ? » Elle battit longuement le jeu sans cesser de penser à cette question. Puis elle coupa de la main gauche...

Au moment de tirer les cinq premières cartes, elle eut une hésitation. Voulait-elle vraiment savoir ? Oui. Elle *devait* savoir si elle pouvait parler à Nathalie, afin de prendre les mesures qui la protégeraient si besoin était. Sa main gauche agit d'elle-même et, mue par une longue habitude, elle disposa les cinq premières cartes en croix. Elle retourna la première carte.

La silhouette du squelette était aisément reconnaissable. L'Arcane sans nom. Annonciateur d'un profond bouleversement, ou de la mort.

Béatrice prit une profonde inspiration. Bien sûr que parler à Nathalie entraînerait un profond bouleversement. Bien sûr qu'elle risquait la mort. Elle en avait conscience. C'était pour cela qu'elle interrogeait les cartes.

Elle retourna la carte opposée.

L'Empereur. Indiquant généralement la stabilité et la force, mais placée comme elle l'était, sa signification se trouvait inversée et elle venait en fait confirmer la précédente.

Béatrice retourna la carte supérieure. Elle ne put retenir un petit cri d'effroi en reconnaissant le Diable : signe d'un être malfaisant qui exerçait sa domination sur elle. Claudia !

Dans le même mouvement, elle retourna la carte inférieure : la Maison-Dieu qui indique la destruction. Elle se sentit suffoquer et recula dans le fauteuil. Elle additionna la valeur de chaque carte, arriva à douze. La carte du Pendu.

Le message était clair : son existence allait être bouleversée, sa vie telle qu'elle la connaissait allait être détruite, balayée.

Toute stabilité disparaîtrait à cause d'une influence puissante et maléfique qui provoquerait sa destruction sans qu'elle puisse y faire quoi que ce soit.

Elle retourna la dernière carte, mais avait déjà deviné ce qu'elle serait et ne fut donc pas surprise de découvrir le Monde, qui signifie la fin des choses.

Elle se sentait oppressée. La menace était évidente et les cartes ne lui avaient jamais menti. Elle tenta tout de même de pousser plus loin, en recouvrant les arcanes majeurs qu'elle venait de tirer par des arcanes mineurs, mais elle obtint le même message.

Elle reprit les cartes, les battit à nouveau longuement. La question qu'elle se posait cette fois était le complément de la précédente, du point de vue inverse : « Que se passera-t-il si je ne dis rien à Nathalie ? »

La première carte fut la Lune. Merci, elle savait déjà cela : un secret que l'on porte en soi et qui peut créer un mal-être ! En tout cas, cela correspondait bien à sa situation !

La carte opposée était à nouveau l'Empereur, qui venait renforcer la première.

Elle retourna la supérieure et sentit les larmes lui monter aux yeux. Le Diable. L'influence maléfique. Au même endroit que dans le précédent tirage.

Elle souleva la carte inférieure, découvrit à nouveau la Maison-Dieu.

Quel que soit son choix, la destruction.

Elle additionna les cartes, obtint huit. La Justice. Mais cela signifiait également le refus de répondre. Le tarot refusait de l'éclairer parce qu'elle-même connaissait la réponse. Elle avait voulu une confirmation, elle l'avait ! Claudia allait la tuer, comme elle avait tué ceux qui s'étaient dressés sur son chemin.

Du bout des doigts, elle retourna la carte centrale, la dernière.

L'Arcane sans nom. La mort.

Béatrice s'enfonça dans son fauteuil comme pour s'éloigner de ces cartes. Elle tremblait et claquait des dents. Elle jeta autour d'elle un regard affolé, mais il n'y avait nul endroit où se cacher dans son appartement, et elle savait qu'elle ne pourrait fuir. Il était trop tard. Elle avait enclenché un mouvement qu'elle ne pourrait stopper.

Elle avait eu tort de parler à Nathalie ce matin. Tort de lui en dire autant. Maintenant, Nathalie allait venir chez elle et elle s'était engagée à lui révéler toute la vérité. Et connaissant Nathalie, Béatrice ne pourrait pas faire autrement.

Mais ces cartes la terrifiaient. Car même si elle ne disait rien à Nathalie, Claudia n'en tiendrait pas compte. Béatrice avait eu l'intention de la trahir et pour elle ce serait suffisant.

Que faire ? Comment l'empêcher ? Comment la convaincre qu'elle ne la trahirait jamais ?

Béatrice décrocha le téléphone, appela Alain Mercadier. Il avait branché son répondeur, mais elle savait qu'il s'en servait souvent pour filtrer les appels.

— Docteur, c'est Béatrice. Si vous êtes là, répondez.

Elle attendit, mais rien ne se produisit.

— Docteur. J'ai rencontré Nathalie ce matin. Elle doit venir chez moi ce soir. Je l'attends d'ici une heure ou deux. J'ai promis de lui révéler tout ce que je sais. J'ai bien dit tout !

— Allô ? Béatrice, excusez-moi, j'étais occupé, je n'avais pas entendu votre nom. Qu'est-ce que c'est que cette histoire ?

— Nathalie sait, pour Claudia. Elle a déjà les grandes lignes. Et ce matin elle m'a fait promettre de tout lui révéler. Mais ce soir...

Elle éclata en sanglots.

— Je ne sais plus, docteur. J'ai si peur. Je suis si seule.

— Claudia...

— Claudia me fait peur ! Vous comprenez ? J'ai peur d'elle. Je ne peux plus tenir... Il faut l'arrêter !

Il y eut un silence à l'autre bout, puis Mercadier lui demanda :

— Pouvez-vous venir me voir ?

— Non ! protesta Béatrice. Je ne sors pas d'ici ! J'ai trop peur !

— Très bien. Ne bougez pas. Je viens. Et surtout, si votre amie arrive avant moi, ne lui dites rien.

61

Claudia se laissa aller en arrière.

Béatrice était sur le point de tout raconter. Elle ne savait pas grand-chose, n'avait rien compris au tableau, mais Nathalie était assez intelligente pour rassembler les pièces du puzzle et découvrir l'image qui se cachait derrière.

Elle pourrait en tirer le portrait de Claudia.

Il fallait empêcher Béatrice de parler.

62

Béatrice ouvrit la porte et recula aussitôt.

— Non !

Bouche bée, elle regardait la femme qui entrait chez elle et refermait dans son dos.

— Claudia ?

Sa voix chevrotait un peu et elle s'aperçut que ses mains tremblaient.

— Qui d'autre ?

Elle recula. C'était impossible. Elle était l'élue ! Elle avait été choisie par Claudia pour s'incarner...

— Non, dit-elle. C'est moi Claudia...

Claudia la saisit à la gorge et la projeta sur le divan. Béatrice tomba de tout son long et son crâne heurta le mur. Elle en fut à demi assommée, tenta de se relever, mais ses membres ne lui obéissaient plus. Au-dessus d'elle, elle vit Claudia, telle une ombre, qui oscillait et se dédoublait.

— Que sais-tu de Claudia, toi qui n'es qu'une créature artificielle ?

Elle voulut hurler quand elle la vit se pencher sur elle, mais aucun son ne franchissait ses lèvres. Claudia tendit la main. Béatrice avait du mal à ajuster sa vision. Elle vit Claudia ramasser le lourd cendrier de cristal et le lever, puis il y eut un mouvement vif, un éclair au-dessus de sa tête, et le choc d'une violence incroyable.

63

Trouver un emplacement libre n'avait pas été chose facile, et Nathalie avait dû se garer à plus de cent mètres de chez Béatrice. C'était une petite résidence composée d'immeubles bas, dont l'entrée était fermée par une grille pour interdire l'accès aux véhicules non autorisés. Du temps où elle vivait à Vernon, ces immeubles n'existaient pas encore. Il n'y avait eu là que des petits pavillons sans charme et elle devait admettre que la ville avait gagné à cette rénovation. À l'intérieur de la grille qui marquait les limites de cette résidence, le promoteur n'avait pas hésité à réserver de larges espaces pour les plantations et cela créait un cadre où il devait faire bon vivre. Un endroit bien différent de celui où avait grandi Béatrice.

À l'époque, elle habitait quelques rues plus loin, dans une petite maison peuplée de frères et de sœurs à la limite de la délinquance. Son installation dans ce quartier témoignait d'une nette progression sociale, et Nathalie fut heureuse de le constater.

La nuit était presque là. De petits lampadaires s'allumèrent le long des trottoirs à l'instant où Nathalie entrait dans la résidence par une petite poterne située à l'angle. Du fait de la nuit tombante, elle mit quelques instants à identifier le bâtiment. En approchant, elle vit quelqu'un en sortir en courant. Homme ou femme, c'était difficile à déterminer dans la pénombre, mais l'attitude de cette personne avait quelque chose d'étrange, de furtif, et elle pressa le pas. Béatrice vivait au second étage.

La porte de son appartement était ouverte. Une empreinte sanglante maculait la rampe de l'escalier, écarlate sous l'éclairage cru des néons. Nathalie crut qu'elle allait défaillir et dut faire appel à toute sa volonté pour ne pas tourner les talons et s'enfuir.

— Il y a quelqu'un ? demanda-t-elle.

Pas de réponse.

Elle songea que le plus sage était de redescendre dans la rue et d'appeler la police. Mais elle était médecin et l'idée que son amie pouvait être blessée eut raison de ses hésitations. Elle poussa la porte avec prudence.

Le corps de Béatrice était visible dans le prolongement du couloir. Elle était affalée sur son divan, et une large traînée de sang lui couvrait le visage. Nathalie s'approcha, regardant autour d'elle au cas où l'agresseur serait demeuré sur les lieux, mais l'endroit semblait désert.

Évitant de tourner le dos à la porte, elle se pencha sur son amie. Elle ne respirait plus.

Un gros cendrier de cristal ensanglanté avait été jeté à terre après qu'on l'eut utilisé pour défoncer le crâne de Béatrice. Le sang était encore liquide, signe que la mort remontait à quelques minutes tout au plus. Elle repensa à la silhouette qui paraissait s'enfuir à son arrivée et frissonna. Ils avaient failli se croiser dans l'escalier. À quelques minutes près, elle aurait peut-être pu empêcher le meurtre. Elle resta un moment à contempler le corps de son amie. L'assassin avait disparu. Elle devait appeler la police. Le téléphone se trouvait là, sur un guéridon. Elle tendit la main, hésita. Qu'allait-il lui arriver ?

Il faudrait qu'elle explique ce qu'elle faisait là, qu'elle explique que la veille à peine elle était allée à Rouen et qu'une autre de ses amies avait basculé par la fenêtre. Dans la foulée, ils apprendraient que Gisèle était venue la voir la veille au soir et qu'on l'avait retrouvée morte dans sa voiture durant la nuit !

Les policiers ne croyaient pas aux coïncidences. Dans deux des trois cas, elle avait été la dernière à voir la victime vivante. Ils auraient vite fait d'additionner deux et deux. Inutile d'espérer les convaincre avec cette histoire de femme fantôme. Ils ne lâcheraient pas la proie pour l'ombre et trouveraient qu'elle faisait une excellente suspecte. Placée en garde à vue, elle n'aurait aucun moyen pour prouver son innocence ! Il ne fallait pas qu'elle soit impliquée, mais elle répugnait à abandonner Béatrice ! Avertir la police serait se compromettre. Ne pas le faire lui paraissait une insulte à la mémoire de son amie. Elle regarda le téléphone, hésitant sur la conduite à adopter. Un bruit de sirène tout proche trancha dans ses doutes. Quelqu'un avait prévenu la police. Qui ? Qui, sinon le coupable ? Qui, sinon Claudia, qui aurait trouvé amusant de la compromettre en envoyant la police alors qu'elle se trouvait sur les lieux.

Nathalie réagit sans réfléchir. En deux bonds, elle fut dehors. Elle dévala l'escalier comme une coupable et sortit de l'immeuble.

La sirène de police provenait de l'entrée de la résidence. Ils devaient être arrêtés par la grille, qui ne les bloquerait pas longtemps. S'ils n'avaient pas le passe, il se trouverait bien un habitant pour leur ouvrir.

Et sinon, ils pourraient toujours entrer par la poterne sur le côté, qui devait être ouverte comme l'était celle qu'elle-même avait empruntée. Nathalie s'enfonça entre les immeubles, marchant d'un pas rapide en direction de la petite porte par laquelle elle était entrée.

64

Alain Mercadier essuya à nouveau ses mains sur la peau de chamois qui lui servait habituellement à lustrer sa voiture. Il avait beau faire, il lui semblait que le sang ne partirait jamais.

Il avait vu Nathalie arriver chez Béatrice et attendait qu'elle ressorte.

Garé à quelques dizaines de mètres de là, il s'était fait tout petit au volant de sa Mercedes. Bon sang, qu'est-ce qu'elle faisait ?

Une voiture de police arriva, sirène hurlante. Il jura.

Il se dissimula derrière le tableau de bord, attendit que les portières du véhicule de police aient claqué avant de risquer un œil. Trois uniformes s'engouffraient dans l'immeuble. Un quatrième homme était resté au volant, qui ne regardait pas dans sa direction.

Mercadier mit le contact, démarra doucement et s'éloigna.

65

La sirène approcha et Nathalie s'efforça de ne pas modifier son allure, même quand les phares de la voiture la balayèrent l'espace d'un instant. Sans se retourner, elle entendit les policiers s'arrêter et descendre sans qu'aucun ne l'interpelle. Peut-être ne l'avaient-ils pas vue ? Dès qu'elle eut atteint le coin de la résidence, elle franchit la poterne et se retrouva dans la rue.

Elle était déserte et Nathalie pensa pouvoir hâter le pas en direction de sa voiture. Lorsqu'ils constateraient qu'il y avait bien un cadavre dans l'appartement indiqué, les policiers se souviendraient peut-être de l'avoir aperçue. Elle devait être loin à ce moment-là.

Sa nervosité était telle qu'elle cala sitôt après avoir démarré et dut s'y reprendre à deux fois pour sortir de son emplacement. Elle résista à l'envie de passer en force : en plus de son signalement, il ne manquerait plus qu'on découvre une trace de peinture sur le pare-chocs de la camionnette qui la gênait !

Enfin, elle put se dégager et se faufila dans la rue la plus proche sans que personne ne tente de l'intercepter. Elle était hors de danger pour le moment, mais les policiers auraient tôt fait de découvrir les liens qui l'unissaient à Béatrice et d'apprendre que, le matin même, elles s'étaient rencontrées à proximité de la banque pour une discussion animée. Par ailleurs, la police scientifique se pencherait sur ce meurtre et relèverait certainement des indices de son passage dans l'appartement : cheveux, fibres provenant de ses vêtements...

Elle apparaîtrait comme suspecte. Surtout si l'assassin avait effacé ses empreintes sur le cendrier comme c'était probable !

Elle aurait dû rester sur place, s'expliquer.

Avec le recul, elle comprenait qu'elle avait commis une grosse erreur. Mais il était trop tard pour revenir en arrière. Elle avait choisi une voie, elle devait la suivre jusqu'au bout.

Elle devait résoudre le problème si elle ne voulait pas que tout lui retombe dessus.

66

Alain Mercadier rentra chez lui couvert de sang, mais sans avoir croisé personne. Il avait laissé des empreintes partout, il lui semblait même avoir touché la rampe de l'escalier avec sa main ensanglantée...

Il jeta ses vêtements en boule dans la salle de bains, fila sous la douche et tenta de se défaire de tout ce sang qui lui collait à la peau. Il avait commis une grave erreur. La police remonterait facilement jusqu'à lui. Il avait laissé tous ces indices et Béatrice avait des papiers le concernant.

Le récit de la soirée où, sous l'apparence de Claudia, elle l'avait croisé dans une boîte échangiste de Rouen. Et peut-être l'histoire du chantage qu'elle exerçait sur lui depuis lors.

Il quitta la douche, revint nu dans sa chambre.

Il prit son trousseau de clefs et ouvrit la penderie où se trouvaient toutes ses robes.

Bientôt tout cela serait fini.

Doucement, comme à regret, il commença par enfiler une paire de bas de soie. Il fixa les bas avec un porte-jarretelles noir, choisit une culotte et un soutien-gorge assortis. Il hésita avant de jeter son dévolu sur la robe fourreau qu'il portait le soir où Béatrice-Claudia l'avait croisé dans cette boîte.

Il l'enfila avec un sourire triste, conscient que la boucle était bouclée, et que c'était une espèce de juste retour des choses qu'il la porte ce soir où elle était morte.

Puis il s'assit sur son lit et entreprit de se maquiller avec soin. C'était peut-être la dernière fois qu'il faisait cela ; il voulait le faire bien. Dans peu de temps, la police serait à sa porte. Il consulta sa montre : il n'était pas très tard. S'il passait le cap des vingt-deux heures, il gagnait une nuit de répit. Sinon...

L'idée du suicide l'effleura, mais il la repoussa. Il avait bien trop peur de la mort. Et puis, à quoi bon ?

Complètement transformé, il passa dans son salon et jeta un regard par la fenêtre sans écarter les rideaux. Il avait emménagé ici pour jouir de la vue et du soleil. Combien de temps pourrait-il encore en profiter ? Il songea au scandale, à la réprobation quand son secret serait découvert..., et la tentation de se suicider l'effleura à nouveau. C'était ce qu'avaient fait nombre de personnes dans son cas.

Il crispa les mâchoires. Et tout ça, à cause d'une garce ! Il aurait dû la tuer !

67

Claudia vit Nathalie traverser la place et fut surprise que la police ne l'ait pas arrêtée.

Bizarre.

Mais peut-être était-ce aussi bien ?

68

Nathalie monta directement chez Mercadier. Elle s'était arrêtée en ville pour réfléchir et était parvenue à la conclusion qu'elle devait obtenir de solides arguments la disculpant avant d'aller raconter tout ce qu'elle savait à la police. Elle ne pouvait pas se permettre d'être soupçonnée, et encore moins placée en garde à vue. Le seul moyen était de leur apporter un maximum d'informations. Et Mercadier savait suffisamment de choses, quoi qu'il en dise, pour combler ses lacunes.

Elle faillit sonner, mais se ravisa, consciente que la dernière fois il avait refusé de lui ouvrir. À tout hasard, elle tourna la poignée et la porte s'ouvrit sans difficulté.

Son cabinet était vide. À droite, comme chez elle, une porte donnait sur son appartement privé. Là non plus, il n'avait pas fermé à clef. Elle entra sans frapper, vit une femme debout dans le salon, qui regardait par la fenêtre.

Nathalie s'immobilisa sur le seuil. Elle ne s'était pas attendue à trouver une femme ici et cela contrariait ses plans.

— Excusez-moi, dit-elle, je cherche le docteur Mercadier. C'était ouvert, je me suis permis...

La femme sursauta en entendant sa voix et se retourna. Il fallut quelques secondes à Nathalie pour comprendre qu'elle avait Mercadier devant elle.

— J'ai oublié de fermer ? demanda-t-il d'une voix grave qui n'était pas totalement la sienne. Eh bien, vous parlez d'un acte manqué !

Ils restèrent à se regarder un instant. Nathalie n'en croyait pas ses yeux. Elle réalisait à présent la signification d'une multitude de petits faits anodins qui, sur le moment, ne l'avaient pas frappée. Elle comprenait pourquoi Mercadier était célibataire, et pourquoi il n'avait jamais tenté de la séduire. Elle réprima un sourire en songeant aux tentatives laborieuses du pharmacien pour les rapprocher.

— Vous souriez ?

— Ce n'est pas de vous. Je repensais à quelque chose... Mais c'est sans importance. Je ne suis pas venue pour ça. Je ne vous juge pas. Votre vie privée ne regarde que vous.

— Merci.

— Béatrice est morte.

— Je sais.

— C'est vous que j'ai vu fuir.

Il hocha la tête.

— Je ne l'ai pas tuée. Elle m'a appelé pour me dire que vous alliez lui parler et qu'elle voulait tout vous révéler. Je suis venu pour discuter avec elle et je l'ai trouvée morte. Je vous jure que je n'y suis pour rien.

— Il va falloir expliquer ça à la police. Je leur ai tout raconté...

— Si c'était vrai, l'escalier grouillerait déjà de flics.

Nathalie eut l'impression de recevoir un coup de poing dans le ventre. Elle soupçonnait Mercadier, et le fait de le trouver ainsi travesti ne faisait que renforcer son hypothèse. Béatrice lui avait dit qu'il haïssait les femmes ; elle comprenait à présent d'où lui venait cette haine : il rêvait d'être une femme et c'était un rêve impossible. Mais tout ce qu'elle avait sur lui n'était que circonstanciel : il avait soigné Béatrice et Amélie, employé Gisèle, il possédait sans doute un double des clefs de son appartement... Rien de tangible, si ce n'était sa présence sur les lieux du meurtre de Béatrice, qu'il venait d'admettre.

Mais renouvellerait-il cet aveu devant la police ? Et ne s'était-elle pas mise en danger en venant le confronter chez lui ? Elle jeta un regard derrière elle, mais la porte s'était refermée dans son dos et elle sut qu'elle n'y parviendrait pas avant qu'il ne soit sur elle. Crier ? Ils étaient seuls dans l'immeuble.

Il devina sa peur et eut un sourire las.

— Vous n'avez rien à craindre de moi. Je ne suis pas un assassin. Quand je suis arrivé, Béatrice était morte. Je me suis approché, je l'ai touchée pour m'en assurer. Je me suis retrouvé couvert de sang et j'ai paniqué.

Il traversa la pièce d'un pas lent, se laissa tomber dans un fauteuil, ramena machinalement sa robe sur ses jambes pour rectifier un pli.

— Béatrice me faisait chanter, dit-il. Elle avait découvert... ça. Et depuis un an environ je payais pour acheter son silence. En la voyant morte, j'ai pensé qu'on allait m'accuser, je me suis enfui. C'était idiot. Elle m'avait averti qu'elle avait laissé des papiers en lieu sûr. La police va forcément découvrir ces papiers et viendra ici.

— Vous reconnaissez avoir créé Claudia ?

— Non.

Nathalie vint s'asseoir face à lui. Elle n'avait plus peur de cet homme à présent. Son maquillage, le soin qu'il prenait de ne pas froisser cette robe de soirée lui paraissaient pathétiques. Elle ne le craignait plus. Elle savait que c'était une erreur, qu'il s'agissait peut-être d'une ruse, mais commençait à penser que, s'il avait dû tenter quelque chose contre elle, il l'aurait déjà fait.

— Quel est votre rôle dans tout ça ?

Il haussa les épaules.

— C'est une longue histoire. À l'origine, il y a Béatrice. À la limite de l'obésité. Elle voulait maigrir, n'y parvenait pas. Et puis, au fil des séances, elle me raconte qu'autrefois elle avait l'habitude de jouer à être une autre, une fille mince à qui tout réussissait. C'est alors que j'ai eu l'idée de la pousser dans ce sens.

— Vous lui avez créé une seconde personnalité !

— Disons que j'ai encouragé le développement de cette personnalité dont elle possédait déjà les fondations.

— C'est monstrueux ! C'est le contraire de ce qu'un psychiatre est censé faire !

— Non ! Pas du tout ! C'était un outil au service du but qu'elle poursuivait ! Et ça a marché ! Elle a maigri. Elle est parvenue au poids qu'elle s'était fixé comme objectif et s'en trouvait très bien !

— Mais ça ne s'est pas arrêté là.

Mercadier hésita.

— Non, avoua-t-il finalement.

— Pourquoi ?

— Eh bien... Comment dire, c'était un cas fascinant, vous comprenez ?

— Vous en avez fait un cobaye ! Vous vous êtes livré à une expérience sur elle !

— Non !

— Comment appelez-vous ça, alors ?

— Un cas de possession. Je vous ai parlé de ces entités créées par l'inconscient collectif...

— Arrêtez ! C'est le langage que tout le monde m'a tenu depuis le début de cette histoire ! Je veux bien admettre la théorie de l'inconscient collectif, mais la création d'entités ou l'invasion des créatures surnaturelles, je ne marche pas ! La personne qui m'a téléphoné et celle qui a tué Béatrice sont des personnes réelles !

— Bien sûr, mais elles peuvent être dominées par cette créature, par Claudia !

Nathalie l'étudia un moment et se demanda s'il entrerait dans l'imperméable qu'elle avait découvert dans la chambre de bonne, ou s'il en possédait un semblable. Il semblait croire à sa théorie de l'entité immatérielle. Jusqu'à quel point se laissait-il prendre à son propre jeu ? Au-delà de son transvestisme, n'allait-il pas jusqu'à changer de personnalité, et à abandonner, lui aussi, les commandes de son corps à cette Claudia qu'il avait créée avec Béatrice ?

— C'est vous qui avez mis cette idée dans la tête de Béatrice ? Elle m'a sorti le même genre de baratin.

Mercadier grimaça.

— Nous en avons parlé. Elle avait une approche beaucoup plus superstitieuse des choses...

— Tandis que vous, vous êtes rationnel ?

— Mes théories reposent sur des phénomènes dûment constatés !

— Qui a tué Béatrice ?

— Claudia.

Nathalie soupira. Ils n'arriveraient à rien de cette façon. Elle était fatiguée par ces tergiversations et sentait une migraine commencer à poindre.

— Toutes mes amies sont mortes. Il ne reste qu'une personne au courant de l'existence de Claudia et à même de l'incarner. C'est vous. Je viens vous voir et vous m'accueillez en grande tenue. Le même genre de vêtements que Béatrice portait quand elle se prenait pour Claudia...

— Non, il reste deux personnes au courant. Vous connaissiez également Claudia. Et n'oubliez pas que vous avez participé à sa création. Nous en avons déjà discuté. Mettez-vous un instant à ma place, qui est symétrique par rapport à la vôtre. Je n'ai pas tué Béatrice et je le sais. Cela ne laisse qu'une personne susceptible de l'avoir fait : vous.

— N'inversez pas les rôles !

Mercadier eut un petit rire sans joie.

— Si votre façon de voir est la bonne, pourquoi ne vous ai-je pas encore tuée ?

— Parce que vous savez que c'est terminé pour vous et que ma mort ne vous apportera rien. Vous m'avez dit vous-même que Béatrice avait laissé des papiers vous désignant comme son meurtrier probable au cas où il lui arriverait quelque chose...

— Croyez-vous que Claudia s'arrêterait à ce genre de détail ? Si j'étais Claudia, vous imaginez-vous vraiment que ce qui peut arriver à Alain Mercadier la ralentirait ? Vous n'avez pas l'air de comprendre que nous avons affaire à une créature à part entière. Pas tout à fait une personne, puisqu'elle a été créée à partir de frustrations, comme je vous le disais l'autre jour, mais suffisamment complète pour être autonome et réagir. Et son instinct le plus puissant, comme celui de tout organisme vivant, est l'instinct de survie. Or, sa survie passe par votre mort. Et sans doute la mienne.

Nathalie secoua la tête, s'interrompit quand sa céphalée explosa. Elle ne croyait pas Mercadier coupable, mais, ainsi qu'il le lui avait fait remarquer, cela ne laissait qu'elle comme autre candidate possible.

Par contre, s'il agissait en état second lorsqu'il se prenait pour Claudia, il n'était sans doute pas très prudent de demeurer avec lui en attendant que la prochaine crise se produise.

Elle sentit à nouveau la peur l'étreindre et décida qu'elle ferait mieux de se mettre à l'abri tant qu'elle en avait encore la possibilité. Par ailleurs, elle avait à présent trop mal au crâne pour pouvoir raisonner.

Elle se leva, prête à s'enfuir, mais Mercadier ne fit pas mine de bouger.

— Je vous l'ai dit : ce n'est pas moi.

— Je vous laisse, dit-elle en se rapprochant de la porte. Restez assis. Inutile de me raccompagner.

Elle sortit sous son regard désespéré.

En refermant, elle se posa la question qui la hantait depuis quelques minutes : si ce n'était pas Mercadier qui incarnait Claudia, qui était-ce ?

69

Claudia détourna son regard de la bouche obscure. Nathalie tournait en rond. Mais bientôt elle prendrait sa décision et irait trouver la police avec ce qu'elle savait.

Tout à l'heure, elle avait tenté de la faire arrêter alors qu'elle venait juste d'arriver chez Béatrice. Surprise sur les lieux du crime, elle aurait eu beaucoup de mal à se défaire des policiers et tout ce qu'elle aurait pu raconter par la suite aurait pris l'allure d'une invention pour échapper à l'accusation de meurtre. Mais elle leur avait échappé.

Maintenant, c'était différent. Elle allait revenir avec des éléments nouveaux et des pistes sérieuses, et les policiers seraient heureux de l'écouter.

Il fallait la FAIRE TAIRE avant.

Le seul moyen de survivre était de supprimer tous les témoins.

Et il n'en restait plus beaucoup.

Claudia s'éloigna de l'ouverture sombre par laquelle elle avait suivi toute la conversation. Elle n'en aurait plus besoin. Il était temps qu'elle quitte cette maison pour affronter la vraie vie.

Il était temps qu'elle VIVE.

70

Nathalie rentra chez elle et passa dans son cabinet. Elle posa ses clefs sur son bureau et jeta son sac à main dans un des fauteuils avant d'ouvrir la petite armoire à pharmacie. Elle avait une migraine à se cogner le crâne contre les murs. Elle jeta un cachet d'aspirine dans un verre d'eau, ramassa ses clefs et passa dans son appartement tandis que le cachet se dissolvait.

Le mal de tête mit longtemps à se dissiper.

Allongée dans son lit, elle passait et repassait les données du problème en revue sans parvenir à trouver de solution. À tel point qu'elle finit par se demander s'il en existait une. Elle chercha et chercha encore, mais le puzzle qu'elle tentait de recomposer lui semblait avoir perdu au moins une pièce, et en avoir d'autres en trop. Comme si elle essayait de combiner deux jeux différents.

Quand le sommeil la gagna, vers vingt-trois heures, elle n'avait pas progressé dans ses déductions, mais avait arrêté sa décision : si en se réveillant elle n'était pas plus avancée, elle irait trouver la police et révélerait tout ce qu'elle savait. Elle serait sans doute compromise, peut-être même poursuivie, mais du moins aurait-elle confié le problème à des professionnels.

Sur cette résolution, elle s'abandonna au néant.

71

Claudia attendit que minuit soit passé, puis elle s'engagea dans l'escalier. La lune accrocha un reflet à la lame qu'elle tenait en main.

Sur le palier du troisième étage, elle s'arrêta.

Comme une ombre, elle pénétra chez Mercadier.

72

Alain Mercadier était affalé dans son fauteuil. Après le départ de Nathalie, il avait ouvert son bar et posé une bouteille de cognac sur le sol près de lui. Il avait rempli un premier verre, qu'il avait avalé d'un trait. Le deuxième avait duré plus longtemps. Puis il avait perdu le fil.

Il gisait là, à présent, flottant entre le sommeil et l'ivresse, lorsqu'il vit la porte de son salon s'ouvrir. Une silhouette s'encadra sur le seuil. Il tenta de redresser la tête. Il ne voyait rien ou presque. Sa vision était floue, brouillée par l'alcool. Il distingua la forme d'une robe, silhouette noire sur fond d'éclairage blanc.

— Nathalie ?

La femme leva un bras au-dessus de la tête et poussa un cri sauvage en se précipitant sur lui.

Un éclair de lucidité traversa les brumes de l'alcool et Mercadier comprit qu'il allait mourir. Il voulut crier, détourner le bras qui le frappait, mais sa main était lourde et mettait un temps infini à quitter la bouteille qu'elle enserrait encore. La lame s'abattit à la vitesse de l'éclair.

Il ressentit une vive douleur à la poitrine à l'instant où il voyait enfin le visage de Claudia. C'était un masque de haine et de fureur, mais il la reconnut malgré tout et écarquilla les yeux, surpris. Mais trop tard. Il était mort.

73

Nathalie se réveilla en sursaut. Elle tendit l'oreille sans savoir si elle avait rêvé ou si elle avait vraiment entendu quelqu'un crier.

Le silence était revenu.

Ses yeux scrutaient la pénombre autour d'elle, sans discerner de menace. Elle tendit la main, chercha un instant dans l'obscurité avant de trouver l'interrupteur de sa lampe de chevet qui illumina brusquement la pièce.

Il n'y avait personne.

De son lit, elle voyait le couloir, vide lui aussi.

Elle se leva malgré tout, fit le tour de son appartement.

Personne.

Dans la cuisine, elle sortit une bouteille d'eau minérale du réfrigérateur et but au goulot. La transpiration couvrait son corps d'une mince pellicule de moiteur et elle ne se sentait pas bien.

Elle rangea la bouteille et allait se recoucher, quand il lui sembla entendre un son incongru.

Le bruit de la serrure de sa salle d'attente qu'on ouvrait. Elle se tourna vers la porte de communication, pétrifiée. Quelqu'un se trouvait dans son cabinet. Elle avança, mit la main sur la poignée... La crainte la retint. Qui pouvait se trouver là ? Qui, sinon Claudia, celle-là même qui était responsable de la mort de ses amies ?

Elle recula, fixant le battant qui était le dernier rempart entre elle et cette créature maudite. À cet instant, en plein cœur de la nuit, seule dans son appartement au sein de cet immeuble quasi désert, elle n'était pas loin de croire à une présence surnaturelle à laquelle seule cette porte faisait obstacle...

Mais la porte n'avait pas empêché Claudia d'entrer la première fois. Et celle donnant sur l'escalier ne l'avait pas arrêtée non plus.

Non. Elle rêvait. Elle n'était pas encore sortie du cauchemar qui l'avait réveillée, et elle imaginait entendre des choses.

Elle devait se reprendre. Elle devait faire preuve de courage. Elle se devait d'aller voir qui était là.

Elle saisit à nouveau la clenche, prête à ouvrir.

Un bruit de l'autre côté.

Elle colla son oreille contre le battant et se tendit tout entière à l'écoute de ce qui se passait dans son antichambre... Une voix de femme résonna à travers le panneau de bois, caverneuse, sépulcrale.

— Nathalie...

Nathalie retint un hurlement et fit deux pas en arrière. Elle s'immobilisa au milieu du couloir, terrifiée. Inutile de se raconter des histoires : il y avait bien quelqu'un ! Claudia. C'était la voix qui lui avait parlé au téléphone, le soir de la mort d'Amélie.

La poignée tourna.

Nathalie tendit la main et agrippa une chaise de cuisine qu'elle coinça dessous. De toutes ses forces, elle appuya sur la chaise pour maintenir la porte fermée.

La poignée continuait de tourner. Elle la saisit pour l'empêcher de pivoter, mais la force qui s'opposait à elle était démesurée.

Elle renonça.

Le battant bougea, mais fut bloqué par la chaise. Il plia et Nathalie eut peur de le voir céder, mais heureusement il datait de la construction de l'immeuble et était constitué d'un solide panneau de chêne.

Claudia accentua sa pression. Dos au mur du couloir pour se maintenir, Nathalie appuyait de toutes ses forces sur son barrage improvisé pour le renforcer.

Peu à peu, Claudia sembla réaliser qu'elle ne parviendrait pas à entrer. La poussée diminua, s'estompa tout à fait, mais Nathalie n'osa pas abandonner sa prise, de crainte d'une ruse précédant un assaut brutal.

Nathalie resta longtemps dans cette position, à maintenir la porte close, même lorsqu'elle eut la conviction que Claudia était partie pour de bon. Elle ne pouvait se résoudre à lâcher cette chaise, qui constituait sa seule protection.

Ce furent ses bras qui abandonnèrent finalement la partie. Ankylosés d'avoir été trop longtemps tendus, ils tremblaient et n'avaient plus la moindre force. La pression qu'ils exerçaient sur son barrage improvisé était devenue illusoire et elle dut les masser pour faire à nouveau circuler le sang. Elle se précipita dans sa chambre pour prendre son téléphone et appeler la police.

Elle chercha son sac un moment, avant de se souvenir qu'elle l'avait laissé dans son cabinet. Son portable était à l'intérieur et elle n'avait pas d'autre téléphone dans l'appartement.

Elle s'effondra sur le lit.

Elle songea à appeler à l'aide par la fenêtre, mais l'idée qu'on ne trouverait personne lorsqu'on viendrait la délivrer la retint. Éliane Fortin aurait beau jeu de répandre le bruit qu'elle perdait la tête et se croyait persécutée au point de faire un scandale en pleine nuit. Elle ne pouvait pas se permettre ce genre de publicité.

— Nathalie ! Tu ne m'échapperas pas !

Nathalie poussa un hurlement et se redressa d'un bond. La voix avait éclaté dans sa chambre. Elle chercha frénétiquement autour d'elle, en quête de Claudia, ne la vit nulle part. Elle se laissa tomber à genoux et regarda sous le lit tout en sachant que personne ne pouvait se glisser là... Vide, évidemment.

Et c'est en se relevant qu'elle comprit, en voyant la bouche du chauffage central qui émergeait dans le coin de la pièce.

Elle s'en approcha avec circonspection, comme si elle risquait de se faire mordre.

Bien sûr ! C'était ça, l'explication.

Claudia lui avait parlé à travers cette canalisation. Elle se souvenait d'avoir vu le départ des conduites lorsqu'elle avait visité la cave avec l'agent immobilier. Il les lui avait rapidement montrées, indiquant que l'air chaud était autrefois pulsé à travers ces tuyaux, et qu'un ingénieux système de clapets permettait de sélectionner les étages que l'on désirait chauffer.

Aujourd'hui, cet appareil était tombé en désuétude, mais en ouvrant une petite porte dorée donnant accès à la trappe de ramonage et en actionnant l'un ou l'autre clapet, une personne installée au sous-sol devait pouvoir faire parvenir sa voix à l'appartement de son choix... et sans doute écouter tout ce qui se passait dans cet appartement ! Cela expliquait la voix qu'elle avait cru entendre en pleine nuit.

Elle se releva, alla dans la cuisine où elle choisit son plus gros couteau et, après avoir vérifié que toutes ses fenêtres étaient bien fermées, elle revint dans le couloir où elle tira un fauteuil.

Le lendemain, dès qu'il ferait jour, elle se rendrait au commissariat. C'était bien le diable si on ne trouvait pas une empreinte digitale dans son entrée ou sur ces manettes au sous-sol !

Claquant des dents, elle s'habilla rapidement et s'enveloppa dans une couverture avant de s'installer dans le fauteuil pour monter la garde.

Malgré sa résolution, elle finit par s'endormir et le couteau tomba sans bruit sur la moquette.

74

Des voix dans l'escalier réveillèrent Nathalie.

Elle se leva, alla jusqu'à la fenêtre de la cuisine qui donnait sur la rue et aperçut une voiture de la police garée en bas de l'immeuble, juste devant la porte cochère.

Elle n'aurait pas besoin d'aller au commissariat ! C'était sans doute les occupants de ce véhicule qu'elle avait entendus monter.

Elle s'apprêtait à ouvrir la porte quand elle se vit dans une glace du couloir. Les cheveux ébouriffés, le visage marqué par sa nuit difficile, elle ressemblait à une folle. Si elle appelait les policiers et leur disait avoir été agressée par une femme inconnue durant la nuit, ils auraient du mal à la croire. Elle devait faire un effort de présentation.

Elle fila dans la chambre, où elle rafla sa brosse à cheveux pour se donner un aspect à demi civilisé. Puis, rassurée par la proximité des agents, elle entrebâilla la porte de l'antichambre et risqua un œil par l'ouverture. La salle d'attente était déserte.

Le grand couteau à la main, Nathalie alla jusqu'à son cabinet, vide, lui aussi. Elle soupira, posa le couteau sur le bureau et attrapa son sac.

— Bon Dieu, tout ce sang !

Elle sursauta en poussant un cri de frayeur et se retourna d'un bond.

La voix était venue de derrière elle, mais il n'y avait personne.

— Elle est foutue ! En plein cœur !

Nathalie réalisa soudain que cette conversation provenait de la bouche de chauffage. Claudia devait avoir laissé toutes les manettes abaissées après l'avoir menacée la nuit précédente et les canalisations faisaient à présent office d'interphone entre les différents appartements de l'immeuble.

— Eh ! C'est pas une gonzesse ! Regarde ! C'est un mec.

— Merde.

Mercadier !

Les policiers étaient chez le psychiatre. Mercadier avait été tué pendant la nuit ! C'était ce qui l'avait réveillée. Et ensuite sa meurtrière était descendue chez elle pour achever le travail.

Nathalie se dirigea vers la porte de son cabinet pour aller trouver les policiers et leur dire ce qu'elle savait. Tout ce qu'elle savait ! Qu'ils se débrouillent pour identifier cette folle et l'arrêter !

— Qu'est-ce que c'est que ça ?

— Un drôle de poignard. T'as vu le manche. On dirait un caducée.

— Normal, il était médecin.

Nathalie s'immobilisa. Un poignard en forme de caducée. Son coupe-papier ! Elle sentit ses jambes se dérober sous elle et dut se raccrocher au chambranle pour ne pas s'effondrer. Mercadier avait été assassiné avec le coupe-papier qu'on lui avait volé ! Et elle s'était rendue chez lui la veille au soir : ses empreintes devaient se trouver partout dans l'appartement.

Elle s'était plus ou moins disputée avec lui quelques jours plus tôt, et deux agents les avaient surpris. Ils avaient même vérifié leurs identités. Avec sa chance, ces deux agents feraient partie de ceux qui enquêtaient dans l'appartement.

Nathalie réalisa que son cas se présentait très mal. Elle allait devoir expliquer à des policiers que Mercadier avait été tué avec une arme lui appartenant et sur laquelle on trouverait ses empreintes, mais que le coupable était un fantôme !

Quant au mobile... Nul doute qu'Agatha serait heureuse de confirmer qu'elle était dépressive. On mettrait cela sur un coup de folie, sur la dépression, peut-être sur une histoire d'amour avortée avec le psychiatre qu'elle aurait tué en constatant qu'il ne pourrait jamais l'aimer...

Sur le seuil de son cabinet, Nathalie avait l'impression que le monde se refermait sur elle pour la broyer. Elle demeurait seule, face à cette ennemie invisible qui, à défaut de la tuer, avait œuvré de telle sorte qu'elle se situait maintenant en tête de la liste des suspects dans la mort de Mercadier. Voire dans celle de Béatrice.

Elle était atterrée.

Elle réalisait soudain qu'elle était la dernière personne à avoir parlé à Amélie, à Gisèle, à Mercadier, et que dans le cas de Béatrice elle s'était trouvée sur les lieux du crime juste après l'assassin et alors même que la police arrivait sur place.

Elle jeta un regard égaré autour d'elle. Personne ne pouvait donc lui tendre une main secourable, lui livrer la clef de l'énigme et lui révéler le nom de celle qui était ainsi acharnée à sa perte ?

Ses amies avaient disparu, et avec elles le témoignage qu'elles auraient pu lui apporter. Amélie, Gisèle, Béatrice...

Chacune avait eu un morceau du puzzle en sa possession et chacune était morte en emportant son secret.

Nathalie s'immobilisa soudain, consciente qu'elle venait de mettre le doigt sur quelque chose. Voyons.

« Gisèle sait tout », lui avait dit un jour Béatrice. Et Gisèle était effectivement au courant de beaucoup de choses, ainsi qu'elle l'avait démontré en lui révélant le rôle joué par Béatrice dans toute cette histoire. Gisèle était morte, mais qu'avait dit sa mère ? Lorsqu'elle était allée la trouver... Quand était-ce ? Nathalie fut effarée de constater que cela remontait seulement au matin de la veille. En deux jours, elle avait perdu toutes ses amies et se retrouvait en position délicate vis-à-vis de la justice. Deux petites journées. Deux nuits, plutôt, car Claudia était une créature de la nuit, qui frappait comme un prédateur jaillissant sans qu'on l'ait vu venir.

La mère de Gisèle lui avait reproché de ne pas avoir été véritablement l'amie de sa fille. Elle lui avait dit qu'elle lisait son journal et qu'il était éloquent...

Son journal !

Gisèle avait tenu un journal. Si elle avait connu le fin mot de toute cette histoire, peut-être l'avait-elle noté entre les pages de ce confident discret. Ou peut-être avait-elle laissé suffisamment d'indices pour que Nathalie comprenne ?

Nathalie se redressa. Elle devait agir, et vite. Si elle laissait aux policiers le temps de réfléchir, ils seraient chez elle dans quelques minutes et, de simple témoin, elle se retrouverait suspecte, peut-être en garde à vue.

Une fois sa liberté perdue, elle n'aurait plus les moyens de rétablir la vérité et devrait compter sur la bonne volonté de fonctionnaires, peut-être trop heureux d'avoir résolu une affaire pour aller chercher ailleurs un coupable qu'ils pensaient déjà tenir. Elle vérifia que ses clefs de voiture et son téléphone se trouvaient toujours dans son sac, et entrouvrit la porte de son cabinet.

— Michel ! appela un des policiers sur le palier de Mercadier.

— Oui ?

La voix provenait du rez-de-chaussée où un policier était resté au cas où quelqu'un aurait voulu quitter l'immeuble.

— On a un homicide. Appelle le commissaire.

— O.K. !

Nathalie attendit que l'homme ait regagné sa voiture, garée devant la porte cochère, avant de descendre sans bruit.

Il n'y avait personne dans la cour. Elle longea le mur pour qu'on ne puisse la voir du dernier étage, entra dans le local aux poubelles. Avec un peu de chance, la porte donnant sur l'extérieur serait ouverte, comme la nuit où Mercadier lui avait montré ce passage.

Elle l'était.

Nathalie quitta l'immeuble. Sa voiture était garée un peu plus loin. Elle la rejoignit. Personne ne l'avait interpellée.

75

Nathalie se rangea devant la petite maison où avait vécu Gisèle. Elle avait appelé sa mère et, après avoir âprement négocié, obtenu d'être reçue quelques minutes. Elle traversa le jardin et gravit les trois marches menant à la porte d'entrée. Elle frappa sur la vitre teintée et entendit un pas fatigué approcher.

La porte s'ouvrit et elle entra.

Madame Moinot lui tournait déjà le dos pour regagner sa cuisine.

— Je n'ai pas beaucoup de temps, dit-elle en se penchant vers une casserole d'où montait une odeur indéfinissable.

Elle se mit à remuer son plat sans cesser de bougonner.

— Madame Moinot, je sais que vous traversez une période très difficile, et je vous remercie vraiment d'avoir accepté de me recevoir.

— Vous avez dit que c'était pour Gisèle !

— Oui. Je pense que Gisèle savait quelque chose et que c'est pour ça qu'elle est morte.

— Elle s'est suicidée...

— Ce n'était peut-être pas un suicide. Et si c'était un suicide, une femme en est responsable et ce n'est pas moi. Quel que soit l'angle sous lequel on examine les choses, il y a une coupable. Ou du moins une responsable.

Madame Moinot cessa de tourner sa cuillère dans la casserole et s'immobilisa.

— Qu'est-ce que vous voulez dire ?

Nathalie ne savait trop comment présenter la chose à cette pauvre femme.

— Eh bien...

La mère de Gisèle s'était tournée vers Nathalie et brandissait sa cuillère comme pour lui en asséner un coup. Nathalie eut un involontaire mouvement de recul.

— Je pense qu'on l'a peut-être assassinée.

Madame Moinot haussa les épaules et revint à son plat.

— Assassinée ? Ma fille ? Vous êtes folle.

— Avez-vous entendu parler de Claudia ?

La cuillère cessa de tourner.

— Est-ce que ce nom vous dit quelque chose ? Claudia ?

— Pourquoi ce nom me dirait-il quelque chose ?

— Parce que vous avez lu le journal de Gisèle. Est-ce qu'elle mentionne une Claudia ?

— C'est pour ça que vous êtes là ?

— Oui. Il s'est passé quelque chose cette nuit. Depuis que je suis revenue à Vernon, une femme appelée Claudia tourne autour de notre groupe. Elle est responsable de bien des malheurs. Je pense que Gisèle la connaissait. Et je pense qu'elle en parlait dans son journal...

— C'est vrai, admit la vieille femme. Elle parle d'une Claudia.

— Madame Moinot, je dois voir ce journal.

— Vous n'allez pas aimer ce que vous y lirez.

Enfin ! Même si elle n'appréciait pas ce qu'elle découvrirait dans ce journal, comme la mère de Gisèle le lui disait, Nathalie saurait au moins à quoi s'en tenir.

— Vous pouvez me le montrer ?

— Il est dans ma chambre.

Elle mit le gaz en veilleuse sous son plat et passa devant Nathalie pour s'engager dans l'escalier menant à l'étage. Elle gravissait les marches avec difficulté, et Nathalie s'énervait derrière elle. Elle aurait voulu la dépasser, se ruer dans la chambre et ouvrir ce carnet pour y découvrir la vérité, quelle qu'elle soit.

Lorsqu'elles parvinrent sur le palier du premier, la vieille dame s'arrêta, à bout de souffle. Derrière elle, Nathalie tentait de dissimuler son impatience.

Elle reprit enfin sa progression en hochant la tête et en maugréant des mots incompréhensibles.

— C'est là, dit-elle. Faites pas attention au désordre, j'ai pas eu le temps de faire le lit.

Nathalie la dépassa et pénétra dans la chambre. Il s'agissait d'une pièce relativement grande par rapport aux dimensions de la maison. À moins qu'il ne se soit agi d'une illusion du fait de la pauvreté du mobilier. Un petit lit étroit était poussé contre un mur.

Près de sa tête se trouvait une table de chevet et, de l'autre côté de la pièce, une grande armoire à glace renvoyait un semblant de lumière. Un fauteuil à la broderie fanée avait été oublié dans un coin et c'était tout, hormis un tapis circulaire creusé par les pas et dont la couleur avait depuis longtemps disparu.

Nathalie suffoqua dès son entrée. L'odeur déplaisante qui régnait dans toute la maison semblait trouver sa source ici même, dans cette pièce qui paraissait ne pas avoir été aérée depuis des semaines.

Nathalie regarda autour d'elle. Le lit n'était pas fait et les draps auraient eu besoin d'être changés depuis longtemps. Cette maison l'oppressait et cette pièce plus que les autres, à croire que le centre du malaise qui semblait régner entre ces murs était localisé dans cette chambre.

Elle chercha des yeux le journal intime de Gisèle, sans le voir. Dans la table de chevet, sans doute ? Elle se tourna pour en demander confirmation à madame Moinot et recula de trois pas dans la chambre sous l'effet de la terreur.

La femme qui se trouvait devant elle n'était plus madame Moinot. Nathalie eut l'impression d'avoir en face d'elle une créature monstrueuse en train de se transformer. Le visage de la vieille femme paraissait avoir fondu et, l'espace d'un instant, Nathalie reconnut...

— Gisèle ?

La stupéfaction l'empêcha d'en dire plus. Son amie qu'elle avait crue morte dans l'incendie de sa voiture se tenait devant elle, bloquant l'issue de cette chambre où elle l'avait attirée.

Mais la transformation ne cessa pas là, et le visage de son amie disparut à son tour pour être remplacé par celui d'une femme qu'elle n'avait jamais vue.

C'était toujours Gisèle, et en même temps ce n'était pas elle. Les traits étaient les mêmes, mais ils étaient durcis, les plis étaient accentués, formant une espèce de caricature de visage qui ressemblait à un masque d'halloween.

Comme si son amie avait été possédée par une créature qui, non contente d'influer sur son caractère, allait jusqu'à lui imposer une transformation physique.

Gisèle, qu'elle avait toujours connue petite, timide, effacée, repliée sur elle-même, allant dans la vie en longeant les murs, devenait soudain plus grande, plus large, comme un oiseau qui ouvre ses ailes pour prendre son envol.

Nathalie savait que c'était impossible, mais c'était comme si s'effectuait au sein de son amic unc mutation semblable à celle que subit un insecte qui rejette son ancienne carapace pour donner vie à une nouvelle créature, totalement différente et terriblement dangereuse.

Et sous cette nouvelle apparence, Nathalie avait bien du mal à reconnaître celle qu'elle avait connue au lycée.

— Non, répondit l'inconnue. Il n'y a plus de Gisèle. Tu peux m'appeler Claudia.

— Gisèle ? Gisèle, reprends-toi. Que fais-tu là ? Tout le monde te croit morte...

Claudia fit un pas en avant dans la chambre et Nathalie recula d'autant. Nathalie doutait de ce qu'elle voyait. C'était impossible.

C'était Gisèle et ce n'était pas elle tout à la fois, mais la femme qui se tenait face à elle n'avait rien du comportement craintif et effacé de son amie.

Elle se tenait droite, si droite qu'elle en paraissait plus grande d'une tête, pour la toiser avec mépris et arrogance. Une arrogance lisible dans le pli de sa bouche et le regard qui semblait tomber sur Nathalie, bien qu'elles fussent à peu près de la même taille, ce que Nathalie n'avait jamais remarqué jusqu'à présent : elle avait toujours cru Gisèle plus petite qu'elle d'une dizaine de centimètres, se rendait compte aujourd'hui qu'il n'en était rien.

Et c'était peut-être cela qui la perturbait le plus : constater que cette transformation physique n'était pas seulement le fait d'un maquillage, mais qu'elle venait de bien plus profond et que son amie semblait avoir mué pour devenir celle qui prétendait s'appeler Claudia.

— Gisèle, je t'en conjure...

Nathalie tentait d'invoquer Gisèle, car elle savait n'avoir aucune pitié à attendre de la femme qui se trouvait devant elle et qui avait tenté de la tuer par deux fois. Gisèle ne lui aurait jamais fait de mal. Gisèle n'aurait jamais fait de mal à personne. Mais le visage qu'elle arborait à présent n'était plus celui que Nathalie lui avait connu. C'était le visage d'une étrangère, d'une inconnue déterminée, qui avait déjà tué à plusieurs reprises. Ce n'était pas une femme avec qui l'on pouvait négocier.

— Gisèle est morte.

— Non, tu n'es pas morte, Gisèle ! Tu t'appelles Gisèle ! Oublie Claudia !

La femme eut un ricanement qui résonna dans la chambre avec des échos lugubres.

— Ne comprends-tu pas que je suis Claudia ? Je suis plus Claudia que Gisèle !

Nathalie jeta un regard vers la fenêtre, mais elle était fermée. Impossible de l'ouvrir pour s'échapper, ou même appeler à l'aide avant que Claudia ne soit sur elle. Quant à la porte de la chambre, Claudia en bloquait l'accès.

Et elle n'avait pas l'intention de discuter : ce que Nathalie lisait dans son regard lui disait qu'elle était en danger. En venant ici, elle s'était jetée dans la gueule du loup. Elle devait gagner du temps.

— Gisèle...

— Comprendras-tu enfin que Gisèle n'existe plus ? Je ne pouvais pas compter sur elle. Elle voulait t'aider. Elle t'aimait ! Elle t'admirait, figure-toi !

Claudia ricana.

— Quelle plaisanterie ! Toi, tu la méprisais, tu te servais d'elle...

— Gisèle, souviens-toi du lycée...

— Le lycée ! Parlons-en du lycée. Déjà, à l'époque, vous étiez toutes d'accord entre vous pour la laisser sur le côté. La pauvre Gisèle ! Vous la tolériez dans votre groupe, mais sans plus ! C'est pourtant elle qui, la première, a parlé de Claudia ! Tu te souviens ?

Non, Nathalie ne se souvenait pas. Elle ignorait qui avait lancé l'idée d'une femme parfaite sur laquelle prendre modèle.

— C'est elle qui vous a dit : « Des fois, je crois que je suis une autre » !

Et soudain, Nathalie revit la scène. Toutes les quatre, dans la cour du lycée, en train de broyer du noir parce qu'elles étaient trop jeunes pour faire ce qu'elles voulaient, trop dépendantes de leurs parents, trop inexpérimentées pour savoir quelle conduite adopter dans certaines situations...

Et Gisèle avait avancé d'une voix timide :

— Des fois, je crois que je suis une autre. Quelqu'un de fort et d'intelligent...

C'était parti de là.

Nathalie comprenait avec le recul que, à l'époque, Claudia se trouvait déjà en Gisèle, telle la larve d'un parasite attendant de se développer. La pauvre fille s'enfonçait dans la schizophrénie et, ignorantes qu'elles étaient, elles n'avaient pas su reconnaître les symptômes de la maladie, avaient même contribué à l'aggraver en en faisant un jeu.

Elles avaient cru créer Claudia, alors qu'elles ne faisaient que nourrir une créature tapie dans le subconscient de leur amie.

— Gisèle, tu dois me faire confiance. Tu es malade. Tu es schizophrène...

Claudia ricana.

— Crois-tu que je l'ignore ? Crois-tu que Gisèle elle-même l'ignorait ? Elle se soignait pour ça. Elle prenait des médicaments.

— Mercadier...

— Mercadier n'en savait rien ! Gisèle se soignait toute seule. D'abord avec les mêmes neuroleptiques que sa mère utilisait.

Sa mère ! Nathalie se demanda soudain où était sa mère. Elle aurait dû être là. Mais si Gisèle-Claudia avait pris sa place, c'était... Mais Claudia poursuivait, l'empêchant de suivre son idée.

— Mais sa mère s'en est aperçue et l'a empêchée d'y toucher. Elle veillait sur sa pharmacie comme un dragon sur son trésor ! Alors, Gisèle a rédigé de fausses ordonnances, qu'elle volait au docteur Baron. Mais lui aussi s'en est aperçu. Il a voulu porter plainte... L'idiot ! Gisèle faisait ça pour lutter contre moi, pour m'empêcher de diriger sa vie comme je l'entendais. Et lui a voulu l'envoyer en prison ! J'ai dû intervenir. Quelle tête il a faite en me voyant ! Tiens, un peu comme toi il y a deux minutes !

Nathalie ouvrit de grands yeux.

— Le docteur Baron... Ce n'était pas un accident ?

— Cet idiot allait la dénoncer ! Qu'est-ce que je pouvais faire ? Il a fallu que je m'en mêle.

Tandis que Claudia pérorait, Nathalie cherchait désespérément une issue. Si l'autre pouvait continuer de se rengorger, de se vanter, de lui faire des confidences, peut-être relâcherait-elle un instant sa surveillance, et Nathalie pourrait en profiter pour s'enfuir. Elle fit un petit pas de côté sans déclencher de réaction. Mais cela ne voulait rien dire : Claudia lui interdisait toute retraite et n'avait pas besoin de bouger de sa place.

Elle devait continuer de la faire parler, détourner son attention.

— Claudia a tué le docteur Baron ? Et Amélie ?

— Amélie !

Claudia éclata de rire.

— Tu m'as bien amusée en courant dans les rues à ma recherche tandis que je montais faire taire cette idiote. J'aurais dû la tuer il y a des années, en même temps que ce type qui la prostituait ! Lui en tout cas a compris ce qu'il en coûtait de s'attaquer à moi.

— Mais Amélie... Pourquoi ?

— Elle savait. Comme Béatrice savait. Comme Mercadier savait. Comme ils savaient tous ! Chacun n'avait qu'une partie du puzzle, mais pensait tout savoir. Béatrice croyait être Claudia ! Elle s'imaginait que je m'incarnais en elle. Et moi je me gardais bien de la détromper, parce qu'elle me servait. Elle faisait ce que je lui suggérais en croyant que l'idée venait d'elle. Et quand il fallait être plus explicite, je lui donnais des ordres par la bouche d'ombre et elle croyait que ma voix venait de l'au-delà ! Quelle gourde !

— Et pour ta mère ?

Claudia eut un regard vers le lit vide.

— Cette vieille bique rendait la vie de Gisèle impossible. Pas question qu'elle fasse de même avec moi. Quand j'ai décidé de me débarrasser de Gisèle, il était évident qu'il me fallait un cadavre. Elle a fait l'affaire.

Nathalie fut effarée par la froideur avec laquelle elle évoquait l'assassinat de la vieille femme, comme elle avait parlé des autres meurtres. Comment Mercadier avait-il exprimé cela ? « C'est une créature en deux dimensions, qui ne vit que pour ses besoins propres et l'assouvissement de ses désirs. » Nathalie avait devant elle la confirmation de ce diagnostic. Mais jusqu'à quel point s'était-il agi d'un raisonnement et qu'est-ce que Mercadier avait vraiment su d'elle ? N'avait-il pas discerné la personnalité schizophrène de Gisèle et n'en avait-il pas fait un sujet d'étude à son insu, pour compléter le livre qu'il préparait sur Béatrice ?

Nathalie se força à sourire et se campa devant Claudia tout en gardant ses distances.

— Tu as juste oublié un détail, dit-elle.

Claudia la toisa avec effronterie, mais son regard courut dans la pièce, comme à la recherche d'un indice.

— Rien. Je n'ai rien oublié. Mais dis toujours...

— Claudia n'existe pas. Ce n'est qu'une coquille vide. Elle repose sur Gisèle pour tout.

Claudia secoua la tête.

— Non. Je suis réelle. Je suis là ! Tu peux me toucher ! D'ailleurs, tu ne vas pas tarder à t'en rendre compte par toi-même.

Claudia fit un pas en avant et Nathalie vit qu'elle tenait un couteau de cuisine. D'où sortait ce couteau ? Elle ne l'avait pas vu dans sa main lorsqu'elle était montée. L'avait-elle dissimulé sur elle tandis qu'elle l'attendait ?

Le souvenir du corps de Béatrice lui revint et elle frissonna. Béatrice le crâne défoncé, Mercadier poignardé avec son coupe-papier... Ce couteau n'était pas une vaine menace.

Elle recula d'un pas pour demeurer hors de portée de l'arme, consciente que sa marge de manœuvre dans cette chambre était des plus étroites. Sa seule chance était de parvenir à faire fléchir Claudia. Ou plutôt, Gisèle. Elle devait obtenir l'aide de Gisèle contre Claudia.

— Tu te trompes, dit-elle. Claudia n'existe pas. Elle n'existera jamais ! En veux-tu une preuve ? Tu incarnais madame Moinot quand je suis arrivée. Tu n'es même plus Gisèle, tu es devenue sa mère !

— Non !

La créature devant elle avait poussé un cri de bête blessée.

— Claudia n'existe pas ! martela Nathalie. Gisèle ! C'est à toi que je parle !

Mais Claudia avait encore toute la maîtrise du corps qu'elle occupait. Avec un rugissement de rage, elle se jeta en avant en remontant le couteau dans le même mouvement.

Nathalie esquiva et détourna le coup en frappant le bras de son adversaire. Sans grand résultat. Déjà, Claudia se retournait et la lame fauchait l'air en sifflant.

La porte était trop loin. Nathalie n'y parviendrait jamais.

— Gisèle !

Elle avait hurlé, mais cela n'eut aucun effet. Le couteau sabrait l'air, chuintant devant le visage de Nathalie qui ne pouvait que reculer, reculer, dans cette chambre où elle manquait de place. Ses jambes butèrent contre le fauteuil et elle tomba en arrière en l'emportant dans sa chute. C'était terminé. Elle était acculée dans un angle, effondrée sur la moquette élimée, sans aucun moyen de s'échapper.

— Gisèle ! implora-t-elle. Gisèle, je t'en prie !

Et le miracle se produisit. La lueur de folie qui animait le regard de cette femme un instant plus tôt vacilla, comme une chandelle soufflée par un courant d'air.

— Nathalie...

C'était la voix de Gisèle, et le regard posé sur elle était également celui de son amie.

— Gisèle...

— Fuis... Je ne sais pas combien de temps je vais pouvoir la retenir...

Nathalie n'attendit pas. Sans la quitter des yeux, elle se faufila à quatre pattes le long du mur et gagna la porte avant de se relever. Là, un remords l'arrêta. Elle ne pouvait pas l'abandonner dans cet état. Elle lui tendit la main.

— Gisèle, je peux t'aider.

— Fuis !

Et l'instant d'après, ce n'était plus Gisèle qui se trouvait face à elle, mais Claudia à nouveau, comme si un rideau était tombé sur la personnalité de Gisèle. Claudia qui bramait furieusement et fondait sur elle, le couteau levé pour frapper.

Nathalie hurla de terreur et se jeta dans l'escalier. Elle fit un bond de côté en apercevant une ombre au-dessus de sa tête. La lame se ficha dans la rampe de bois. Elle dévalait les marches trois par trois sans oser se retourner de crainte de trébucher, mais elle sentait le souffle de Claudia derrière elle, l'entendait dévaler les marches à sa suite et proférer des imprécations destinées à l'arrêter.

— Tu vas mourir ! gronda la voix de la démente dans son dos.

L'entrée était trop loin. Nathalie n'aurait pas le temps d'y parvenir avant que Claudia soit sur elle. Une porte était ouverte dans le couloir. Nathalie agrippa le chambranle pour conserver son équilibre, tourna à angle droit et se retrouva dans la cuisine.

Elle la traversa, renversa une chaise pour ralentir sa poursuivante. Mais l'endroit était sans issue. Elle n'avait fait que reculer pour mieux sauter.

Elles s'immobilisèrent toutes les deux, face à face dans la petite pièce, séparées seulement par la table que recouvrait une toile cirée rouge et blanche. Claudia était penchée en avant, le couteau tendu à l'horizontale devant elle, comme un gladiateur se préparant à affronter son adversaire.

— Gisèle...

— Te fatigue pas ! Ça ne marche plus. Elle est enfermée pour de bon à présent et je ne la laisserai plus m'échapper. Et quand tu seras morte, plus personne ne se souviendra d'elle. Gisèle, c'est fini.

Nathalie entendit tout à coup un bruit inattendu. Un bouillonnement. Elle n'eut pas le temps de se demander ce que c'était. Claudia se jetait sur elle, le couteau en avant, en poussant la table dans le même mouvement. Les mains de Nathalie réagirent avant que son esprit ait compris ce qu'elle faisait.

Elle pivota sur elle-même, saisit le manche de la casserole qui chauffait sur le gaz et en balança le contenu à la tête de son adversaire.

C'était de l'eau bouillante et divers légumes. Claudia reçut le tout en pleine figure et cela l'arrêta net. Le couteau tomba sur le sol avec un tintement métallique inaudible sous ses hurlements de douleur et de rage tandis qu'elle reculait en se tenant le visage à deux mains.

Nathalie repoussa la table qui la gênait.

Ce son parvint à la conscience de Claudia malgré sa souffrance et elle écarta les mains pour voir ce qui se passait. Elle n'eut pas le temps d'esquiver. Nathalie balançait la casserole à la volée.

Heurtée en plein front, Claudia recula de deux pas.

Nathalie la suivit et redoubla en ramenant la casserole de toutes ses forces.

Il y eut un deuxième impact qui lui ébranla les bras, et Claudia tomba à genoux.

Nathalie donna un coup de pied dans le couteau qui fila à travers la cuisine avant de se ficher dans le bas d'un meuble en vibrant sourdement.

Claudia tentait de se relever. Nathalie lui asséna un troisième coup de casserole à l'arrière du crâne.

Claudia s'effondra, eut un spasme et ne bougea plus.

Nathalie s'appuya contre le mur en se cramponnant à la casserole. Elle frissonnait et des haut-le-cœur la secouaient.

— Gisèle, je suis désolée, hoqueta-t-elle.

Malgré l'affrontement qui venait de les opposer, elle ne parvenait pas à voir dans cette femme, Claudia, son ennemie mortelle, mais seulement Gisèle.

Une pauvre fille solitaire, ignorée de tous, qui pendant des années avait combattu seule la maladie lui rongeant le cerveau.

Elle se pencha pour s'assurer qu'elle ne l'avait pas tuée, posa son doigt sur la carotide. Non. Le sang circulait encore.

La main de Claudia fusa et se referma sur son poignet, l'attirant vers elle. Nathalie tomba en lâchant la casserole qui résonna sur le carrelage. Elle se retrouva à genoux tandis que l'autre se retournait et sentit les doigts fébriles de Claudia lui enserrer la gorge. Elle cogna sur le bras qui l'étranglait, cherchant en vain à se dégager.

Elle étouffait déjà.

Couchée sur le dos, Claudia fixait sur elle un regard vitreux. Quoiqu'à demi inconsciente, elle puisait dans la haine la force nécessaire pour l'entraîner avec elle.

Nathalie ne pouvait plus respirer. Les doigts de Claudia étaient proches de sa carotide et elle savait que dans quelques secondes son cerveau ne serait plus irrigué. Alors, elle s'évanouirait.

Et ne se réveillerait jamais.

Elle devait faire quelque chose avant que cela se produise.

Cessant de lutter contre le bras qui la tuait, elle saisit les cheveux de son adversaire et tira la tête vers elle avant de la rabattre brutalement contre le carrelage.

Cela produisit un son terrifiant, mais Claudia tenait toujours bon. Nathalie recommença.

Et encore.

Et encore.

Elle ne voyait plus rien. Un voile rouge était passé devant son regard et elle n'entendait plus le bruit horrible que produisait le crâne de son adversaire en percutant le sol.

Et elle continuait de le cogner, aussi fort qu'elle le pouvait. Mais ses forces diminuaient, sa conscience s'éteignait, et chaque coup porté était moins puissant que le précédent...

Et enfin, elle put respirer.

Les doigts étaient toujours sur sa gorge, mais ils ne la serraient plus autant. Le voile rouge qui obscurcissait sa vue se dissipa peu à peu, et elle distingua bientôt le visage de Claudia sous elle, baignant dans une mare de sang.

Elle réalisa qu'elle continuait de lui frapper le crâne sur le sol et s'arrêta.

C'était inutile.

Elle repoussa la main qui tomba inerte et s'écarta du corps inconscient.

L'avait-elle tuée ?

Elle l'ignorait. Se traînant sur le sol, elle s'écarta autant que possible de son adversaire immobile. Toussant, ahanant, elle s'adossa contre un meuble sans cesser de la surveiller.

Gisèle, ou Claudia, elle ne savait plus comment l'appeler, ne bougeait plus. Elle ne pouvait pas la laisser comme ça. Elle se releva en prenant appui sur le meuble. Ses jambes tremblaient et elle se demanda si elles pourraient la porter.

Mais il le fallait. Elle ne pouvait abandonner son amie. Le sang coulait de son crâne et formait une sinistre auréole sous elle.

Nathalie chercha des yeux autour d'elle, mais ne trouva pas de téléphone. Elle devrait utiliser le sien. L'idée de laisser Claudia sans surveillance lui répugnait, mais elle n'avait pas le choix.

Son portable était resté dans son sac, perdu dans la chambre au cours de la lutte.

Elle passa dans le couloir, s'engagea dans l'escalier. Pendant tout le temps qu'elle monta, s'aidant de la rampe pour se hisser marche après marche, elle ne quitta pas des yeux l'entrée de la cuisine, craignant de voir Claudia soudain en surgir, le couteau dressé pour la pourchasser à nouveau.

Mais aucun son ne provenait de la cuisine. Elle récupéra son sac, revint sur le palier où elle sortit son téléphone en surveillant l'escalier.

Elle composa le 17, expliqua qui elle était et où elle se trouvait, avant de s'asseoir sur les marches, luttant contre l'évanouissement et priant pour que les secours arrivent vite.

Épilogue

Nathalie resta longtemps après que les autres furent partis. La petite pluie qui tombait avait vite chassé les curieux venus assister à l'enterrement de celle que la presse avait surnommée Miss Hyde. L'événement avait attiré une foule de badauds, mais aucun ami à part elle.

Trois semaines à peine s'étaient écoulées depuis leur affrontement, et si les marques de cette lutte commençaient à s'effacer de son corps, les impacts inscrits dans son psychisme seraient beaucoup plus longs à guérir.

La police était arrivée peu après son appel, suivie par une ambulance qui avait conduit Gisèle à l'hôpital. On n'avait pas fait de difficulté à Nathalie lorsqu'elle avait raconté son incroyable histoire : le corps retrouvé dans la Renault de Gisèle, et que le médecin légiste avait déjà identifié comme celui d'une femme trop âgée pour être la propriétaire du véhicule, contrairement aux premières hypothèses, démontrait amplement que la pauvre fille était responsable de ce qui s'était passé.

Elle survivrait à ses blessures, avaient pronostiqué les médecins. Bientôt, Gisèle avait pu à nouveau diriger son propre corps, grâce aux médicaments qu'on lui avait prescrits. Ces mêmes médicaments pour lesquels Claudia avait tué le docteur Baron. Tout semblait aller pour le mieux, Gisèle était en de bonnes mains et l'on espérait, à l'avenir, sinon la guérir, du moins cantonner son mal.

Mais peut-être Gisèle n'avait-elle aucune confiance dans la science des médecins et craignait-elle de voir revenir celle qui avait régulièrement pris possession d'elle tout au long de ces années. Profitant d'un instant d'inattention du policier chargé de la surveiller, elle s'était jetée par la fenêtre de sa chambre.

Nathalie s'était demandé si elle avait pensé à Amélie en accomplissant ce geste. Elle espérait que non. Elle espérait que Gisèle était morte en paix avec elle-même.

Nathalie resta un moment devant cette tombe que les fossoyeurs allaient bientôt combler. Toute la vie de Gisèle se trouvait résumée là, dans cette triste matinée au cimetière où n'étaient venus que des curieux.

Nathalie se posait toujours des questions quant à son suicide. Elle n'était pas très sûre de l'identité de celle qu'elle avait vue au cours de ces derniers jours. Était-ce effectivement Gisèle qui avait repris les rênes, ou bien Claudia leur avait-elle joué la comédie à tous en espérant être bientôt relâchée ? Et Gisèle, dans un accès de lucidité, avait-elle décidé de se tuer pour l'empêcher de nuire à nouveau ? Elle ne le saurait jamais.

Mais les paroles d'Amélie lui revenaient à présent qu'elle était seule dans ce cimetière : « Même si nous mourions toutes, elle nous survivrait. Elle a acquis assez de force pour ça. »

Et Nathalie savait que, bien que les trois femmes qui avaient incarné Claudia fussent mortes, Claudia était toujours vivante. Elle savait qu'elle continuerait de craindre son apparition, et que, dans son esprit tout au moins, Claudia ne mourrait jamais.

FIN

Du même auteur

Teddy est revenu

En ouvrant le colis qu'elle vient de recevoir, Laura n'en croit pas ses yeux : Teddy est revenu. Teddy, c'est l'ours en peluche que sa fille avait dans ses bras lors de son enlèvement. C'était il y a cinq ans…
Qui peut avoir envoyé Teddy, et pourquoi ? Impossible pour Laura de s'adresser à la police qui, à l'époque, l'a soupçonnée d'avoir assassiné son enfant pour reconquérir son mari. Impossible également de se tourner vers ce mari qui l'a abandonnée pour refaire sa vie.
Pleine d'un espoir nouveau, elle décide de reprendre l'enquête, seule. Même si cela signifie franchir certaines frontières et affronter un tueur sans pitié… Mais Laura n'hésite pas : sa fille est quelque part. Sans doute vivante. Et elle veut à tout prix la retrouver...

Le nouveau thriller du lauréat du Prix Quai des Orfèvres 2010.

ISBN : 978-2-35288-474-3